Zum Buch:

Callum hat seine Träume immer für andere aufgegeben. Statt als Bootsbauer die Welt zu bereisen, kümmert er sich um seine alkoholkranke Mutter und arbeitet als Mechaniker in einer kleinen irischen Bootswerkstatt. Die einzige Erinnerung an seinen alten Lebenstraum liegt in einem Hangar, darauf wartend, dass es seiner Mutter endlich besser geht. Als Selma mit ihrem kaputten VW-Bus auftaucht, verändert sich alles. Gemeinsam gehen sie einen Deal ein, und auf einmal verbringen sie immer mehr Zeit miteinander. Dabei gelingt es ihr, Callums fast vergessene Abenteuerlust wieder zu wecken und so vielleicht auch seinem Traum neues Leben einzuhauchen.

Zur Autorin:

Julie Larsen, Jahrgang 1979, liebt ihre Familie, Hunde, Katzen, Vögel und das Reisen. Nach dem Abitur in England studierte sie in Prag und München Kommunikation. Wenn sie nicht gerade unterwegs ist, um neue Abenteuer zu erleben, träumt sie sich mit ihren romantischen Geschichten an die schönsten Fleckchen dieser Welt.

Lieferbare Titel:

Nordlichtträume am Fjord
Sommerzauber am Fjord
Winterküsse unterm Nordstern
Lichter, die vom Himmel fallen
Lichterzauber in Whispering Heights

Julie Larsen

Wege, die zur Liebe führen

Roman

HarperCollins

1. Auflage 2025
Originalausgabe

Valentinskamp 24 · 20354 Hamburg
info@harpercollins.de
Umschlaggestaltung von zero Werbeagentur, München
Umschlagabbildung von Stock High Angel Few, Shutterstock AI, Mybona,
l morrison / Shutterstock, Photoshop KI
Gesetzt aus der Adobe Garamond
von GGP Media GmbH, Pößneck
Druck und Bindung von GGP Media GmbH, Pößneck
Printed in Germany
ISBN 978-3-365-00999-4
www.harpercollins.de

Druckprodukt mit finanziellem
Klimabeitrag
ClimatePartner.com/15109-2009-1001

MIX
Papier
FSC FSC® C014496

Kapitel 1

@marypuppins_superdog Hey-ho, liebe Feuchtenasen-Freundinnen, -Freunde und alles dazwischen! Ihr wisst ja sicherlich, dass ich als Labradorhündin ein Retriever bin. Retriever wurden ursprünglich gezüchtet, um zu bergen, zu retten und zu apportieren. Mein Frauchen hat das scheinbar vergessen, jedenfalls hat mein neuster Jagderfolg sie sichtlich aus der Fassung gebracht.
Was ich diesmal geborgen habe, seht ihr auf dem Foto. Für mehr Eindrücke swiped links.
Noch mehr Infos, Behind the Scenes, unsere Reiseroute, das Reisetagebuch meiner Dosenöffnerin und unveröffentlichte Fotos meiner Abenteuer gibt es exklusiv auf meinem #patreon.
Wenn euch mein Profil gefällt, lasst mir ein bisschen Liebe da und liked, kommentiert oder teilt meinen Beitrag in euren Storys.
Bis ganz bald ein herzliches Wuff-Wuff,
eure
Mary Puppins
#marypuppins #superdog #vanlife #Reisenmithund #dogsofinstagram #instadog #Retriever

Zwischen der größten Dummheit und dem größten Erfolg deines Lebens liegt nur das Gelingen. Die Lebensweisheit, die sie irgendwann einmal gelesen hatte, kam Selma in genau dem Moment in den Sinn, als ihr VW-Bus mit einem markerschütternden Rumms in eines der vielen Schlaglöcher auf der Straße krachte. Sie umklammerte das Lenkrad fester, kämpfte darum, die Spur zu halten. Irgendwas im Motorraum schepperte. Es klang, als hätte sich etwas gelöst, das lieber hätte fest bleiben sollen. Mary Puppins jaulte.

Sobald sie den Wagen wieder unter Kontrolle hatte, löste Selma eine Hand vom Lenkrad und tätschelte ihrer Labradorhündin den Kopf.

»Nicht mehr lange, okay? Im nächsten Ort machen wir eine ausgedehnte Pause. Dann kannst du rennen und meinetwegen jeden einzelnen Grashalm markieren. Aber lass uns bitte nur in der Zivilisation ankommen. Hörst du nicht den Motor?« Sie machte eine kurze Pause, und wie aufs Stichwort gab der Wagen ein ungesundes Husten von sich. Nur die Angst, im Straßengraben zu landen oder erneut ein Schlagloch zu übersehen, hielt sie davon ab, in purer Verzweiflung die Augen zu schließen.

Von Gelingen war ihr Aussteigertraum momentan jedenfalls meilenweit entfernt. Dabei hatte alles so gut angefangen. Bereits zwei Tage nachdem sie Justus die Kündigung überreicht hatte, war sie über die Anzeige für einen VW-Bus gestolpert. Trotz eines Alters von über dreißig Jahren hatte der Verkäufer ihr den Van als vollkommen funktionsfähig angepriesen. Damals war ihr das wie ein Wink des Schicksals vorgekommen. Natürlich hatte sie sofort zugeschlagen. Den Ausbau zum Camper hatte sie selbst übernommen. Endlich einmal was mit ihren Händen zu tun und dabei zuzusehen, wie Stück für Stück ihr Zuhause auf Rädern entstand, hatte sich großartig angefühlt und sie jeden Tag aufs Neue von der Richtigkeit ihrer Entscheidung überzeugt. Leider hatte der Ausbau deutlich mehr ihres Ersparten verschlungen, als in ihrer Ursprungskalkulation veranschlagt. Dafür hatte ihr Bus jetzt nicht nur jede Menge Stauraum, sondern auch ein einheitliches Farbkonzept in Seekiefer und Grau-Grün mit Textilien in Rosé, Braun und einigen neonfarbenen Akzenten. Voller Vorfreude war sie aufgebrochen. Einmal den kompletten Wild Atlantic Way abfahren, lautete das Vorhaben. Zweitausendsechshundert Kilometer spektakulärste Küstenstraße entlang der irischen Westküste vom Süden des County Cork bis hin zur Halbinsel Inishowen im Norden des County Donegals, und das ganz ohne Hetze und Verpflichtungen. Nur sie und Mary und viel Zeit, um hundert Prozent sie selbst zu sein.

Die Probleme hatten direkt nach ihrer Ankunft in Irland begonnen. Ein geplatzter Reifen in Rosslare und eine Panne in Bantry Bay hatten weitere Löcher in ihren Geldbeutel gefressen. Bereits der Mechaniker in Bantry hatte anklingen lassen, dass sich ihr Bus keineswegs in einem – wie es der Verkäufer bezeichnet hatte – ›soliden‹ Zustand befand. Seiner Einschätzung nach trennte nur noch ein letzter Kratzer ihn von einem wirtschaftlichen Totalschaden. Ohne Bus gäbe es allerdings keinen Roadtrip. Ohne Bus wäre sie keine Reisebloggerin mehr, sondern nur eine gescheiterte Existenz. Alle, die von Anfang an der Meinung gewesen waren, ihr Vorhaben sei die größte Dummheit ihres Lebens, hätten recht.

Wieder winselte Mary P., und diesmal unterstrich sie ihre Unzufriedenheit, indem sie mit der Pfote am Fenster kratzte.

»Gleich.« Selma biss die Zähne zusammen. »Halt noch kurz aus. Ich versprech's dir. Sobald wir ein bisschen Zivilisation um uns haben, darfst du raus.«

Mary ließ sich von Selmas aufgesetzt zuversichtlichem Tonfall nicht täuschen. Sie wandte ihr den Kopf zu und betrachtete ihr Frauchen mit hochgezogener Augenbraue, ehe sie tröstend Selmas kompletten Unterarm abschleckte.

»Ewwww!« Selma tat ihr Bestes, um den Arm vor der schlabbernden Hundezunge zu retten, lachte aber dabei. Das war die wahre Magie von Hunden. Selbst wenn eine Situation alles andere als optimal war, vermochten es diese wunderbaren Wesen, einem ein Lächeln aufs Gesicht zu zaubern. Blieb nur noch das Problem mit dem Bus.

Wenn sie das Ding doch nur mit bloßem Willen am Laufen halten könnte! Sie brauchte diese Reise. Sie brauchte den Erfolg mehr als ein warmes Abendessen, ein gemütliches Bett oder einen regelmäßigen Gehaltsscheck. Sie brauchte diese Reise, um der Welt, aber vielmehr sich selbst, zu beweisen, dass es ein Ziel gab, für das es sich zu kämpfen lohnte. Auch wenn niemand ihr das glauben wollte, ihre Kündigung war mehr gewesen als die Trotzreaktion einer verwöhnten Mittzwanzigerin. Wäre sie nur einen einzigen Tag länger ein Teil des Spiels um Verblendung, Falschheit und Schein gewesen, hätte sie nicht nur eine Arbeitsstelle verloren, sondern den Respekt vor sich selbst. So glich der Blick auf ihr Konto zwar einem Trauerspiel, vor dem Blick in den Spiegel graute ihr dafür nicht mehr.

Nach der nächsten Kurve weitete sich die Straße. Die Wiese fiel nun flacher zum Meer hin ab, war jedoch von zahlreichen niedrigen Mauern durchzogen. Immer noch gab es weit und breit kein

Zeichen von Zivilisation, die Mauern begrenzten nichts. Ihr einziger Zweck schien zu sein, aus der Landschaft eine Patchworkdecke verschiedener Grün- und Brauntöne zu machen. Insgeheim verfluchte Selma die Entscheidung, schon vor Kilometern von der N59 abgebogen zu sein, um den Streckenabschnitt inmitten unberührter Natur zu genießen. Selbst die Strommasten sahen aus, als wären sie seit Jahrzehnten nicht mehr gewartet worden. Windschief begrenzten sie die Straße. Immer wieder passierte sie Ruinen von halb verfallenen Cottages, und selbst die bewohnten Häuser, an denen sie vorbeikam, wirkten eher, als wären sie aus dem Boden gewachsen statt von Menschenhand gebaut.

Das wilde Herz Irlands nannte man die Region Connemara. Vor der Windschutzscheibe zeigte sich ein Wechselspiel zwischen Wildnis und Einsamkeit. Beschützt von den mächtigen Twelve-Bens-Bergen am Horizont erstreckte sich ein Fleckenteppich aus Moorlandschaft, Wiesen und Seen. Oft ließ sich nicht sagen, wo ein See aufhörte und das Meer begann. Selma atmete ein, atmete aus, nahm mit jedem Atemzug die Schönheit der Landschaft in sich auf und versuchte, sich zu entspannen. Das hier war gut. Alles war gut. Sie würde trotz Scheppern im Motor den nächsten Ort erreichen. Sie würde jemanden finden, der nach ihrem Bus sehen und ihr versichern würde, dass sie keine Angst vor einer Panne mitten im Nirgendwo haben müsste. Sie würde …

Wieder ging ein Ruck durch den Bus, begleitet von einem ohrenbetäubenden Knall, und diesmal war sich Selma sicher, kein Schlagloch übersehen zu haben. Ein paarmal noch hustete der Motor, dann verstummte er, und der Wagen rollte aus. Alles, was Selma tun konnte, war, das Gefährt so weit an den Straßenrand zu manövrieren, dass andere Autos an ihm vorbeikämen.

»Verdammt!« Mit beiden Händen schlug sie auf das Lenkrad ein. Das Ding gab etwas nach, und einen Moment lang fürchtete sie, dass sie es womöglich abgerissen hatte, aber zum Glück hielt es fest. In der Stille nach ihrem Ausbruch hörte sie das Blut in ihren Ohren rauschen.

Nicht mal auf hündischen Trost konnte sie diesmal bauen. Mary P. interpretierte den stehenden Wagen offenbar als Zeichen, dass ihr nächster Gassigang unmittelbar bevorstand. Ihr ganzer Körper wackelte, weil sie mit dem Schwanz wedelte, auf dem sie saß. Sie hechelte und quietschte und untermalte das ulkige Tänzchen mit einem Kratzen an der Tür.

»Okay, okay, okay«, gab Selma nach. »Ich muss eh nach dem Motor schauen.« Was sie zu sehen hoffte, wenn sie den Motor gefunden hatte, wusste sie selbst nicht genau. Die einzigen Fehler, die sie würde erkennen können, waren »Motor weg« und »Motor brennt«, und obwohl ihr Optimismus in den letzten Tagen einen gehörigen Dämpfer abbekommen hatte, war sie zuversichtlich, dass beides nicht zutraf.

Sie schnappte sich Mary P.s Leine von der Ablage zwischen den Bänken, umrundete die Front des Wagens und öffnete die Beifahrertür.

»Jetzt zufrieden?«, fragte sie die Hündin. »Pass nur auf, wenn du aussteigst. Die Autos kommen hier von der anderen Seite.« Sie löste den Hundeanschnallgurt und wollte gerade die Leine einhaken, doch Mary P. war schneller. Sie wand sich wie ein Blitz unter Selmas Arm hindurch und sprang mit einem für eine Labradorhündin außerordentlich eleganten Sprung auf die Straße.

»Stopp!« Normalerweise war das eines der Kommandos, die Mary P. verlässlich beherrschte, doch diesmal war der Ruf der

Natur lauter. Schnurstracks setzte die Hündin auf die Wiese zu.

»Mary, stopp!«, versuchte es Selma noch einmal. Erfolglos.

Sie ließ die Beifahrertür zuknallen und hastete Mary P. nach. Statt sich am erstbesten Grashalm zu erleichtern, raste sie im gestreckten Galopp von Selma weg. Mit jedem Sprung vergrößerte sich der Abstand zwischen ihnen.

Mit ihren vier Pfoten fiel es Mary P. deutlich leichter als Selma, das unebene Terrain zu meistern. Grashalmspitzen schnitten ihr in die Waden, immer wieder verfing sie sich in Flechten oder musste Steinbrocken ausweichen, die wie Warzen aus dem Boden wuchsen, doch sie gab ihr Bestes und lief Mary P. nach.

»Wo, zum Henker, willst du eigentlich hin?«, rief sie ihr nach Luft schnappend hinterher. Jetzt rächte sich, dass sie viel zu selten ins Fitnessstudio ging. Weder Dauerlauf noch Sprint gehörten zu ihren Paradedisziplinen.

Ihr Herz machte einen Satz, als Mary P. hinter einer Senke verschwand, ehe ein lautes Platschen verriet, was Mary P.s Ziel gewesen war. Ernsthaft, dieser Hund war besser als jede Wünschelrute, wenn es darum ging, Wasser aufzuspüren.

Selma verlangsamte ihre Schritte. Wenn Mary Puppins einen Wasserlauf gefunden hatte, gab es ohnehin kein Zurück mehr. Die Chancen standen gut, dass die Hündin irgendwas in diesem Wasser finden würde, ohne das sie keinesfalls zurück zum Van gehen konnte. Sei es ein Stock, ein Stein oder ein alter Gummistiefel. Im Finden von vermeintlichen Schätzen war Mary P. beinah genauso gut wie im Aufspüren von Wasser. Blieb nur abzuwarten, was es diesmal war. Verrücktes Hundemädchen. Manchmal konnte Selma selbst kaum glauben, wie hoffnungslos vernarrt sie trotz allen Unfugs, den Mary Puppins anstellte, in ihre tierische Begleiterin war. Sie zückte ihr Handy und aktivierte die Kamera. Mary P. beim Planschen würde sicher ein süßes Foto oder Filmchen abgeben. Das konnte sich dann zu den über zehntausend anderen süßen Fotos und Filmchen auf Selmas Cloud gesellen. Wie gesagt: Hoffnungslos verschossen. Nur gut, dass ihre Followerinnen Mary Puppins in Action fast genauso liebten wie sie.

Sobald Callum die Paddel anhob, war da nur noch Ruhe. Seelentröstende, beruhigende, wohltuende Ruhe. Sacht pladderte das Wasser gegen die Kanuwand. Im Ufergras tschilpten ein paar Vögel. Die Sonne spiegelte sich in goldenen Pfützen auf der Wasseroberfläche. Wenn ein Windhauch durch den Strandhafer am Ufer fuhr, raschelten die Blätter wie unsichtbare Cimbalen.

Er atmete die frische Luft ein, ließ sich ein paar Meter einfach nur treiben, dann setzte er zum nächsten Paddelschlag an. Sofort spürte er die Bewegung in den Oberkörpermuskeln. Aus Erfahrung wusste er, dass er am Abend seinen gesamten Körper auf eine Weise fühlen würde, die nur das Kanufahren schenkte. Die meisten Tage rauschten an ihm vorbei. Arbeit, Mam, Schlafen, Arbeit – je weniger er darüber nachdachte, was er tat, desto weniger musste er daran denken, was er nicht machte. Er baute keine Jachten für Menschen, die das Besondere suchten. Er bereiste nicht die Welt und sammelte Eindrücke wie andere Menschen kostbare Münzen. Stattdessen saß er auf demselben Stückchen Land fest, auf dem schon die Großväter seiner Großväter gelebt hatten, hatte einen Job, der zwar genug Geld zum Leben brachte, aber keine echte Erfüllung, und statt in einer eigenen Wohnung wohnte er immer noch in seinem alten Kinderzimmer in dem Haus, das sein Großvater ihm vererbt hatte. Nur auf dem Wasser mochte er, wer er war. Mit jedem Paddelschlag fiel die Anspannung von ihm ab und breitete sich Zufriedenheit in ihm aus. Wer brauchte die weite Welt, wenn er das hier hatte? Die Lochs und Flüsse und Küsten seiner Heimat. Maler, Dichter, Schriftsteller und Filmemacher hatte diese Landschaft inspiriert. Endlose Flächen aus weißem Strand, Gezeitenbecken, in denen das Leben pulsierte. Graureiher auf der Jagd nach Fischen. So viele verschiedene Arten von Seealgen, dass es nicht genug Worte dafür gab. Wenn er mit dem Kanu unterwegs war, die Gedanken ruhig wurden und sein Kopf ganz leer, dann genügte das hier. Dann konnte er die Augen schließen und ein paar Minuten lang glücklich sein.

Ein lautes Platschen riss ihn aus seiner Trance. Er öffnete die Augen, suchte nach der Quelle des Geräuschs. Es hatte geklungen, als wäre ein großes Tier ins Wasser gefallen.

Während er noch immer die Umgebung scannte, tauchte am Ufer die Gestalt einer jungen Frau auf. Sie rief etwas, doch der Wind kam aus der anderen Richtung, sodass er die Worte nicht verstand. Die Aufmerksamkeit zurück aufs Wasser richtend, erkannte er einen Schatten, der auf ihn zu paddelte. Er war groß und ziemlich schnell, und bevor Callum begriff, was passierte, hatte der Schatten die kurze Leine am Bug des Kanus in den Fang genommen und zerrte das Boot mitsamt Callum darin in Richtung Ufer.

»He!« Callums erster Impuls war, mit dem Ruder nach dem Vieh zu schlagen. Er hatte das Paddel noch nicht einmal angehoben, da verwarf er den Plan, schließlich war er kein Tierquäler.

»Mary P.!«, hörte er jetzt die Frau am Ufer rufen. »Lass sofort das Kanu los. Wir entführen keine Kanufahrer!«

Sein Deutsch war gut genug, um zumindest den groben Sinn des Kommandos zu verstehen.

»Macht sie das öfter?«, rief er ebenfalls auf Deutsch zurück. Die Rufende musste die Besitzerin des Terroristenhundes sein.

»Es tut mir so leid!«, versicherte sie, und dann noch einmal: »Aus, Mary P.! Aus!«

Mary P. – was für ein seltsamer Name für einen Hund! – ließ sich von ihrer Besitzerin nicht aus der Ruhe bringen. Meter um Meter zerrte sie das Kanu zum Ufer und ließ die Leine erst los, als das leise Schaben von Kies an der Bootshaut verriet, dass er auf Grund gelaufen war. Die Hündin schien ihre Aufgabe vollendet zu haben und trottete zurück an Land. Ihr Fell glänzte schwarz vor Nässe. Ein sachtes Zittern lief durch den Hundekörper, dann ein Beben, und schließlich schüttelte sie sich mit so viel Inbrunst, dass nicht nur Callum, sondern auch die Besitzerin eine Dusche abbekam.

»Mary P.! Was soll das?« Mit einer Hand zog die Fremde sich das durchtränkte T-Shirt vom Leib. In der anderen hielt sie ein Handy.

Aus dem Nichts mischte sich ein Funken Wut in Callums Verwirrung. »War das alles ein abgekartetes Spiel?«

Die Fremde zog die Augenbrauen zusammen. Er deutete auf das Handy in ihrer Hand.

»Haben Sie Ihren Hund etwa abgerichtet?«

»Abgerichtet?« Sie sah aus, als ob sie sich nicht entscheiden konnte, ob sie lachen oder den psychiatrischen Notdienst alarmieren sollte. »Das ist eine Labradorhündin.«

»Was hat die Rasse damit zu tun, dass Sie ihm beigebracht haben, ahnungslose Wassersportler zu belästigen?«

»Sie glauben, ich habe sie darauf trainiert, Kanufahrer abzuschleppen?« Das beseitigte die Zweifel endgültig, und sie entschied sich für Lachen. »Hören Sie mal! Ich reise zwar allein, das heißt aber noch lange nicht, dass ich Männer nicht allein abschleppen könnte, wenn mir der Sinn danach stände. Und um das mal gleich klarzustellen: Momentan steht mir der Sinn nicht danach. Ihre Tugend ist nicht in Gefahr.«

Seine Tugend? Er schnaubte. Um ehrlich zu sein, hätte er gegen ein bisschen Tugendgefährdung nichts einzuwenden. Er konnte sich nicht einmal mehr daran erinnern, wann er zum letzten Mal mit einer Frau zusammen gewesen war. Romantik gab sein Leben einfach nicht her.

»Na dann.« Er wischte sich Wassertropfen aus dem Bart und griff nach dem Paddel.

Am Ufer spitzte der Hund die Ohren. Kaum stieß Callum sich mit dem Paddel vom Ufer ab, gab er ein leises Grummeln von sich. Callum holte das Paddel zurück ins Boot und hob kapitulierend beide Hände.

»Ho, ho, die klingt ja gemeingefährlich! Bist du dir sicher, dass du sie nicht auf Entführungen trainiert hast?« Vor Nervosität war er unbewusst ins Englische übergegangen. Nicht, dass er vor Hunden Angst hatte. Er doch nicht. Aber ein großer schwarzer gefährlich knurrender Hund ließ ihn nicht kalt. Selbst dann nicht, wenn dieser Hund einer Rasse angehörte, der man nachsagte, sie würde keiner Fliege etwas zu Leide tun. Ausnahmen bestätigten immer die Regel. »Auf mich wirkt das, als wollte er unbedingt verhindern, dass ich zurück aufs Wasser komme.«

»Gott!« Nur mit großer Mühe brachte die Hundehalterin die einzelne Silbe zwischen ihrem glucksenden Kichern heraus. »Das tut mir wirklich so leid. Mary Puppins liebt apportieren. Wenn sie etwas sieht, was sie haben will, kennt sie keine Grenzen. Bisher hat sie allerdings vor Menschen haltgemacht. Aber scheinbar denkt sie sich: Immer mal etwas Neues.« Sie griff das Halsband der Hündin. »Ich halte sie fest, okay? Dann kannst du zurück aufs Wasser.«

»In Ordnung.« Er hob das Paddel.

»Warte!«

»Was?« Er ließ das Paddel sinken.

»Weißt du vielleicht …« Sie brach ab, setzte neu an. Zum ersten Mal schien sie aus dem Takt zu kommen. »Kannst du mir sagen, wo hier die nächste Werkstatt ist? Oder hast du vielleicht sogar eine Notrufnummer, die ich anrufen kann?«

»Das ist jetzt nicht dein Ernst.«

»Was?«

»Du willst mir ernsthaft sagen, dass das Zufall ist?« Weil er ohnehin schon wusste, wie diese Unterhaltung ausgehen würde, machte er sich daran, aus dem Kanu zu steigen. Dies war beileibe nicht das erste Mal, dass er während einer seiner seltenen Auszeiten zu einem Notfall gerufen wurde. Dass sich jemand dazu herabließ, ihn wortwörtlich an Land zu zerren, um sich irgendeinen kaputten Motor anzusehen, war allerdings eine Premiere. Warum ließ er so etwas immer wieder mit sich machen? Aisling hatte recht, wenn sie behauptete, er hätte einen Helferkomplex, den er dringend unter Kontrolle bringen musste.

»He, he!« Diesmal war sie es, die abwehrend die Hände hob und ein paar Schritte vor ihm zurückwich. Und der Höllenhund?

Statt sein Frauchen, das offensichtlich Angst vor dem bösen bärtigen Mann hatte, zu beschützen, entwand er sich ihrem Griff und begrüßte Callum schwanzwedelnd an Land. Komisches Tier.

Die Frau ergriff wieder das Wort. »Was soll das? Du willst mir nichts tun, oder? So sauer kannst du nicht auf mich sein. Ich hab doch nur eine Frage gestellt. Und ich verspreche, ich habe nichts mit Mary P.s Kidnapping-Aktion zu tun. Mein Bus ist liegengeblieben. Zuerst hat der Motor so komische Geräusche gemacht, dann hat er gehustet und vielleicht auch ein bisschen geraucht, da bin ich mir nicht sicher. Möglich, dass ich mir das nur eingebildet habe. Jedenfalls hat es dann noch mal einen Knall gegeben, also aus dem Motorraum, und dann ist der Bus stehengeblieben. Jetzt weiß ich nicht, wie ich den Van von der Straße bekomme. Es reicht vollkommen, wenn du mir eine Nummer gibst. Oder mir den Namen des örtlichen Mechanikers sagst und mir verrätst, wie Mary P. und ich dorthin kommen. Oder wenn du nicht mit mir reden willst, dann deute einfach in die Richtung. Wir finden uns schon zurecht.«

»00353-19552611979.«

»Was?« Sie zog die Stirn in Falten. Süß war das. Mindestens so süß wie ihr nervöses Geplapper. Überhaupt, wenn man bereit war, über ihre Zuneigung für straffällige Vierbeiner hinwegzusehen, war die Fremde insgesamt eine Frau, der er auch ohne Hilferuf einen zweiten Blick zugeworfen hätte. Blonde Strähnen zauberten Leben in das mausbraune Haar, das sie an den Seiten geflochten hatte, aber sonst offen trug. Ihre Lippen waren voll und gerade so weit geöffnet, dass er die Spitzen der oberen beiden Schneidezähne hervorblitzen sah. Sie war ein ganzes Stück kleiner als er, aber ihre Körperhaltung verriet innere Größe. Vor ihm stand keine Frau, die sich die Butter vom Brot nehmen ließ, das hatte selbst seine kurze Konfrontation mit ihr ihm schon gezeigt. Ihm Kontra zu geben, kostete sie etwas, aber sie tat es trotzdem. Diese Art von Mut machte ihn noch viel neugieriger auf sie als ihre unbestreitbare Attraktivität.

»Wähl die Nummer. Ich weiß, du hast ein Handy dabei.« Er nickte zu dem Gerät in ihrer Hand.

Für die Dauer eines Atemzugs schien sie protestieren zu wollen, dann gab sie nach. Sie zückte das Smartphone und warf ihm einen fragenden Blick zu.

»00353«, wiederholte er deutlich langsamer. »1955 ... 2611 ... 979.«

Ihr Daumen tippte auf das Display. Sie konnte von Glück reden, dass sie hier draußen Empfang hatte. Sobald sich die Verbindung aufgebaut hatte, klingelte sein eigenes Mobiltelefon.

Mit hochgezogenen Augenbrauen fischte er es aus der Seitentasche seiner Shorts und nahm den Anruf an.

»Burke's Boatsworks, Callum am Telefon. Was kann ich für dich tun?«

»Ich ...« Die Fremde nahm das Handy vom Ohr und sah ihn verwirrt an. »Was soll das?«

»Du hast nach dem örtlichen Mechaniker gefragt. Das bin ich.« Auch er beendete das Telefongespräch. Stattdessen streckte er ihr die Hand zum Gruß hin. »Callum Burke. Eigentlich repariere ich eher Boote, aber Motor ist Motor. Wenn du willst, kann ich mir deinen Bus mal anschauen.«

Sie blinzelte. Einmal. Zweimal. Es wirkte, als ob sie den Sinn seiner Worte erst verarbeiten musste, letztendlich wischte jedoch ein Lächeln alle Vorbehalte von ihrer Miene, und Callum hatte das Gefühl, er sähe nach Tagen voller Regen zum ersten Mal die Sonne.

»Mary Puppins ist ein Genie! Von allen möglichen Dingen, die sie hätte anschleppen können, hat sie sich ausgerechnet für dich entschieden. Du, Callum Burke, bist genau das, was ich brauche.«

Es war nur so dahingesagt. Natürlich war es das. Eine leere Floskel, wie Menschen sie eben von sich gaben, wenn sie besonders erleichtert oder besonders froh oder besonders angespannt waren. Warum also machte sein Herz einen verräterischen kleinen Salto dabei?

Kapitel 2

@marypuppins_superdog Ein Heim ohne Katze ist nur ein Haus, ein Heim mit Hund ein Paradies. #marypuppins #superdog #dogsofinstagram #unverhofftkommtoft #retterindernot #Reisenmithund

Callum Burke hatte einen festen Handschlag. Schwielen an den Fingerballen verrieten, dass er es gewohnt war, mit den Händen zu arbeiten. Ein Schauer durchrieselte ihren Körper. Sie zog die Hand zurück und verlagerte ihr Gewicht von einem Bein auf das andere. Es war schon beinah lächerlich, wie sehr ihr Retter in der Not ihrem Typ entsprach. Seit sie als Teenagerin einen E-Reader geschenkt bekommen und sich von da an ganz ungeniert durch sämtliche Liebesromane hatte lesen können, ohne von zweideutigen Covern verraten zu werden, hatte sie eine heimliche Vorliebe für Bad-Boy-Romanzen entwickelt. So wie Callum Burke aussah, könnte er ohne Weiteres der Titelheld einer Motorradclub-Romanze sein. Dunkles, fast schwarzes Haar, das an den Seiten zwar kurz, am Oberkopf dafür so lang war, dass einige Strähnen ihm in die Stirn fielen. Ordentlich gestutzter Vollbart und Augen, die tief in den Höhlen lagen. Sein verwaschenes Muscleshirt war mehr Armausschnitt als Stoff und früher wahrscheinlich einmal schwarz gewesen. Mittlerweile hatte es eine grau melierte Farbe und betonte auf beinah unanständige Weise die Rundung seiner Oberarme und die kunstvollen Tattoos, die nicht nur die Arme bedeckten, sondern auch am Hals hervorblitzten.

Erwartungsvoll sah er sie an.

Sie starrte zurück.

Er räusperte sich. »Dein Name?«

Erst seine Frage riss sie aus der Trance.

»Selma«, antwortete sie. »Selma Lambrecht.«

»Freut mich, dich kennenzulernen, Selma Lambrecht.« Schon erstaunlich, was ein Lächeln – selbst eines, das sich zu acht Zehnteln in einem Bart versteckte – mit einem Gesicht machen konnte. In einem einzigen Wimpernschlag verwandelte es Callum von mürrischem Gangsterboss zu hilfsbereitem Hipsterjungen. »Wollen wir jetzt nach deinem Bus schauen?«

»Ja, äh, ja, klar. Was ist mit deinem Kanu?« Sie warf dem schlanken Boot einen skeptischen Blick zu.

»Das ziehe ich noch ein bisschen weiter ans Ufer, dann kann es so bleiben.«

»Wenn du meinst. Mary P.!« Während Callum sein Kanu und das Paddel sicherte, kam Mary Puppins, die die Zeit genutzt hatte, um die Uferlinie nach weiteren Fundstücken abzusuchen, folgsam angetrottet.

»Es ist nicht weit«, informierte Selma Callum. »Gleich da oben an der Straße. Normalerweise lasse ich Mary P. nicht ohne Leine rumlaufen, aber sie ist mir entwischt, kaum dass ich die Tür aufgemacht habe. Ich glaube, sie ist fast geplatzt, so dringend musste sie pinkeln.« Und warum genau erzählte sie das Callum?

»Ah.« Kein Wunder, dass er nicht mehr dazu zu sagen hatte.

Das Problem war nur: Wenn Menschen in ihrer Umgebung nichts sagten, neigte sie dazu, zu viel zu sagen. Auf Partys war sie deshalb immer ein gern gesehener Gast. »Unsere Partyhexe«, hatte Melina sie oft genannt. Spätestens da hätten Selma die Augen aufgehen sollen, aber sie hatte es ja vorgezogen, nur das zu sehen, was sie sehen wollte. In puncto Menschenkenntnis war sie echt eine Niete. Was nicht nur das Debakel mit Melina bewies, sondern auch der kaputte Bus. Auch da hatte sie sich von den netten Worten und Versicherungen des Verkäufers täuschen lassen.

»Und was machst du so, wenn du nicht gerade Kanu fährst, Touristinnen in Nöten hilfst oder arbeitest?«

»Nichts.«

Nun, wie es aussah, war auch das nicht das richtige Thema. Zum Glück tauchte in diesem Moment der Bus in ihrem Sichtfeld auf. Sie klickte Mary P.s Leine an das Brustgeschirr. Noch einmal würde sie nicht riskieren, dass ihre Ausreißerin sie überlistete.

Der Anblick des Wagens schien auch Callum Auftrieb zu geben. Zielsicher öffnete er die Heckklappe des T3 und beugte sich über den Motor. Nachdenklich kratzte er sich den Bart.

»Zündkabel und Keilriemen scheinen in Ordnung zu sein. Kannst du den Wagen mal anlassen?«

»Klar.« Etwas hilflos schaute sie auf ihr Ende der Hundeleine. Normalerweise beherrschte Mary P. das Kommando »Bleib« recht zuverlässig. Doch dass Hunde keine Roboter waren, hatte ihre Hündin heute schon einmal bewiesen. Sicher war sicher. Sie schlang das lose Ende der Leine um einen der windschiefen Stromleitungsmasten und kletterte in den Wagen.

Statt zu starten, gab der Motor nur ein trauriges Eiern von sich.

»Noch mal!«, rief Callum ihr vom Heck des Busses zu.

Sie trat die Kupplung, drehte den Schlüssel erneut. Das Ergebnis blieb dasselbe.

»Okay.« Im Rückspiegel konnte sie sehen, wie Callum einen Schritt vom Motor zurücktrat und die Haube vorsichtig zufallen ließ. »Du kannst wieder rauskommen.«

Das Schwanzwedeln, mit dem Mary P. sie begrüßte, wirkte deutlich freundlicher als Callums Blick. Keine Frage also, zu wem sie sich stellte. Sie ging in die Hocke, um ihre Hündin zu umarmen, schwelgte eine Sekunde lang in dem tierischen Trost, dann wagte sie sich an die Frage, die sie eigentlich nicht stellen wollte.

»Und?«

Von unten herauf sah sie Callum an.

»Bist du sicher, dass genug Benzin im Tank ist?«

Abrupt stand sie auf. »Hey, ich bin zwar eine Frau, aber ich weiß durchaus, dass ein Verbrennungsmotor Treibstoff braucht, um zu funktionieren. Dafür muss ich keine Mechanikerin sein. Ich hab diesen Trip geplant, okay? Natürlich gehört da auch dazu, dass ich regelmäßig tanke.«

»Es war nur eine Frage. Lass meinen Kopf dran, in Ordnung?«

»So wie du meinen Kopf dran gelassen hast, als ich vorhin nach einem Mechaniker gefragt habe. Erzähl du mir nichts von übertriebenen Reaktionen.«

»Sieht aus, als hätten wir beide hier und da eine wunde Stelle. Frieden?«

Sie gab nur vor, nachzudenken, nickte dann jedoch. »Okay, Frieden.«

»Ein leerer Tank kann also nicht das Problem sein?«

»Unmöglich.« Vehement schüttelte sie den Kopf.

»Dann beschreib mir doch mal, was genau passiert ist, bevor der Bus liegen geblieben ist.«

Das machte sie. Sie berichtete von dem Schlagloch und dem Scheppern und schließlich von dem Knall, als der Motor versagt hatte.

Je mehr sie redete, desto nachdenklicher wirkte er. »Was für ein Knall war das?«

Machte er sich über sie lustig? Sie musste ihn genauso verwirrt angesehen haben, wie sie sich fühlte, denn er spezifizierte: »War es mehr ein ›Wumms‹ oder ein ›Krach‹ oder ein ›Bumm!‹?«

Er machte sich über sie lustig. »Es war ein Knall, Callum.«

»Du kannst das Geräusch nicht näher beschreiben?«

Langsam, aber sicher ging ihr die Geduld aus. Der Typ verarschte sie doch.

»Nein, Callum, ich kann nicht genau beschreiben, ob der Knall ein Wumms, ein Krach oder ein Bumm war. Vielen Dank für nichts.« Sie wandte sich ab, um Mary P. von der Stromleitung zu befreien. Dann würde sie eben Onkel Google nach dem nächstbesten Abschleppdienst fragen. Wahrscheinlich hätte sie das von Anfang an tun sollen. Immer wieder lief es bei ihr auf fehlende Menschenkenntnis hinaus.

»Selma!« Die Art, wie Callum ihren Namen aussprach, ließ sie innehalten. »Ich will dir wirklich helfen.«

Hätte nur das allerkleinste Muskelzucken in seinem Gesicht darauf hingewiesen, dass er es nicht absolut ernst meinte, hätte sie sich nicht aufhalten lassen. So aber blieb sie stehen und sah ihn auffordernd an.

»Die Frage war blöd, das gebe ich zu. Aber so war es nicht gemeint. Nach dem, was ich gehört habe, klingt das alles nicht besonders vielversprechend. Was genau los ist, kann ich aber nicht am Straßenrand rausfinden. Dazu muss der Bus auf die Bühne. Wenn es in Ordnung für dich ist, rufe ich einen Kumpel an. Der kann dich abschleppen, und ich schaue mir deinen Bus in der Werkstatt noch mal genauer an. Vielleicht kriege ich sogar von irgendwoher ein Diagnosegerät. Das kann ein paar Tage dauern, macht die Fehlersuche aber einfacher.«

Sie rieb mit den oberen Schneidezähnen über die Unterlippe und überlegte. Sollte sie ihrem Bauchgefühl trauen? Sollte sie wirklich darauf bauen, dass Callum sein Hilfsangebot ernst meinte und das hier nicht mal wieder eine Falle war, in die sie mit Anlauf hineinsprang? Vage konnte sie sich an eine Zeit erinnern, in der sie nicht jede Entscheidung auf die Goldwaage gelegt, in der sie sich selbst und ihren Instinkten vertraut hatte. Ein einziger bitterer Verrat hatte alles verändert.

Schließlich war es Mary Puppins, die den Entschluss für sie fasste. Auffordernd stupste sie Selma mit ihrer feuchten Nase in Richtung Callum. Selma lächelte. Andere hatten vielleicht eine funktionierende innere Stimme, dafür hatte sie Mary Puppins.

»Wenn du das machen könntest, wäre es wirklich super. Vielen Dank, Callum.«

Selma und ihr haariges Monster saßen auf dem Beifahrersitz. Callum hatte von sich aus angeboten, den Platz auf der Rückbank zu nehmen, während Charlies Schwager Taran hinter dem

Steuer des Busses saß. Selma war sich unsicher gewesen, ob sie mit der Lenkung zurechtkam, wenn der Bus am Abschleppseil hing. So traf es sich gut, dass Charlie Taran mitgebracht hatte. Womit Callum bei dem ganzen Arrangement allerdings nicht gerechnet hatte, waren die Blicke, die ihm Charlie so ungehindert über den Rückspiegel zuwerfen konnte.

Wahrscheinlich musste er von Glück reden, dass sein Kumpel und Mitarbeiter nicht vor Selma damit herausplatzte, was er von Callums Rettungsaktion hielt. Nicht nur Aisling war der Meinung, dass Callum seinen Helferkomplex in den Griff bekommen sollte. Dem Funkeln in Charlies Augen nach zu urteilen, war er außerdem nicht der Meinung, dass es Callum in erster Linie um den kaputten Bus ging. Seit Charlie vor einigen Jahren in Portugal seine große Liebe Shannon kennengelernt hatte, hatte er es sich zur Aufgabe gemacht, Callum zu verkuppeln. Jedes Mal, wenn eine Frau Burke's Boatsworks betrat, blitzten in Charlies Augen kleine Herzen auf. Sehr zum Leidwesen von Callum. Er hätte es besser wissen müssen, als ausgerechnet Charlie in die Sache hineinzuziehen. Kaum saßen sie alle im Jeep seines Kumpels, der Bus sicher am Abschleppseil hinter ihnen, begann Charlie mit seiner Inquisition.

Er richtete sich an Selma. »Und was genau hat dich und dieses süße Fellknäuel in unsere schöne Gegend getrieben?«

Innerlich stöhnte Callum. Ein begnadeter Heiratsvermittler war Charlie jedenfalls nicht. Dafür fehlte ihm die Raffinesse. Trotzdem spitzte er die Ohren. So peinlich ihm die Frage war, die Antwort interessierte ihn sehr wohl.

»Das Abenteuer.« Zwar konnte er Selmas Gesicht nicht sehen, aber in ihrer Stimme lag ein Lächeln. »Ich hab dringend eine

Auszeit von meinem Leben gebraucht, und da schien mir ein Roadtrip entlang des Wild Atlantic Way wie das Richtige. Viel Natur, wenig Menschen – genau die passende Umgebung, um über ein paar wichtige Dinge nachzudenken.«

»Wichtige Dinge wie zum Beispiel, ob du den Heiratsantrag deines Liebsten annehmen sollst?«

Subtilität, dein Name lautet Charlie Higgins – nicht!

Selma lachte. »Was? Sehe ich aus wie eine Braut, die sich nicht traut?«

»Im Gegenteil. Du siehst aus wie eine Frau, die mutig genug ist, auf Konventionen zu pfeifen und das zu tun, was für sie richtig ist. Da wäre es nur logisch, wenn das jemand erkannt hat und es möglichst schnell offiziell machen will.«

Callum wurde es zu bunt. Er hatte Charlie gebeten, Selmas Bus abzuschleppen, nicht die Frau! »Da vorne links.« Als ob Charlie nicht genau wüsste, wo es lang ging. Schließlich lebte sein Kumpel ebenso wie Callum seit seiner Geburt in Meadowvale, einem der zahlreichen winzigen Townships, die zur Gemeinde Rossaveal gehörten. Er versuchte zu retten, was noch zu retten war.

»Zieh den Bus am besten gleich in den Hof, ich will mir den Motor schnellstmöglich anschauen. Sicher möchte Selma bald weiter.«

»Aye, aye, Sir.« Im Rückspiegel funkelten Charlies Augen vor Schalk.

»Mit einer geplatzten Hochzeit hat die Reise jedenfalls nichts zu tun«, nahm Selma den Gesprächsfaden wieder auf.

Am liebsten hätte er sie vor Erleichterung geküsst. Nicht, weil sie nicht verlobt war. Ganz sicher nicht. Einzig und allein, weil er Charlie mit seinen idiotischen Andeutungen nicht mehr aushielt.

»Ich hab mich nur einfach nicht mehr wohl gefühlt mit dem Status quo. Mein Job, meine sogenannten Freunde, mein ganzes Leben hat sich angefühlt wie ein Kleidungsstück, das überall kneift und ziept.« Sie legte eine Hand auf Mary Puppins' Kopf. »Hört sich wahrscheinlich ziemlich doof an.«

Hätte er seiner Stimme in diesem Moment vertraut, hätte er ihr versichert, wie wenig doof sich ihr Geständnis anhörte. So zog er es vor, die Zähne zusammenzubeißen. Zu bekannt kam ihm das vor, was sie beschrieb.

Zum Glück tauchten in diesem Moment die ersten Gebäude von Rossaveal vor ihnen auf. Der Ort bestand aus nicht mehr als ein paar lose entlang den Straßen angeordneten Häusern und Cottages. Das einzig Bemerkenswerte war der Hafen. Von hier aus legten die Fähren zu den Aran-Inseln und in die Galway Bay ab. Doch nicht nur die großen Schiffe, auch jede Menge Fischer- und Sportboote lagen in der örtlichen Marina. Für eine Ein-Mann-Werft wie Burke's Boatsworks, die sich auf die Reparatur und Instandhaltung von Booten spezialisiert hatte, die andere längst aufgegeben hatten, war der Hafen von Rossaveal genau der richtige Standort.

Routiniert navigierte Charlie den Jeep mitsamt seinem Anhängsel durch das Gewühl an parkenden Autos an der Hauptstraße. Die Lagerhallen und Werften gaben nicht das idyllischste Bild von Irland ab, doch Callum liebte das geschäftige Treiben, den Geruch nach Diesel und Fisch und das Rattern der Bootsmotoren. Schon als kleiner Junge war der Hafen ihm vorgekommen wie das Tor in die große weite Welt. Wer von hier aus aufbrach, dem standen alle sieben Weltmeere offen.

Burke's Boatsworks befand sich im hintersten Teil des Areals. Ein unscheinbares zweistöckiges Gebäude im typischen irischen

Baustil, dessen kanariengelber Anstrich schon von Weitem sichtbar war. Türen und Fenster waren in einem dunklen Grün gestrichen und bildeten einen hübschen Kontrast zur Fassade. Das Holzschild mit der Aufschrift »Burke's Boatsworks« hatte noch Callums Großvater anfertigen lassen, was man dem Design durchaus ansah. Trotzdem hätte er es niemals fertiggebracht, das alte Schild durch ein neues zu ersetzen. Die kleine Werft war der Anker, der ihn in Rossaveal hielt. Er gab ihm Sicherheit, ebenso wie er ihn zurückhielt.

Wie abgesprochen zog Charlie den Bus auf den der Mole abgewandten Hof der Werkstatt. Er stoppte den Motor.

»Da sind wir«, erklärte Callum.

Charlie dabei zu helfen, das Abschleppseil zu entfernen und den Bus durch das offen stehende Garagentor ins Innere der Werkstatt zu schieben, war leicht. Seine Hände erfüllten ihre Aufgaben wie von selbst. Schwierig hingegen war, sich nicht von Selma ablenken zu lassen. Sie hatte Mary Puppins an die Leine genommen und sah sich interessiert um.

In seinem ganzen Leben hatte Callum noch keine Werkstatt gesehen, die hundert Prozent ordentlich war, und obwohl er sich bemühte, Burke's Boatsworks stets in einem einwandfreien Zustand zu halten, war das auch bei ihm nicht anders. Mehrere Boote standen auf Trailern im Hof. Im Inneren hing Werkzeug an den Wänden, waren Ersatzteile auf Regalen sortiert, standen rostige Rollwagen vor Hebebühnen oder Arbeitsgräben. Ausgebaute Motoren warteten auf seine Aufmerksamkeit. Bretter, Bleche, Plastikwannen – überall lag etwas herum. Es roch nach Diesel, Motoröl und Metallspänen. Alte Blechschilder mit Pin-up-Girls im Fünfziger-Jahre-Look hingen neben Auftragsplänen und Notrufnummern an den Wänden. Selma mit ihrem sonnengesträhnten Haar, den ausgetretenen Chucks und der weiten cremefarbenen Flatterhose wirkte an diesem Ort wie ein Hauch frischer Luft.

»Das wird also Mary P.s und mein Wohnort für die nächsten Tage.« Sie lachte ein bisschen. »Nicht ganz die Art von Idylle, die ich im Sinn hatte, als ich nach Irland aufgebrochen bin, aber ich bin dir trotzdem dankbar, dass du dich des Problems angenommen hast.«

Mit etwas Verspätung sickerte ihre Aussage zu ihm durch. Er fuhr zu ihr herum. »Du kannst hier nicht wohnen!«

»Mein Bus …«

Er unterbrach sie. »Du kannst unmöglich hier auf dem Gelände schlafen«, wiederholte er. »Allein aus versicherungstechnischen Gründen geht das nicht. Was, wenn du dich hier verletzt? Was, wenn ein Feuer ausbricht oder jemand einbricht oder sonst irgendwas passiert?«

Allein die Vorstellung von dem Papierkrieg, der dann auf ihn zukommen würde, verursachte ihm Panik. Auch so schon wusste er oft genug nicht, wo ihm der Kopf stand, und jeder einzelne Tag war ein verdammter Kampf. Eine einzige Komplikation mehr, und seine mühsam erhaltene Fassung würde endgültig verlorengehen. Und was dann? Er schloss kurz die Augen, atmete gegen die Enge in seiner Kehle an. Nicht jetzt, flehte er im Stillen. Nicht hier.

»Ich hatte dich nicht für einen solchen Schwarzmaler gehalten.«

Wenn sie wüsste. Darin, sich die allerschlimmsten Was-wäre-wenns auszudenken, war er Profi. Dass sie das nicht ahnte, war offensichtlich. In ihrer Stimme schwang ein Schmunzeln mit. Er konzentrierte sich darauf, konzentrierte sich auf das Außen. *Drei Dinge, die du hörst: Selmas Stimme. Mary Puppins' Hecheln. Das leise Schlagen des Garagentors in den Angeln.* Langsam zog die aufsteigende Panik die Krallen ein.

Er versuchte es mit Vernunft. »Ich verdiene hier meinen Lebensunterhalt. Ich kann nichts riskieren.«

Sie verzog die Mundwinkel nach unten. »Verstehe.« Pause. »Dann muss ich wohl nach einem Bed & Breakfest suchen. Oder einem Hotel oder …« Wieder dieses freudlose Lachen. Mit der Hand strich sie sich ein paar lose Haarsträhnen aus dem Gesicht. »Ganz schön teuer, so eine verdammte Panne.« Noch eine Pause, ein hoffnungsvoller Blick unter halb gesenkten Augenlidern.

Zum Teufel! Nur mit Mühe konnte er sich davon abhalten, mit der Faust gegen die Wand zu schlagen, um die Anspannung loszuwerden, die schon wieder an ihm zu nagen begann. Was erwartete sie von ihm? Er hatte ihr geholfen. Er hatte ihren Bus in seine Werkstatt abgeschleppt und versprochen, zu sehen, was er machen konnte. Mehr war nicht drin.

Wieder einmal schwieg er zu lange. Selma ergriff das Wort: »Soll ich dann morgen einfach vorbeikommen, um zu erfahren, was du rausfinden konntest? Weges des Busses, meine ich. Oder ist morgen zu früh?« Sie machte einen Schritt zurück. »Mir ist klar, dass du mir ohnehin schon einen Gefallen tust. Wenn du viel zu tun hast, verstehe ich das voll. Sag mir einfach, wann ich wiederkommen soll. Und vielleicht auch, wo ich dieses Bed & Breakfest finde?« Den letzten Satz betonte sie wie eine Frage.

»Morgen ist in Ordnung.« Sie musste denken, er sei der letzte Arsch, so nervös, wie er sie offenbar machte.

»Okay.«

Er drehte sich zur Werkbank um und rückte die der Größe nach geordneten Schraubenzieher an der Wand zurecht, die nicht zurechtgerückt werden mussten.

»Ähm, Callum.«

»Was?« Er drehte sich um.

»Das Bed & Breakfest? Der Bus ist mein Zuhause. Wenn ich nicht dort schlafen kann, bleibt mir nur die Straße. Oder eben ein …«

»Du brauchst kein Bed & Breakfest.« Die Worte waren heraus, ehe er sie zurückhalten konnte. Shit!

Selma riss die Augen auf. Jetzt, wo er einmal angefangen hatte, blieb ihm nichts anderes übrig, als die Sache weiter auszuführen. »Es gibt eine Wohnung über der Werkstatt. Die steht leer. Es ist kein Luxus oder so, aber wenigstens bist du dann vor Ort. Die Busverbindungen hier sind grauenvoll. Egal zu welcher Pension, du würdest immer eine halbe Ewigkeit brauchen.«

»Wow, ich …« Sie stockte. »Bist du sicher? Das Angebot ist der Hammer, aber du hast schon so viel für Mary P. und mich getan. Du musst wirklich nicht …«

»Ich weiß, dass ich nicht muss.« Das war Teil des Problems. Er musste nie. Aisling und Charlie wurden nie müde, ihm das unter die Nase zu reiben. Die Gitter seines Gefängnisses schmiedete er ganz allein.

»Na dann …« Sie zuckte mit den Schultern, lächelte. Es war dieses Lächeln, das ihn schon bei ihrem Kennenlernen entwaffnet hatte. Das Lächeln, in dem genug Licht und Wärme lag, um selbst die dunkelsten Ecken seines Inneren zu erreichen. »Dann sagen Mary P. und ich Danke.«

Er horchte ihren Worten nach, und auf einmal konnte er nicht mehr bereuen, dass er sich mit ihr einen weiteren Punkt auf seiner To-do-Liste aufgehalst hatte.

Der schmale Flur, durch den Callum sie führte, war so düster, als wäre es Nacht. Instinktiv griff Selma nach Mary Puppins' Halsband. Die Hündin schmiegte sich an ihr Bein. Offenbar war auch ihr das alte Haus nicht geheuer.

Dabei brauchte Selma wirklich keinen Luxus. Im Gegenteil. Der ewige Überfluss in ihrem alten Leben hatte ihr mehr und mehr zugesetzt. Das war mit ein Grund gewesen, warum sie sich überhaupt auf das Abenteuer mit dem Van eingelassen hatte. Hinter all dem Glitter und Glanz in München hatte sie den Blick auf das Wichtige verloren. Mehr und mehr war sie geblendet gewesen, bis sie nicht mehr einordnen konnte, was gut war und was schlecht.

Das Haus, durch das Callum sie nun führte, war nicht nur schlicht. In den Ritzen der dicken Steinmauern schienen sich Geheimnisse zu ducken. Die Enge im Flur, die niedrigen Türstürze, der leicht feuchte Geruch, der selbst das Aroma von Motoröl und Diesel aus der Werkstatt übertünchte, drückten ihr aufs Gemüt.

Schon die Werkstatt hatte sie überrascht. Callum selbst wirkte so … modern. Mit dem Bad-Boy-Bart, dem Kanu und dem schicken Faux Hawk könnte er in einer anderen Umgebung glatt als Berliner Hipster durchgehen. Die Werkstatt andererseits wirkte … absolut echt. Nicht gestylt, nicht geschönt. Nicht so, wie eine Werkstatt auf Pinterest oder Instagram aussah, sondern wie ein Ort, an dem gearbeitet, an dem kaputte Dinge repariert wurden. Selma wusste von der wechselhaften Geschichte Irlands. Von den Hungersnöten und Auswanderungswellen. Bevor der Tourismus Wohlstand in dieses Land gebracht hatte, war das Leben hart und sehr oft traurig gewesen, und das spiegelte sich in dem Haus wider. Sie konnte sich eine Fischerfamilie in diesen vier Wänden vorstellen. Vater, Mutter und zwölf Kinder, von denen nur die ältesten vier oder fünf Schuhe trugen. Sie konnte sich die Familie ausmalen, wie sie gemeinsam über einem spärlichen Mahl am Tisch saß. Manchmal, nicht oft, sagte dann einer der Anwesenden etwas Lustiges, und die düsteren Räume mit den niedrigen Decken und feuchten Wänden wurden von Lachen erfüllt. Das waren die Momente, für die es sich zu leben lohnte. Es waren die Momente, deren Nachklang sie bis heute in Callum spürte.

Am Ende des Flurs führte eine Stiege in den ersten Stock. Die Stufen waren ungleichmäßig und steil. Mary Puppins' Krallen gaben beim Erklimmen ein unregelmäßiges Klicken von sich.

»Da sind wir.« Oben angekommen, stieß Callum eine Tür auf. Sonnenlicht fiel durch den Türspalt. Für die Dauer eines Herzschlags blendete Selma die plötzliche Helligkeit. Callums Körper zeichnete sich nur als riesiger Schatten ab, dann trat er zur Seite, machte ihr den Weg frei.

Sie folgte seiner Anweisung, blinzelte und konnte ihren Augen kaum trauen. Vor ihr entfaltete sich ein lichtdurchfluteter Traum aus maritimer Gemütlichkeit. Die Zimmerdecke war nicht abgehängt und ließ den Blick auf das Gebälk des Daches frei. Das Licht kam durch eine Reihe Fenster, die sich einmal komplett um die gesamte Wohnung zog. Wo es keine Fenster gab, waren die Wände von oben bis unten mit Holz in einem hellen Kreideton verschalt. Nur einen Ton dunkler war der Dielenboden. Ein Flickenteppich in Creme begrenzte die Couchecke, in der neben einem hellgrauen Sofa und einem weißen Teetisch noch ein Schaukelstuhl aus Rattan stand. Ein Boxspringbett, ebenfalls in Creme, war unter die Dachschräge gerückt. Statt einer Einbauküche gab es einen Holztisch, auf dem sich ein Campingkocher befand. Teller und Gläser waren in Wandregalen gestapelt. Ein Esstisch mit vier Stühlen diente als Raumtrenner.

»Wow, das ist …« Ihr fehlten die Worte. Im Leben nicht hätte sie in diesem Haus, über einer Werkstatt, auf dem Hafengelände mit so einer Oase aus Wohnlichkeit gerechnet. Selma liebte ihren Van, aber das hier schlug die beengte Kuscheligkeit ihres rollenden Zuhauses um Welten.

Auch Mary Puppins schien die Wohnung zu gefallen. Die Nase auf dem Boden, beschnüffelte sie die Umgebung, ehe sie vor einem der Fenster stehen blieb, die Pfoten auf das Fensterbrett stellte und interessiert das Treiben im Hafen betrachtete.

Selma zückte ihr Handy. Das Bild musste sie unbedingt für ihre Follower festhalten. Gut, eventuell war sie etwas voreingenommen in ihrer Meinung, Mary P. sei der süßeste Hund der Welt, aber auch nach vier gemeinsamen Jahren überraschte es sie immer noch, wie sehr die Hündin ihr Leben bereicherte. Ihr Charme, ihre Streiche, ihre fraglose Loyalität sorgten Tag für Tag dafür, dass Selma sich niemals wirklich allein oder fremd fühlte.

Erst als sie das Smartphone wieder wegsteckte, bemerkte sie, dass Callum sie abwartend betrachtete.

»Es ist ja nur für den Übergang«, begann er, doch sie unterbrach ihn.

»Nein, so meine ich das nicht.« Sie zwang ihre Aufmerksamkeit weg von Mary P. und machte zwei schnelle Schritte auf Callum zu. Bevor sie ihr Handeln überdenken konnte, legte sie ihm eine Hand auf den Oberarm. Unter seiner Haut zuckten die Muskeln, aber er wich nicht zurück.

»Die Wohnung ist wunderschön. Wirklich. Ich bin nur so … überrascht. Von außen hätte ich im Leben nicht damit gerechnet, dass sich hier unter dem Dach so ein Juwel befindet. Sicher rennen dir die Feriengäste die Bude ein. Vermietest du über Airbnb, oder wie läuft das normalerweise?«

»Nein, es …« Callum rieb sich den Bart. »Die Wohnung war nie als Ferienwohnung gedacht. Es ist …«, er unterbrach sich, machte einen Schritt zurück. »Ich lege dir die Schlüssel auf den Tisch.« Noch einen Schritt rückwärts. »Ich muss jetzt los. Bis dann.«

Sie nickte. Was auch immer Callums Reaktion hervorgerufen hatte, das hier war eindeutig eine Flucht. »Danke noch einmal. Für alles.«

»Keine Ursache.« Die Tür fiel hinter ihm ins Schloss.

Selma ließ sich auf das Sofa fallen. Die Kissen waren weich und gemütlich. Sie stieß einen langen Seufzer aus, was Mary Puppins als Einladung interpretierte, sich zu ihr auf die Couch zu gesellen. Blieb nur zu hoffen, dass Callum nichts gegen Hundehaare auf seinem Sofa hatte.

Callum … Sie wurde aus dem Mann nicht schlau. Retter in der Not im einen Moment, verschlossener Griesgram im nächsten. Beinah wirkte es, als hätte er ihr gegen seinen eigenen Willen geholfen.

Mary Puppins winselte und schob den Kopf unter Selmas Hand. Es gibt Wichtigeres, als sich über einen Kerl den Kopf zu zerbrechen, den du in ein paar Tagen ohnehin nie wiedersehen wirst, hieß das.

Mary P. war eine kluge Hündin. Selma folgte ihrem Rat und tat ihr Bestes, jeden Gedanken an Callum aus ihrem Bewusstsein zu verbannen.

Kapitel 3

@marypuppins_superdog Wenn du Kummer hast: Spiel mit deinem Hund. Wenn du albern bist: Spiel mit deinem Hund. Wenn du dich von den Sorgen des Alltags ablenken willst: Spiel mit deinem Hund. Wenn du einmal herzhaft lachen willst: Spiel mit deinem Hund. Mein Lieblingsspielzeug: Die superrobusten Kau- und Wurfspielzeuge von @Pfotenparty. Hol dir jetzt deinen Gutschein und überzeug dich selbst! Deine feuchte Nase wird es dir danken! #marypuppins #superdog #dogsofinstagram #dogplay #Pfotenparty

Das sachte Vibrieren des Mobiltelefons in ihrer Hand weckte Selma. Sie fuhr auf. Alle schwärmten immer von der regenerativen Kraft eines Powernaps. Nur bei ihr schien das nicht zu funktionieren. Gut, mochte daran liegen, dass ihre Powernaps in der Regel nicht die empfohlenen zwanzig Minuten, sondern eher an die zwei Stunden dauerten, aber wer wollte schon so ein Besserwisser sein?

Sie sah auf das Handydisplay und entdeckte eine Push-Nachricht. @Brauchtraum hatte gerade ein Live-Video gestartet.

Sie ließ das Handy sinken. An dieser Live-Video-Session würde sie ganz sicher nicht teilnehmen. Sie konnte sich schon vorstellen, wer da sein schleimiges Gesicht in die Kamera hielt. Charmant wie immer. Gut aussehend, nahbar. Wenn eine der Teilnehmerinnen ihn darum bitten würde, würde er womöglich sogar ein improvisiertes Ständchen zum Besten geben. Auf seine einzigartig rotzige Art, der man selbst die größten Frechheiten nicht wirklich übelnehmen konnte, würde er Stylingtipps geben und Komplimente machen, und den Mädchen und Frauen vor den Bildschirmen würde das Herz aufgehen. Natürlich sprach sich so eine Sensation wie ein Instagram-Live mit einem der erfolgreichsten deutschen Künstler herum, und in jeder Sekunde würden sich weitere Teilnehmerinnen in den Stream klicken. Nach einer Stunde oder so dann die Verabschiedung. Sobald die Kamera aus war, würde sich Melina dranmachen, einen Bericht für den Kunden zu tippen. Teilnehmerzahl, Aufrufe, durchschnittliche Verweildauer im Stream. Ihre Finger würden über die Tastatur fliegen, lächelnd vor Selbstgefälligkeit. Sie könnte stolz auf sich sein, würde Justus, der Agenturchef, ihr am nächsten Tag sagen. Gerhard vom Brauchtraum würde ihr eine E-Mail schreiben. *Weiter so*, würde dort drinnen stehen oder: *Vielen Dank für die erfolgreiche Zusammenarbeit.* Dass die ganze Idee nicht auf Melinas Mist gewachsen war, spielte in dem Szenario keine Rolle.

Winselnd schob Mary Puppins ihre Schnauze unter Selmas Hand.

»Hast ja recht.« Selma machte Mary P. Platz auf der Couch, und sofort überschüttete die Hündin sie mit nassen Hundeküsschen. Wer von ihnen beiden die Aufmerksamkeit gerade mehr brauchte, ließ sich schwer sagen.

»Die sind es nicht wert, dass ich über sie nachdenke.« Ganz abstellen konnte Selma ihre Grübeleien aber trotzdem nicht. Die Enttäuschung saß zu tief. Auch nach einem Jahr waren die Narben von Melinas Verrat nicht verheilt. Gut, dass Mary P. eine geduldige Zuhörerin war.

»Wirst sehen: Irgendwann gibt es einen riesen Skandal. Dann überschlagen sich die sozialen Medien in einem Shitstorm, dass alle gar nicht mehr wissen, wo ihnen der Kopf steht. Dann werden sie den Schwanz einziehen und sich wünschen, die tolle Melina hätte niemals ihren Mund aufgemacht, und ich kann ganz schadenfreudig sagen: Hab ich's doch gewusst!«

Mary Puppins ließ von Selma ab und rollte sich neben ihr auf der Couch zusammen, sodass Selma nur noch ihr Hinterteil sah. Nicht einmal Mary P. hielt etwas von ihrer Missgunst. Selma verstand das. Sie mochte sich selbst auch nicht besonders, wenn sie sich in derlei Gedanken verstrickte. Um genau zu sein, mochte sie sich dann so wenig, dass der Drang, vor sich selbst davonzulaufen, so stark wurde, dass sie ihm kaum etwas entgegensetzen konnte. Aus keinem anderen Grund war sie überhaupt in die Lage geraten, in der sie sich gerade befand.

Es gibt nichts Gutes, außer man tut es, hatte ihre Oma früher immer gesagt, und damit hatte sie auch heute noch recht. Davon, in Callums Wohnung festzusitzen und schlechte Laune zu haben, würde nichts besser werden. Außerdem hatte sie jede Menge zu tun. Wenn diese Wohnung zumindest für ein, zwei Tage ihr Zuhause werden sollte, müsste sie wenigstens die wichtigsten Dinge aus dem Van holen.

Gesagt, getan. Sie schnappte sich den Schlüssel vom Brett und machte sich ans Werk. Als sie an der Werkstatt vorbeikam, verriet das Zischen eines Schweißgeräts, dass Callum bei der Arbeit war. Über die Klamotten, die er beim Kanufahren angehabt hatte, hatte er sich nun einen blauen Arbeitsoverall gezogen. Den Kopf von einem Helm mit Visier geschützt, beugte er sich über ein Stück Blech. Selmas Van stand immer noch im Hof. Falls Callum ihre Anwesenheit bemerkte, zeigte er das nicht.

Sie schlich an ihm vorbei. Der T3 war nicht abgesperrt, sie konnte leicht hineinschlüpfen und die Sachen zusammenpacken, auf die sie in ihrer neuen Bleibe nicht verzichten konnte. Ein paar Kleidungsstücke. Duschgel, Zahnpasta und Zahnbürste. Shampoo, ein Kamm und eine Bürste. Mary Puppins erwartete sie schwanzwedelnd direkt hinter der Eingangstür, als sie die erste Fuhre nach oben brachte.

»Gleich«, versicherte sie ihr. »Jetzt noch deine Sachen, dann ist das Wichtigste oben, und wir können uns überlegen, ob wir noch einen Spaziergang machen.« Irgendwas musste sie auch zum Abendessen auftreiben, aber das sagte sie lieber nicht laut. So wie sie Mary Puppins kannte, würde sie das Wort »Abendessen« als Aufforderung verstehen und von da an fest davon überzeugt sein, dass sie dem drohenden Hungertod nur durch eine großzügige Spende von Leckerlis entgehen konnte.

Mary P. war nicht begeistert, wieder allein in der Wohnung bleiben zu müssen. Aber sie fügte sich, schließlich wusste sie, dass ihr Frauchen immer zurückkommen würde. Noch etwas, worum Selma ihre Hündin manchmal beneidete. Spätestens seit dem Zerwürfnis mit Melina war Selma nämlich eines klar: Liebe für immer gab es nicht. Egal, ob es sich um freundschaftliche, romantische oder kollegiale Liebe handelte. Menschen kamen und gingen, und am Ende des Tages war jeder sich selbst der Nächste.

Zurück im Van waren Mary Puppins' Sachen dran. Zwei Hundefutterdosen gab Selma in ihr Körbchen, dazu eine Tüte Trockenfutter und je einen Napf für Wasser und die unterschiedlichen Futtersorten. Ein Quietschespielzeug in Form einer lachenden Ananas gesellte sich zu den anderen Sachen. Außerdem kam Mary P. an fremden Orten besser zur Ruhe, wenn sie ihr Schnuffeltuch hatte. Ernsthaft, mit Hund zu verreisen, war jedes Mal ein wenig, als wollte sie eine Weltumsegelung starten.

Alles Wichtige zusammengepackt, hielt Selma inne und schaute nachdenklich aus dem Fenster. Hatte sie etwas vergessen?

Dass ihr Blick durch die Windschutzscheibe direkt in die Werkstatt fiel, wo Callum mit dem Schweißgerät zugange war, war reiner Zufall. In einem Regen aus Funken konnte sie nur seine Silhouette ausmachen. Er stand nicht ganz still, fiel ihr jetzt auf. Sein Körper schwang und bog sich mit der Arbeit. Metall und Feuer tanzten mit ihm. Obwohl er beinah komplett in dem Overall steckte, erahnte sie die Kraft seiner Muskeln. Sie lag in der Art, wie er das Schweißgerät hielt, im Schwung seiner Schultern und dem breitbeinigen Stand. Seht her, sagte seine Körperhaltung, ich bin der Meister des Feuers. Ich stehe mit beiden Beinen fest am Boden, mich kann so schnell nichts umhauen. Der Anblick faszinierte sie, hinzuschauen war auf einmal so wichtig wie atmen. Womöglich spürte er ihren Blick, vielleicht war er auch einfach nur zufrieden mit seiner Arbeit, jedenfalls stellte er in diesem Moment das Schweißgerät aus, ließ es an seine Seite sinken und hob mit der freien Hand das Visier des Helmes an. Ein Schimmern lag auf seinem Gesicht. Schweiß, wahrscheinlich, denn er hob die Schulter und wischte mit dem Oberarm über Augen und Schläfe. Auch wenn das Feuer für den Moment aus war, die Funken flogen weiter, direkt von der Werkstatt in ihren Bauch.

Verdammt noch mal, das war nicht gut. Gar nicht gut. Callum ließ das Visier nach unten klappen, setzte das Schweißgerät erneut an. Sie riss sich von dem Anblick los. Was zum Teufel war falsch mit ihr? Der Mann wollte nur in Ruhe seiner Arbeit nachgehen. Bisher war er ihr gegenüber nichts als freundlich gewesen, und wie dankte sie es ihm? Indem sie ihn heimlich stalkte? Was für ein Armutszeugnis. Das waren Hormone, die die Funken in ihrem Bauch tanzen ließen, nichts als Hormone. Es lag in Selmas Macht, selbst zu entscheiden, was sie mit dieser Anziehung machen wollte. Sie musste sich nicht aufführen wie ein Arsch. Sie konnte sich Callum gegenüber genauso gut respektvoll verhalten und ihn ausschließlich als das sehen, was er bisher gewesen war: ein netter Kerl, der bereit war, einer Fremden zu helfen, wenn sie es brauchte.

Dankbar, dass Callum nun wieder von seiner Arbeit abgelenkt war, schnappte sie sich das Hundekörbchen mit Mary Puppins' Sachen und stemmte es sich auf die Hüfte.

Im Vorbeigehen nickte sie Callum zu, und ihr Blick blieb dabei ausschließlich auf sein Gesicht gerichtet. Wen interessierte es schon, wie so ein Knackarsch in einem Overall aussah, der um die Hüften erstaunlich eng geschnitten war? Sie jedenfalls nicht.

Beim zweiten Mal begrüßte Mary Puppins sie noch begeisterter als bei ihrem ersten Gang. Selma verstaute die Sachen, die sie aus dem Van gebracht hatte, und machte beim Spielen mit Mary P. ein paar niedliche Videos. Als sie den Text dazu ins Beitragsfeld ihres Insta-Profils tippte, kam sie sich dennoch vor wie die größte Heuchlerin. Denn sosehr sie das Spiel mit ihrer Labradordame genoss, mit einem halben Ohr horchte sie die ganze

Zeit auf die Geräusche aus der Werkstatt. Ob Callums Brust unter dem Overall genauso vor Schweiß glänzte wie sein Gesicht unter dem Helm? Ob er Muskelkater hatte, nachdem er stundenlang das Schweißgerät schwang? Ob er auch an sie dachte? Gab es das wirklich? Nicht Liebe auf den ersten Blick. Um daran zu glauben, war sie bei Weitem nicht naiv genug. Aber wie war es mit Lust auf den ersten Blick? Mit Sympathie oder Seelenverwandtschaft?

Erst als die Geräusche aus der Werkstatt verstummten und Selma sich sicher war, dass Callum Feierabend gemacht hatte, kamen ihre Gedanken zur Ruhe.

Cailleach Bhéara war da. Ihre Anwesenheit sickerte unter der Tür heraus, noch ehe Callum sie aufgestoßen hatte. Sein Magen verkrampfte sich. Callum hatte ihren Namen als Kind von seinem Vater gelernt, kurz bevor dieser eines Abends auf See gefahren und ihn und Mam für immer zurückgelassen hatte. Was für ein passendes Abschiedsgeschenk.

Sehr langsam drückte er die Tür auf. Kein Laut drang aus dem Inneren des Hauses. Er sog Luft durch die Nase, prüfte den Geruch in der Wohnung. Als er den Schlüsselbund an den Haken hängte, klirrten die Schlüssel aneinander. Seine Hände zitterten. In der Kehle saß die Begrüßung fest, die er eigentlich hatte sagen wollen. So gehörte es sich doch, oder? Zumindest in normalen Familien. Wenn jemand nach einer längeren Zeit nach Hause kam, begrüßte man einander. Man sagte: »Hey Mam, ich bin zurück« oder »Wieder da, was gibt es zu essen?« Als Jugendlicher hatte er sich das manchmal vorgestellt. Wie er nach der Schule zurückkam und das ganze Haus nach Eintopf oder Sonntagsbraten roch. Wie seine Mutter ihn mit einem liebevollen »Wie war's in der Schule?« begrüßen und ihn dann daran erinnern würde, sich vor dem Essen die Hände zu waschen.

Bei Charlie war das so, wenn Callum ihn manchmal nach dem Unterricht nach Hause begleitete. Dort standen Blumen in einer Vase auf der Anrichte. Es gab zum Abendessen Servietten und Besteck, bei dem Gabel, Messer und Löffel zusammenpassten. Manchmal steckte Charlies Mam ihnen nach dem Essen sogar einen Schokoriegel zum Nachtisch zu. Den hielt Callum dann so lange in der Hand, bis die Schokohülle weich und cremig wurde und die karamellisierten Nüsse im Inneren in seinen Zähnen hängen blieben. So konnte er sich den Geschmack bewahren, ihn mit in sein eigenes Heim nehmen, wo es weder gedeckte Abendessentische noch warme Begrüßungen gab. Meistens kamen Wut und Einsicht erst, wenn er nachts im Bett lag und auf den süßen Nusskrümeln zwischen den Zähnen kaute. Dann schwor er sich, nie wieder zu Charlie und den gedeckten Tischen, den Truthahnbraten, gebutterten Kartoffeln und Schokoriegeln zu gehen.

Irgendwann hatte er seinen nächtlichen Schwur in die Tat umgesetzt. Freunde waren Charlie und er dennoch geblieben, aber seit Jahren trafen sie sich nur noch in der Werkstatt, bei Aisling oder im Pub.

In der Garderobe streifte er sich die Schuhe von den Füßen und ging barfuß weiter Richtung Küche. Ein Fehler!

Die Cailleach Bhéara war wütend gewesen. Auf dem Küchenboden lagen Glassplitter. Einer davon bohrte sich in Callums Zehenballen.

Fluchend humpelte er zum Küchentisch, ließ sich auf einen der Stühle fallen und inspizierte den Schaden auf dem Boden. Sein Fuß musste warten.

Das Glas, das zu Bruch gegangen war, war offenbar nicht leer gewesen. Eine halb eingetrocknete Pfütze brauner Flüssigkeit breitete sich zwischen Tisch und Anrichte aus. Der Flasche Jameson war es nicht besser ergangen. Auch sie war auf dem Boden gelandet, ihr Vergehen wahrscheinlich, schon nach dem ersten Drink beinah leer gewesen zu sein.

Er musste nicht nachsehen, ob das Geld in der Keksdose noch da war, das er ihr daließ, damit sie sich in Notfällen tagsüber etwas zu essen kaufen könnte. Im Krämerladen bei Ida Sweeney gab es einen Kurzen Gin für gerade einmal fünf Euro. Cailleach Bhéara hasste Gin, sie bevorzugte die beißende Schärfe von Whiskey, aber ihre Ansprüche sanken mit jedem Schluck. War die Verwandlung komplett, zählte nur noch der Rausch.

Zwei Sekunden gönnte sich Callum, in denen er den Kopf in die Hände stützte und vortäuschte, nicht da zu sein, dann gab er sich einen Ruck und machte sich an die Arbeit. Cailleach Bhéara war oft genug zu Besuch, sodass er nicht darüber nachdenken musste, wie er seine Aufgabe am besten bewerkstelligte. Ganz von allein trugen ihn seine Füße ins Bad, wo er den Splitter entfernte und ein Pflaster über die Wunde klebte. Er sollte es besser wissen, als zu Hause barfuß zu gehen. Jedes Mal wenn er in den kommenden Tagen auftrat, würde der Schmerz ihn an seine Nachlässigkeit erinnern.

Von den Sohlen seiner Sneaker vor weiteren Splittern geschützt, fegte er erst die Scherben zusammen, dann wischte er den Boden und putzte das Waschbecken. Drei Teebeutel trockneten dort vor sich hin. Im Ausguss gammelten von Whiskey durchtränkte Brotkrumen. Ein Becher Tee war noch halb voll. Dreckige Wolken tanzten auf der Oberfläche und hatten sich als dunkle Schlieren am Rand abgesetzt. Dass er im Müll eine leere Flasche fand, wunderte ihn nicht. Ein einziges Glas lockte die Cailleach Bhéara schon lange nicht mehr hervor. Dazu brauchte es mehr. Mehr Frust. Mehr Alk. Mehr alles.

Erst als er es beim besten Willen nicht länger hinausschieben konnte, ging er ins Wohnzimmer.

Da lag sie. Sie sah ihn nicht kommen, rührte sich nicht. In ihren Mundwinkeln war Speichel zu weißen Flecken getrocknet. Ihr Rock war nach oben gerutscht, gab den Blick auf ihre teigweißen Schenkel frei. Ihre Beine waren so dünn, dass er den verfärbten Zwickel des Slips ausmachen konnte. Unter ihrem Hintern breitete sich ein dunkler Fleck auf dem Stoff des Sofas aus. Der Gestank, der sie umgab, vertrieb die letzten Zweifel.

»Hey!«

Sie gab ein feuchtes Brummen von sich, das in ein Husten überging, als sie sich an ihrem eigenen Speichel verschluckte. Er schob die Hand von ihrer Schulter in den Rücken, versuchte, sie aufzurichten. »Zeit fürs Bett. Komm, ich helfe dir ins Bad.«

Die Augen immer noch geschlossen, schüttelte sie ruckartig den Kopf. Er verstärkte seinen Griff, nahm auch die zweite Hand zu Hilfe. Sie riss die Augen auf, schlug nach seinen Händen. Laute – halb Schreien, halb Grunzen – verließen ihre Kehle. Sie hatten nichts Menschliches. Ein solches Gekreische stammte direkt aus den Legenden und Mythen. Es waren die Laute, die Da damals dazu veranlasst hatten, Callum von Cailleach Bhéara zu erzählen, der Hexe mit der schrillen Stimme, die einst die Welt mit einem Hammerschlag erschaffen hatte. Schöpferin und Zerstörerin zugleich, bringt Cailleach Bhéara neues Leben in die Welt, doch wenn sie wütend ist, bedeckt ihr eisiger Atem das Land mit Schnee und Eis. Die Kälte, die sie verbreitet, zerstört jedes Leben.

Ein Hieb traf Callum mitten auf die Brust. Für einen Moment blieb ihm die Luft weg, Sterne flimmerten vor seinem Gesichtsfeld. Er änderte seinen Griff, packte fester zu.

Viel war von seiner Ma nicht geblieben, seitdem sie sich Stück für Stück, Tag für Tag, mehr in Cailleach Bhéara verwandelte. Doch auch ein ausgemergelter, fünfzig Kilo schwerer Körper entwickelte Kraft, wenn seine besten Freunde Jim Beam und Johnny Walker ihn anfeuerten. Deshalb hatte Callum als Teenager irgendwann angefangen, Sport zu treiben und seine Muskeln zu stählen. Er schlug nie zurück, aber das Wissen, dass er sich wehren könnte, half ihm dabei, den Schmerz ihrer Schläge zu ertragen.

»Miststück!« Bei dem S-Laut ging ein Spuckeregen auf Callum nieder. »Nichtsnutziges Miststück! Nur du bist schuld. An allem bist du schuld. Mit deinen Lügen und deinem ewig heiligen Getue. Dabei bist du genauso ein Dreckstück wie dein dreckiger Vater. Nie bist du da, wenn man dich braucht. Welchem Rock bist du heute nachgestiegen, hm? Weißt wohl nicht, was in der Schrift steht, hm? Dass man seine Mutter ehren muss. Ehren, hörst du? Das nennst du ehren?«

Das Gekeife ging weiter. Als er die Dusche aufdrehte, übertönte das Wasserrauschen das meiste davon. Mit den ersten Wassertropfen traf sie die Scham. Das Kreischen wurde zu Heulen. Jetzt ging es einfacher, ihr das Kleid vom Körper zu streifen und sie dazu zu bringen, sich zu waschen. Er schloss die Duschwand, kramte im Unterschrank des Waschbeckens nach einer Plastiktüte, in die er ihren schmutzigen Slip stecken konnte, bevor er ihn in den Müll warf. Ihr mochte jeder Stolz verloren gegangen sein, ihn aber grauste die Vorstellung, jemand könnte das Beweisstück ihres Niedergangs im Abfall finden.

Schwer atmend lag sie irgendwann im Bett. Er rollte sie auf die Seite, stützte ihren Körper mit Kissen und positionierte ihre Hand so, dass sie das Kinn überstreckte und sie nicht ersticken würde, falls sie sich in der Nacht noch einmal übergeben musste.

»Mein Callum«, wimmerte sie.

Er deckte sie zu, strich ihr mit der Hand über die nassen Haare. Beinah klang sie schon wieder wie seine Mam. Wie die Mam, die ihn als Kind auf ihren Knien hatte reiten lassen. Wie die Mam, die ihm Geschichten vorgelesen und mit ihm über die allerblödesten Kinderwitze gelacht hatte. Daran erinnerte er sich am meisten. An ihr glockenhelles Lachen und den Stolz in seiner Brust, wenn er sie dazu gebracht hatte, auf diese Weise zu lachen.

»Mein allerliebster Callum. So ein guter Junge. So ein lieber Junge. Was wäre ich ohne dich? Ohne dich wäre ich nichts. Darfst mich nie verlassen, ja? Ohne dich wäre ich nichts …« Jedes Wort war leiser als das davor. Noch ehe sie den letzten Satz beendet hatte, schlief sie. Die Tür zu ihrem Schlafzimmer ließ er einen Spalt offen.

Mit Polsterschaum gingen die Flecken ganz gut aus der Couch, zum Glück war das Malheur noch nicht eingetrocknet. Auf das Sofa wollte er sich trotzdem nicht setzen. Das Wohnzimmer war ihr Revier. Hier schaute sie fern, hier empfing sie die Typen, die sie an Tadghs Frittenstand am Fährhafen aufgabelte, um mit ihnen für ein paar Stunden die Einsamkeit zu bekämpfen. Schon vor Jahren hatte Callum sich einen zweiten Fernseher für sein Schlafzimmer angeschafft. Er zappte durch die Programme, fand nichts, das sein Interesse weckte. Unter der Dusche schob er den Temperaturregler ganz nach links. Wenn das Wasser beinah siedend heiß aus dem Duschkopf kam, sengte es manchmal den Ekel und die Scham von seiner Haut.

Heute funktionierte es nicht. Ein Gefühl, als würden Ameisen über seinen Körper krabbeln, ließ ihn nicht zur Ruhe kommen. Der zweite Anlauf mit dem Fernseher verlief ebenso erfolglos wie der erste. Lustlos tippte er auf dem Handy herum, scrollte durch X, TikTok und Instagram. Snapchat mied er. Er hasste es, die täglichen Bilder seiner früheren Freunde zu sehen. Schnappschüsse aus ihren Leben, die allesamt so viel bunter, erfüllter und freier schienen als seines.

Er ließ das Handy auf die Brust sinken. In welchen sozialen Medien war Selma wohl unterwegs? Videos von ihr und Mary Puppins konnte er sich gut auf Instagram und TikTok vorstellen. Frei wie ein Vogel, den Wind des Abenteuers im Haar. Was auch immer das Duo von zu Hause fortgetrieben hatte, es hatte sie nicht aufgehalten, frei zu sein. Ihre Träume lebten. Was hatte er mit seinen gemacht?

Wissend, dass er sich damit keinen Gefallen tat, holte er den Karton aus der Klappe in seinem Schreibtisch, hob den Deckel an, breitete den Inhalt vor sich aus. Heute war so ein Tag. Da brauchte er den Schmerz, brauchte die Erinnerung daran, was er aufgegeben hatte, um bloß nicht zu hoffen, auch für ihn könnte sich noch einmal etwas ändern. Daran war Selma schuld. Sie war in seinem Leben aufgetaucht wie ein Atemzug frischer Luft. Sie war frei und ungebunden und verkörperte all das, was er nicht haben durfte.

Vor sich auf der Bettdecke breitete er die Papiere aus.

Ein Zertifikat des Goethe-Instituts in Irland, über den erfolgreichen Abschluss des Levels C1 in Deutsch. Eine Kopie seines Motivationsschreibens für die Uni in Kiel. Die Baupläne, die er aus reiner Lust am Entwerfen angefertigt hatte. Fotos seiner Modelle. Eine ganze Mappe hatte er für die Bewerbung in Kiel zusammengestellt. Solange er denken konnte, war Kiel sein Ziel gewesen, nirgends sonst lernte man besser, Schiffe zu bauen, wie auf der dortigen Universität.

Den Brief vom Dekanat nahm er als Letztes in die Hand.

Sehr geehrter Herr Burke,
herzlichen Glückwunsch! Wir haben Ihre
Anmeldeunterlagen geprüft und freuen uns,
Ihnen mitzuteilen, dass wir Ihnen ab dem
kommenden Wintersemester einen Studienplatz
für den Studiengang Schiffbau und maritime
Technik zur Verfügung stellen können.

Bitte bestätigen Sie Ihre Teilnahme.

Er ließ das Blatt sinken. Bis Kiel war er nie gekommen. Geschweige denn in die weite Welt. Sein Platz war in Moinn an Fháltais, dem kleinen Weiler außerhalb von Rossaveal. Bei Ma und der Cailleach Bhéara. Bei seiner Werkstatt und den wenigen Freunden aus der Kindheit, die ihm geblieben waren.

Es war wichtig, sich hin und wieder an die Träume zu erinnern, aus denen er jäh aufgewacht war. Heute riefen sie ihm ins Gedächtnis, dass Selma nicht nach Irland gekommen war, um ihn zu retten. Besser, er verbot sich jeden Gedanken an sie.

Kapitel 4

@marypuppins_superdog Hey-ho, liebe Feuchtenasen-Freundinnen, -Freunde und alles dazwischen!
Verfressen nennen mich die einen, futtermotiviert die anderen. Ich sage: Liebe geht durch den Magen.
In diesem Sinne: Guten Appetit mit unseren Freunden von @biowhoof, der Top-Adresse für selbst gebackene Hundesnacks in Bioqualität.
#marypuppins #superdog #dogsofinstagram #biowhoof

Der Morgen begrüßte Selma mit strahlendem Sonnenschein. Der Ausschnitt des Meeres, den sie vom Bett aus sehen konnte, schimmerte wie ein Juwel. Das Wasser glich poliertem Saphir und die Silberpfützen von der Sonne glitzernden wie Diamanten. Aus der Werkstatt hörte sie nichts.

Entschlossen, den Tag zu nutzen, stand sie auf und machte ein paar Dehnübungen. Mary Puppins beobachtete sie ungeduldig. Jedes Mal wenn Selmas Blick zufällig zur Tür wanderte, erhob sich die Labradorhündin und ging schon mal einen Schritt in die entsprechende Richtung. Eine sachte Erinnerung daran, dass sie, im Gegensatz zu Selma, kein bequemes Wasserklosett mit gepolstertem Sitz und Deckel hatte, um ihre Blase zu entleeren.

»Okay, okay.« Selma gab auf. »Ich hab's verstanden. Du kannst nicht mehr warten.«

Aus dem Stapel Klamotten, den sie tags zuvor aus dem Van mitgebracht hatte, angelte sie sich eine olivfarbene Leggings, ein simples T-Shirt und die passende Softshelljacke dazu. Dem irischen Wetter war nicht zu trauen. Auch wenn der Blick aus dem Fenster einen schönen Tag versprach, war es am Morgen oft noch empfindlich kühl. Zuletzt schnappte sie sich Mary P.s Leine.

»Was ist jetzt, Mädchen, willst du los oder nicht?«

Statt vor freudiger Erwartung zur Tür zu sprinten, blieb die Hündin vor der Küchenanrichte stehen. Besser gesagt, sie blieb dort stehen, wo auf der Anrichte das große Glas mit den handgebackenen Leberwurstleckerlis stand, die Selma vor ein paar Tagen von einem Berliner Start-up zum Testen und Vorstellen auf ihrem Profil zugeschickt bekommen hatte. Nun, wie es aussah, hatten die Leckereien Mary Puppins jedenfalls überzeugt.

»So ein verfressener Hund«, schalt sie lachend. »Und ich dachte, du platzt gleich, weil ich nicht sofort nach dem Aufwachen mit dir rausgegangen bin.«

Wer jemals behauptet hatte, Dackel hätten den Unschuldsblick perfektioniert, hatte noch nie eine schwarze Labradorhündin gesehen, die wirklich, wirklich gern eine Handvoll selbst gebackener Leberwurstkekse hätte. Was sollte Selma da machen? Sie hatte ein Herz in der Brust, keinen Stein!

Von den Leckerlis, die sie aus dem Glas fischte, warf sie Mary Puppins eines direkt zu. Ihre Hündin fing den Leckerbissen aus der Luft. Das Geräusch ihrer Zähne, als die Kiefer zuklappten, klang ziemlich gruselig.

»Oh, wow, Kleine. Lass das nur Callum nicht hören. Sonst denkt er endgültig, du bist der verschleierte Hund von Baskerville. Erst entführst du deine Opfer, dann verspeist du sie genüsslich.«

Mary Puppins' Blick sagte: »Bist du noch ganz bei Sinnen, Mensch? Ach, und während du über die Antwort nachdenkst: Wie wär's mit einem zweiten Keks?«

»Nichts da.« Diesmal blieb Selma standhaft. »Den nächsten Keks gibt es erst, wenn du draußen brav dein Geschäft verrichtet hast.«

Selma hätte schwören können, dass Mary Puppins' Kopfbewegung einem zustimmenden Nicken entsprach.

Statt durch die Werkstatt verließen sie das Haus diesmal durch die Haustür am anderen Ende des Flurs im Erdgeschoss. Schon zu dieser frühen Stunde war im Hafen einiges los. Fischer, die von der nächtlichen Fahrt heimkamen, entleerten ihre Netze. Einige boten ihren Fang direkt an der Mole an, belagert von Möwen, die kreischend auf die Fischabfälle warteten. Wann immer sich ihnen eine Möglichkeit bot, stießen sie im Sturzflug gen Boden und stibitzten sich einen Fischkopf oder Karkassen. Lauthals stritten sich die Vögel um die Beute. Schnäbel kamen zum Einsatz, Klauen, es wurde gekreischt und gefaucht und gekämpft. Nicht einmal Mary Puppins wagte sich unter die ringenden Vögel, obwohl Möwenjagen sonst zu einem ihrer liebsten Hobbys gehörte.

Vor dem Fähranleger wartete eine kurze Autoschlange auf die nächste Überfahrt. Aus mehreren Hangars dröhnte metallenes Klirren. An einer Zapfsäule direkt am Wasser füllte der Skipper einer privaten Jacht mithilfe des Tankwarts den Tank seines Schiffs.

Lobend, weil Mary Puppins sich von dem ganzen Trubel nicht ablenken ließ, steckte Selma ihr ein Leckerli zu.

Als sie den Hafen hinter sich ließen, wurde es augenblicklich ruhiger. Überall, wo Unkraut durch die zahlreichen Ritzen im rissigen Asphalt spross, hinterließ Mary Puppins ihre Duftmarke.

Selma hatte keine Ahnung, wohin genau sie wollte. Sie folgte ihrem Instinkt und Mary Puppins. Es ging die Straße entlang, grob in die entgegengesetzte Richtung, aus der sie gestern gekommen war, immer parallel zur Küste. Bald verschmälerte sich die Straße, die ganze Zeit über begleitete sie das Pladdern der Wellen am Strand. Bruchsteinmauern grenzten Grundstücke ab, auf denen schon längst keine Häuser mehr standen. Ruinen mit eingefallenen Dächern und halb verfallenen Mauern zeugten von einer Zeit, in der die Menschen Irland in Scharen verlassen hatten, um an anderen Orten ihr Glück zu suchen. Hecken aus Scharlachfuchsien boten Schutz vor dem Wind, der selbst an sonnigen Tagen wie diesem der Luft einen eisigen Biss verlieh. Ginster, Moosgras und Königsfarm blühten, so weit das Auge reichte. Die wenigen modernen Häuser, an denen sie vorbeikam, wirkten seltsam fremd in der Landschaft. Trotzdem rührten sie Selma. Sie waren der Beweis dafür, dass es weiterging. Nach schlechten Zeiten kamen irgendwann wieder gute. Das war der Lauf der Dinge, der Lauf des Lebens.

Vielleicht eine halbe Stunde nach ihrem Aufbruch erkannte sie ein wenig rechts des Wegs eine Ansammlung von Häusern. Eine Township, wie man die kleinsten Gemeinden in Irland nannte. Nun mit einem klaren Ziel vor Augen, folgte sie dem Sträßchen bergan. Tatsächlich entpuppte sich die Häuseransammlung als kleiner Ort.

Moinn an Fhâltais stand auf einem Holzschild neben der Straße. Der englische Name – *Meadowvale* – deutlich kleiner darunter. Rund ein Dutzend Gebäude drängten sich in einem offenen Bogen in den Wiesengrund. Es gab eine Post, ein Pub und einen Krämerladen. Die nostalgischen Schilder an den Fassaden, ebenso wie die Schaufensterdekorationen, wirkten wie Überbleibsel aus dem vergangenen Jahrtausend. Beinah erwartete Selma, jeden Moment einer Hausfrau mit Kittelschürze und Lockenwicklern auf dem Kopf zu begegnen. Der Krämerladen war in einem hellen Blaulila gestrichen und hatte grüne Läden und Türen. Als sie die Eingangstür aufschob, verriet das Klimpern eines Windspiels ihre Ankunft.

Um den Kassentisch hatten sich drei Frauen versammelt. Bei ihrem Anblick konnte Selma sich ein Grinsen nicht verkneifen. Tatsächlich versteckte eine von ihnen einen Kopf voller Lockenwickler unter einem geblümten Tuch. Obwohl sie offenbar noch nicht dazu gekommen war, sich zu frisieren, hatte die Zeit für ein auffälliges Make-up gereicht. Ihre Augen waren mit glänzend türkisem Lidschatten betont, die Lippen knallpink geschminkt. Wild gestikulierend sprach sie mit der Kassiererin. Diese war um einige Jahre jünger – Mitte vierzig vielleicht – und kaute geräuschvoll auf einem Kaugummi herum. Die Bräune ihrer Haut kam zweifellos aus der Tube, ebenso wie das Blond ihrer Haarpracht, die sie zu einer gewaltigen Löwenmähne toupiert hatte. Ein ausladender Busen stellte die Knopfleiste ihrer Bluse vor eine erhebliche Herausforderung, die sie wohl nur dank des Knotens meisterte, zu dem die beiden Blusenenden direkt unter der Brust gewunden waren. Die Dritte im Bunde war eine Frau etwa in Selmas Alter. Von allen dreien war sie die Unauffälligste. Mit einem Korb voller Einkäufe stand sie zwischen den beiden Älteren, die Schultern schmal, die Gesichtszüge so fein, dass sie an eine Fee erinnerten. Auch die roten Haare passten zu ihr. Alles in allem wirkte sie am ehesten wie eine typische Irin.

Kaum nahmen die drei Selma wahr, verstummte ihr Gespräch.

Etwas linkisch hob Selma die Hand zum Gruß. So viel Aufmerksamkeit war sie nicht gewohnt. Nicht live und in Farbe zumindest.

»Good Mo'ning«, begrüßte die Kassiererin sie in dickem irischem Akzent. »Wie kann ich Ihnen helfen?«

Suchend sah Selma sich um. Als ihr Blick auf die Glastheke fiel, knurrte ihr Magen. Eine erstaunliche Vielfalt an Gebäck war hier ausgestellt. Für einen Laden, der neben Gebäck auch Lebensmitteldosen, Putzmittel, Tiefkühlpizza, Instantnudeln, Damenbinden und Kartenspiele anbot – um nur einige Teile des Sortiments aufzuzählen –, war das außerordentlich erstaunlich. Biskuitrollen, dick mit Sahne gefüllt und mit Blaubeeren verziert, lagen neben Blätterteigteilchen mit Kaffeecreme-Füllung. Es gab Scones und Cookies und Marmeladendonuts, Rosinenschnecken, Lemon-Meringue-Törtchen und Schokoladenbrownies. Sie musste schlucken, so sehr lief ihr das Wasser im Mund zusammen.

Lady Lockenwickler musste ihren Blick bemerkt haben. »Unsere Hazel backt die alle selbst, Herzchen. Egal, wofür du dich entscheidest, ein Fehlkauf wird es bestimmt nicht.« Vertraulich lehnte sie sich ein Stück näher an Selma. »Aber wenn du einen Tipp von mir willst: Die Salted-Caramel-Rouladen sind ein Traum.« Genießerisch verzog sie das Gesicht. »Ein bisschen süß, ein bisschen herb und so wunderbar knusprig. Ich kann nicht genug davon bekommen.«

Selma nickte. »Das klingt wunderbar. Dann nehme ich davon eine.«

Die Kassiererin erhob sich, um hinter der Kuchenvitrine eines der gewünschten Teilchen auf einen Pappteller zu schieben. »Die Himbeer-Haselnuss-Rouladen sind aber auch gut«, meinte sie.

»Dann auch davon eine.« Noch immer war auf dem Pappteller Platz.

»Also meine Favoriten sind die Apple-Cream-Turnovers«, meldete sich jetzt die dritte Frau zu Wort. Ihre Stimme war genauso dünn wie sie selbst, aber ihr Lächeln wirkte so offen und echt, dass Selma gar nicht anders konnte, als auch ihrer Empfehlung nachzugehen. Und weil sie gerade dabei war, ließ sie sich gleich noch ein Jam-and-Cream-Slice einpacken. Wenn schon, denn schon. War doch egal, dass sie niemals alle vier Kuchenstücke allein aufessen könnte. Callum hatte sicher auch Hunger, und eine kleine Aufmerksamkeit war das Wenigste, was sie ihm schuldete. Ihm ein Frühstück zu bringen, war nichts als pure Höflichkeit. Jeder würde das machen. Absolut jeder. Ganz sicher ging es nicht darum, einen Vorwand zu haben, mit ihm ins Gespräch zu kommen oder so.

»Ist das alles?«, wollte die Kassiererin – Hazel hatte Lockenwickler-Lady sie genannt – wissen.

Suchend blickte Selma sich um. Wenn sie schon einmal hier war, konnte sie auch ihre Vorräte auffüllen. Allzu viel konnte sie ohne Rucksack nicht transportieren, aber das Nötigste sollte drin sein.

»Ja, ich schaue mich noch mal um.« Sie griff nach einem der bereitgestellten Einkaufskörbe.

Hazel legte den Kuchenteller beiseite. »In Ordnung. Sag einfach Bescheid, wenn du so weit bist.«

Die Frauen nahmen ihr Gespräch wieder auf. In den Regalreihen suchte Selma nach Kaffeepulver, Dosenmilch und ein paar

Zutaten, aus denen sie ein Abendessen zaubern könnte. In einem Van lernte man, kreativ zu werden, was die Versorgung anging. Ein einziger Topf und ein Campingkocher ließen nicht so viele Möglichkeiten. Trotz ihres Stöberns gelang es ihr nicht, die Aufmerksamkeit von den drei Frauen loszureißen. Sie sprachen auf Gälisch. Obwohl Selma gelesen hatte, dass die alte Sprache in diesen Teilen des Landes gepflegt wurde, hörte sie sie nun zum ersten Mal mit eigenen Ohren. Die gutturalen Knacklaute faszinierten sie. Und dann fiel der Name Callum.

Sie blieb stehen, rückte ein paar Dosen Ravioli in dem Regal zurecht, sodass sie freien Blick auf die Kasse hatte. So bekam sie gerade noch mit, wie Hazel eine Handgeste machte, in der sie nachahmte, wie jemand trank. Betroffen verzogen die anderen beiden das Gesicht.

Nur mit Mühe unterdrückte Selma ein Luftschnappen. Konnte das sein? War es möglich, dass Callum ein Alkoholproblem hatte?

Nein, das konnte sie sich nicht vorstellen. Er war Kanu gefahren, als Mary Puppins ihn abgeschleppt hatte, zum Teufel noch mal. Alkoholiker trieben doch keinen Sport. Zumindest die Alkoholiker nicht, die sie vor ihrem inneren Auge sah, wenn sie das Wort hörte.

Aber was wusste sie schon? Sollte sie nicht ihre Lektion gelernt haben? Wie oft täuschte der Schein? Wie oft verbargen sich hinter hellen Fassaden nur dunkle Schatten? Niemand konnte in die Seele eines anderen blicken. Man sah immer nur das, was die anderen einen sehen lassen wollten. Die Andeutungen der Frauen waren nur eine weitere Ermahnung, sich Callum aus dem Kopf zu schlagen. Sie hatte genug eigene Probleme. Das Letzte, was sie brauchte, war, sich auch noch die Komplikationen eines beinahe Fremden aufzuhalsen.

Lustlos rückte sie die Dosen zurück an ihren Platz. Die Unterhaltung an der Kasse ging weiter. Selmas Gedanken kreisten. Aber war es nicht genauso falsch, jemanden wegen eines belauschten Gesprächs zu verurteilen? Wegen irgendwelchen Klatschs, den sie nicht einmal wirklich verstanden, bei dem sie sich den Kontext nur selbst zusammengereimt hatte? Egal, wie sie es betrachtete – eine Sicherheit, das Richtige zu tun, gab es nicht, und der einzige Weg, sich ein Bild von Callum zu machen, war, ihn kennenzulernen. Ein gemeinsames Frühstück klang dafür geradezu wie gemacht.

Callum wischte sich die Hände an einem Tuch ab. Charlie hatte ihm geholfen, Selmas Bus über die Grube in der Werkstatt zu schieben. Seit gut drei Stunden blickte er nun in das Desaster. Er hatte aufgehört, an Wunder zu glauben, da war er acht Jahre alt gewesen. Schon vorher war es ab und zu vorgekommen, dass sein Da nicht pünktlich von einer seiner Fahrten zurückkam. Aber diesmal war es anders. Mit jedem Tag, der verstrich, wurde Ma nervöser.

»Morgen kommt er bestimmt«, versicherte sie ihm vor dem Zubettgehen. »Er hat uns lieb. Niemals würde er uns in diesem Drecksloch allein lassen.«

»Wie lieb hat Da uns?«, fragte Callum dann zurück. Mit acht Jahren fühlte er sich eigentlich zu erwachsen für das kindliche Ritual, das ihm seit jeher über die Phasen der Trennung von seinem Vater hinweggeholfen hatte.

Ma tat ihm den Gefallen und ging auf das Spiel ein. »Er liebt uns so feste wie der Baum seine Äste. Wie der Mond seine Sterne, so sehr hat Da uns gerne.«

Erst wenn er die Worte gehört hatte, konnte er einschlafen. Doch als ein ganzer Monat vergangen war und es von Da immer noch keine Spur gab, begann selbst er zu begreifen. Von da an verlegte er sich aufs Beten. Statt seine Mutter zu bitten, die Liebe seines Vaters in Maßeinheiten zu verpacken, die selbst ein Kind verstand, flehte er nun um ein Wunder. Er bat um die Rückkehr seines Vaters. Und wenn Da schon nicht zu ihnen zurückkommen wollte, weil der Ort, an dem sie lebten, laut Ma ein Drecksloch war, aus dem es kein Entrinnen gab, das nicht aus einer Flasche kam, dann flehte er um ein Lebenszeichen von Da. Um einen Brief. Oder eine Postkarte. Oder, wenn selbst das zu viel war, wenigstens um einen Zufall. Einen Bericht im Fernsehen über die harte Arbeit auf Bohrinseln zum Beispiel, bei dem ganz zufällig sein Da durch den Bildschirmhintergrund stapfte, in einer leuchtend orangen Arbeitsuniform, vollkommen auf sich konzentriert, aber wenigstens am Leben. Solange Da nur wenigstens am Leben war, wäre Callum nicht allein. Dann gab es – zumindest in seinen Träumen – einen Ort auf der Welt, an den er fliehen konnte, wenn er es zu Hause nicht mehr aushielt.

Seine Gebete waren nicht erhört worden. Er hatte keinen Brief, keine Postkarte und auch kein Wunder bekommen. Sein Da war weg. Für Callum gab es keinen Ort zum Entfliehen, und doch stand er jetzt, gut zwanzig Jahre später, in der Arbeitsgrube der Werkstatt, die er von seinem Gramp geerbt hatte, und musste einsehen, dass es Wunder an und für sich offensichtlich doch gab.

Anders war die Tatsache, dass dieser Bus überhaupt von Deutschland bis nach Connemara gekommen war, nämlich nicht zu erklären. An dem Motor war so gut wie nichts mehr in Ordnung. Gestern Nachmittag hatte er sich noch darüber geärgert, dass es ihm auf die Schnelle nicht gelungen war, ein Diagnosegerät aufzutreiben. Jetzt fragte er sich, ob das Porto nicht ohnehin eine verschwendete Investition gewesen wäre. Dieser Bus war tot. Oder zumindest kaputt.

Und alles, was kaputt war, konnte repariert werden. War das nicht die eine Sache, die er an seinem Job liebte? Bei Motoren ging es eben nicht um Leben und Tod. Bei Motoren ging es um Technik, und die war berechenbar.

Also los. Punkt eins auf seiner To-do-Liste: aufschreiben, welche Probleme er mit bloßem Auge erkannte.

Er wollte sich gerade das Klemmbrett zur Hand nehmen, als ihn das Geräusch von Schritten aus der Konzentration riss.

»Hallo? Callum, bist du hier?«

In der Grube kam ihre Stimme nur verzerrt an, aber ihr Akzent verriet sie. Gleich darauf drückte sich eine schwarze Hundenase durch den Spalt zwischen Bus und Grube, zuletzt tauchte auch Selmas Gesicht auf. Kopfüber, weil sie sich so tief bücken musste. Nur ihr Grinsen konnte er deutlich erkennen.

»Ich habe Frühstück mitgebracht. Hast du Hunger?«

Er legte das Klemmbrett beiseite. Obwohl er sich gerade erst die Hände abgewischt hatte, griff er erneut nach dem Tuch in seinem Gürtel. Er reinigte sich nicht nur die Hände damit, sondern wischte sich auch den Schweiß vom Gesicht. Im Vergleich zu Selmas Strahlen kam er sich immer noch dreckig vor.

»Ich könnte schon essen.«

»Prima. Dann treffen wir uns in zehn Minuten wieder hier unten. Ich bringe Kaffee mit und hole Teller.«

Seitlich vom Haus, zwischen Werkstatt und Eingangstür, befand sich ein kleiner ummauerter Innenhof. Dorthin brachte sie Callum, als sie mit zwei randvollen Kaffeebechern und Tellern zurückkam. Unter einer üppig mit Wildreben begrünten Pergola stand ein kleiner runder Holztisch mit vier passenden Klappstühlen. Die Blüten des Blauregens verströmten einen süßlichen Duft, hochwüchsige Palmen überblickten den Innenhof und spendeten angenehmen Schatten, während an den Mauern wachsender Efeu eine romantische Atmosphäre zauberte. Selma war wie vom Donner gerührt. Der Kontrast zwischen der industriellen Nüchternheit des Hafens und diesem idyllischen Rückzugsort überwältigte sie schier. Genau so einen Ort hatte sie sich vorgestellt, als sie vor vielen Jahren *Der geheime Garten* gelesen hatte.

»Hast du das alles angepflanzt? Dieses Paradies so in Schuss zu halten, muss doch irre viel Arbeit machen.«

Callum rückte ihr einen der vier Stühle zurecht, ehe er selbst Platz nahm. Er zuckte mit den Schultern. »Es ist ein Ausgleich zu meiner sonstigen Arbeit.«

»Ein kanufahrender Mechaniker mit einem Herz für Pflanzen. Erzähl mir mehr.«

Einen kurzen Moment lang wirkte es, als würde er tatsächlich darüber nachdenken. Schließlich schüttelte er jedoch leicht den Kopf und griff nach der Platte, auf der Selma die Kuchenstücke angerichtet hatte. »Darf ich?«

»Auf jeden Fall. Die Damen im Laden haben mir versichert, alles sei selbst gebacken und köstlich. Greif zu.«

»Du warst in Moinn an Fháltais?«

Sie sah ihn fragend an.

»In Medowvale. Hier ist nur die gälische Aussprache geläufiger.«

»Du sprichst Gälisch?«

Wieder dieses Schulterzucken. »Die Gegend hier ist ein Gaeltacht. So nennt man die Bezirke, in denen Gälisch die vorherrschende Landessprache ist. Jeder hier war als Kind mal in einem der Gälisch-Sommercamps. Das war so ziemlich das einzig Aufregende, was man im Sommer machen konnte. Ich selbst spreche es nicht mehr täglich, aber mit Freunden oder den Alten in der Gemeinde versuchen wir die Sprache zu pflegen.«

Sie pfiff leise durch die Zähne. Callum entschied sich für das Jam-and-Cream-Slice. Von allen Kuchenarten, die sie gekauft hatte, schien ihr diese am bescheidensten. Zwei mit Puderzucker bestäubte Scheiben Blätterteig, gefüllt mit aufgeschlagener Sahne und ein paar Tupfen Marmelade. Irgendwie passte das zu dem Mann, der in seiner Freizeit Gälisch sprach, damit die Sprache seiner Heimat nicht verlorenging. Sie selbst bevorzugte es abenteuerlicher und griff nach der Salted-Caramel-Roulade. Statt das Kuchenstück direkt auf den Teller zu legen, behielt sie es in der Hand.

»Das heißt, du bist hier aufgewachsen?«

»Ein Rossaveal-Gewächs durch und durch. Für jemanden wie dich muss das völlig absurd klingen.«

»Für jemanden wie mich?«

Mit der Gabel auf halbem Weg vom Teller zum Mund stockte er. Er wich ihrem Blick aus. War das etwa ein Hauch von Röte, der sich unter seinem Bart auf die Wangen schlich?

»Na ja, für jemanden, der viel rumkommt. Eine Frau mit einem Ziel, die sich nicht von Konventionen oder Erwartungen abhalten lässt, ihre Träume zu verwirklichen.«

»Ist es das, was du gemacht hast? Deine Träume auf Eis gelegt, weil von dir erwartet wurde, hierzubleiben?«

Noch während des Sprechens wurde ihr klar, dass sie den Bogen überspannt hatte. Callums Gesichtsausdruck veränderte sich. Seine Kiefermuskeln zuckten, und seine Lippen formten einen schmalen Strich. Sie suchte nach den passenden Worten, um die entspannte Atmosphäre wiederherzustellen, die bis gerade eben zwischen ihnen geherrscht hatte, doch Callum kam ihr zuvor.

»Ich habe mir heute Morgen ja deinen Bus angeschaut.«

Ob das ein weniger verhängnisvolles Thema war, blieb abzuwarten. Die wenigen Bissen ihres Frühstücks verhärteten sich in ihrem Magen zu Zement.

»Mhm. Und was hast du rausgefunden? Konntest du feststellen, warum wir liegengeblieben sind?«

Er stieß ein kurzes Schnauben aus. »Wo soll ich anfangen? Zuerst einmal hat die Achse etwas abbekommen, das Getriebe ist kaputt und die Kupplung blockiert. Außerdem bin ich mir nicht ganz sicher, ob nicht auch das Fahrwerk im Eimer ist.« Mit jedem Wort, das er sagte, sank ihr Mut weiter. »Alles in allem ist dein Bus eigentlich ein Fall für den Autofriedhof.«

Verdammt. Sie hatte es geahnt, aber es zu hören, war etwas ganz anderes. Hektisch schluckte sie gegen die Galle an, die ihr auf einmal in die Kehle stieg. »Gibt es denn gar keine andere Möglichkeit?«

»Sicher gibt es Möglichkeiten. Das kommt aber auf dein Budget an. Wie viel bist du bereit, in den Bus zu investieren?«

»Du solltest eher fragen, wie viel ich investieren *kann.*« Sie machte eine kleine Pause, wich seinem Blick aus. Schließlich gestand sie: »Ich habe mir das mit dem Reisebloggen viel leichter vorgestellt.«

Mary Puppins, die bisher friedlich im Schatten der Pergola vor sich hingedöst hatte, hob den Kopf. Sie schüttelte sich kurz, ging dann zu Selma und legte den Kopf auf ihrem Oberschenkel ab. Hundesabber hält die Welt zusammen, behauptete Selma immer. Schade nur, dass er nicht auch VW-Bus-Motoren richten konnte.

Eine ganze Weile lang beobachtete Callum sie beide schweigend. Er brach ein Stück Blätterteig von seinem Teilchen ab und hielt es Mary P. hin.

»Darf sie?«, fragte er.

Selma nickte.

Mary Puppins ließ sich nicht zweimal bitten. Kaum gab Selma ihr die Erlaubnis, schleckte sie Callum das sahneverschmierte Teigstückchen von den Fingern. Dabei nahm sie es nicht so genau damit, wo das Futter aufhörte und Callums Hand anfing. Die Vorsicht, die er bei ihrem Kennenlernen gegenüber Mary Puppins empfunden hatte, schien verflogen. Ein Lächeln zupfte an seinen Mundwinkeln.

Erst als er sich die abgeschlabberte Hand an der Hose abgewischt hatte, kam er auf das eigentliche Gespräch zurück. »Mit genug Zeit könnte ich versuchen, die Ersatzteile bei Gebrauchthändlern zusammenzusuchen. Das kann allerdings eine ganze Weile dauern, und wie ich dich verstanden habe, möchtest du so schnell wie möglich zurück auf die Straße.«

Ein kleiner Funken Hoffnung regte sich in ihr. »Heißt das, ich muss mich entscheiden zwischen schnell und teuer auf der einen und langsam und billig auf der anderen Seite?«

»Ich würde es eher langsam und kostengünstiger nennen.«

Sie rieb mit den Schneidezähnen über ihre Unterlippe. »Und

dann kämen ja auch noch deine Arbeitsstunden dazu. Kannst du wenigstens in etwa abschätzen, worauf das hinauslaufen würde?«

»Jetzt? So auf die Schnelle?« Energisch schüttelte er den Kopf. »Das müsste ich erst in Ruhe kalkulieren.« Gedankenverloren kratzte er sich den Bart. »Automotoren sind nicht meine Expertise, und ich bin auch nicht so der Held, was den ganzen Schriftkram angeht. Bei uns am Ende der Welt werden Verträge meist noch mit Handschlag besiegelt.«

Wenn Justus oder ihre ehemaligen Kunden das hören würden!

»So was gibt es noch? In meinem früheren Job durften wir gefühlt nicht mal atmen, ohne vorher eine Präsentation darüber zu erstellen. Death by Powerpoint ist eine realistische Gefahr.«

»Das heißt, du bist in diesen organisatorischen Dingen gut? Du hast gar nicht erzählt, was du gemacht hast, bevor du dich in einer schrottreifen Sardinenbüchse auf die Reise begeben hast.«

»He, beleidige nicht meinen Bus.«

»Deinem Bus habe ich schon ins tiefste Innere geblickt. Ich darf das.«

»Oh, wenn das so ist.« Callums zurückhaltendes Flirten bezauberte Selma. Sie hatte selten in ihrem Leben jemanden kennengelernt, der einerseits so ehrlich und andererseits so verschlossen wirkte. Obwohl sie sich erst kurze Zeit kannten, war sie sich sicher, dass Callum sich niemals verstellte. Freundlichkeit war für ihn keine Währung, und Vorsicht oder Missfallen kein Instrument. Ehe ihre Gedanken Gefahr liefen, weiter in Regionen abzudriften, die sie nur vom Wesentlichen ablenkten, kam sie auf das eigentliche Thema zurück.

»Ach, dies und das. Offiziell nannte sich mein Job Social Media Managerin. Bisschen Projektmanagement, bisschen Webseitendesign. Schriftkram. Was eben so an Arbeiten in einer PR-Agentur anfällt.«

Wieder legte sich Schweigen zwischen sie. Diesmal war es aber nicht unangenehm. Schon in früheren Gesprächen war Selma aufgefallen, dass Callum keiner war, der sprach, ehe er etwas zu sagen hatte.

Als er erneut das Wort ergriff, klang er immer noch nachdenklich. »Ich hätte da vielleicht eine Idee. Aber du musst ganz ehrlich sagen, was du davon hältst.«

»Ich höre …«

»Mein Büro ist das reinste Chaos. Burke's Boatsworks ist mehr oder weniger ein Ein-Mann-Betrieb. Ich könnte dringend jemanden gebrauchen, der ein bisschen Ordnung in meinen Papierkram bringt.«

»Und du meinst, ich wäre die richtige Frau dafür? Im Austausch für deine Dienste als Mechaniker?«

»Es wäre eine Möglichkeit. Solange ich nach Ersatzteilen suche, könntest du auch in der Wohnung bleiben.«

Wenn du denkst, es geht nicht mehr, kommt von irgendwo ein Licht daher – das würde der Text für ihren nächsten Instagram-post sein, fehlte nur noch ein passendes Bild. Ob sie Callums Angebot annehmen sollte, musste sie nicht lange überlegen. Sie streckte die Hand aus. »Ich habe gehört, in Rossaveal werden so Geschäfte gemacht?«

Callum schlug ein, und die Berührung machte etwas mit ihr. Ein Funke erwartungsvoller Aufregung sprang zwischen ihnen hin und her. Das hier war nicht das Abenteuer, das sie bei ihrem Aufbruch im Sinn gehabt hatte. Das hieß aber noch lange nicht, dass es nicht genauso großartig werden würde.

Kapitel 5

@marypuppins_superdog Wenn du denkst, es geht nicht mehr, kommt von irgendwo ein Licht daher ... oder eine feuchte Hundeschnauze, die dich daran erinnert, wie schön das Leben ist. Lasst es euch gut gehen, Feuchtnasen-Freundinnen, -Freunde und alles dazwischen. Alles wird gut! #marypuppins #superdog #dogsofinstagram

Callum betrachtete das Chaos um sich herum und kratzte sich den Bart. In der Kammer, die er Büro nannte, sah es aus, als hätte ein Wirbelsturm mit einem Messie Hochzeit gefeiert. Selma hatte sich zum Duschen in die Wohnung zurückgezogen. Sie wollte sich den Staub und Schweiß ihres Spaziergangs abwaschen, ehe sie sich in den Kampf mit seiner Zettelwirtschaft stürzte. Die Arme hatte nicht die geringste Ahnung, worauf sie sich eingelassen hatte.

Halbherzig rückte er einen Ordnerstapel auf dem Boden beiseite. Sein Plan war gewesen, so zumindest bis zum Schreibtisch vorzudringen. Stattdessen rutschte der oberste Ordner vom Stapel, der Rest des Gebildes verlor an Stabilität und kollabierte. Halb über-, halb nebeneinander verteilten sich die Ordner über den Boden. Weil einige bis zur Kapazität voll mit Rechnungen,

Lieferscheinen und so weiter gefüllt waren, sprangen die Klappen auf. Auf dem obersten Schreiben des nächstliegenden Ordners fiel Callum das Wort *MAHNUNG* ins Auge.

Die Aktenmappe hatte ihm geschlossen besser gefallen. Was war das überhaupt für eine Schnapsidee, Selma mit auf das sinkende Schiff zu locken? Er glaubte nicht einmal, dass es Burke's Boatsworks finanziell schlecht ging. An Aufträgen mangelte es Callum nie. Ob aus Solidarität eines Urgewächses der Gegend gegenüber oder weil sie seine Ma kannten und deshalb Mitleid mit ihm hatten: Wenn es seine Ausstattung zuließ, brachten die Kleinfischer von Rossaveal ihre Boote zu Callum. Er war gut in seinem Job, das wusste er. Er verstand das Zusammenspiel von Kraft und Energie, von Technik und Physik, das einen Motor am Laufen hielt, und er mochte es, Probleme zu lösen. Jeder Auftrag glich einem Rätsel. Erst wenn er alle Hinweise gesammelt und daraus die richtigen Schlüsse gezogen hatte, ergab sich ein Bild. Dann zeigte sich eine mögliche Lösung auf, und unter Callums Händen wurde etwas heil, was kaputt gewesen war. Aus diesem Grund hatte er Ingenieur werden wollen. Er hatte etwas erschaffen wollen, etwas zum Anfassen, mit echtem Nutzen, statt anderer Menschen Arbeit zu bewerten, zu verkaufen oder zu verwalten. Aus dem Studium war nie etwas geworden. Seine Träume waren im Inhalt unzähliger Whiskeyflaschen ersoffen, ebenso wie sein Glaube an sich selbst. Heute wollte er die Welt nicht mehr verändern, ihm würde es schon genügen, sie zu sehen. Aber nicht einmal das schaffte er. Rossaveal hielt ihn fest umklammert. An manchen Tagen glich allein ein Gang über die offene Straße einem Kraftakt. All die Blicke, die sich auf ihn richteten, spürte er als unsichtbare Ameisen auf der Haut. Sich auch noch mit

Dingen zu beschäftigen, die ihm nicht lagen – Buchhaltung und Schriftverkehr zum Beispiel –, war zu viel. Aber wollte er wirklich Selma da mit reinziehen? Selma mit ihrem Licht und dem Duft von Freiheit im Haar. Selma, die ihr Abenteuer lebte und in sein Leben gefahren war wie ein frischer Luftzug durch einen Stapel unbearbeiteter Rechnungen.

Er bückte sich, um wenigstens die Unordnung, die er in den letzten fünf Sekunden verursacht hatte, zu beseitigen, als ein spitzer Schrei durch die Zimmerdecke hallte. Direkt über ihm befand sich Selmas Wohnung.

Der Laut ging ihm durch Mark und Bein. Das war kein überraschtes Quieken, sondern ein Ausdruck echten Schmerzes. Ohne den konkreten Entschluss gefasst zu haben, war er bereits auf den Beinen und lief die Treppe hinauf.

Auf einen Stoß mit seiner Schulter hin schwang die Wohnungstür auf. Mary Puppins lag auf dem Sofa und setzte zu einem Bellen an, verstummte jedoch sogleich, als sie den Eindringling erkannte. Von Selma keine Spur.

»Selma!«

Das Büro befand sich direkt unter dem Badezimmer. Er lief weiter, zu schnell für seine eigenen Gedanken. Auch diese Tür war nicht abgeschlossen. Er drückte sie auf und erstarrte.

Dort stand sie. Splitterfasernackt unter der Dusche. Noch immer lief das Wasser, doch statt klarer Flüssigkeit spuckte der Duschkopf eine stinkende rostbraune Brühe aus. Ihre Haare waren durchtränkt davon, ihr ganzer Körper war von dreckigen Schlieren überzogen. Hektisch versuchte sie, das Wasser abzudrehen, doch bei ihren vorherigen Versuchen musste die Armatur abgerissen sein, denn jetzt hielt sie den Hahn in der Hand und mühte sich nach Kräften, ihn zurück in die Wand zu drücken. Gänsehaut blühte auf Selmas Dekolleté und dem Hintern, die Spitzen ihrer Brüste waren zu harten Knospen zusammengezogen.

Ihr Kopf ruckte zu ihm herum.

»Das Wasser!«, presste sie japsend hervor. Die Muskeln in ihren Armen zuckten, als wollte sie ihre Blöße bedecken. Dann erinnerte sie sich an die Armatur in ihren Händen und widmete sich wieder ihrem Vorhaben. »Was ist mit diesem verdammten Wasser los? Das stinkt, als ob es direkt aus der Kanalisation kommt!«

»Fuck!« Er sah sich hektisch um. Auf dem geschlossenen Toilettendeckel lag ein Handtuch. »Hier.« Er griff danach und hielt es ihr in die Duschwanne. »Nimm das und komm erst mal raus.« Im Tausch mit dem Handtuch nahm er ihr den losen Temperaturregler ab und legte ihn ins Waschbecken. »So ein Mist! Das müssen die Rohre sein. Niemand hat die Dusche genutzt, seit sie installiert worden ist. Ich hätte das vorher ausprobieren sollen. Es tut mir so leid!«

Damit sie nicht ausrutschte, reichte er ihr eine Hand. Sie rubbelte sich erst die Haare ab, dann schlang sie das Handtuch um ihren Körper. Jetzt waren zwar ihre Brüste und das Dreieck zwischen ihren Schenkeln bedeckt, sein Herz raste aber immer noch auf der Überholspur.

»Komm! Ich bring dich runter in die Personaldusche.«

Ihr Blick huschte zurück zu dem Duschkopf, aus dem nach wie vor widerliches Brackwasser sprühte.

»Scheiß drauf«, verkündete er. »Darum kümmere ich mich. Du brauchst jetzt erst mal eine richtige Dusche.« Im Wohnzimmer fiel sein Blick auf Mary Puppins, die sich zwischenzeitlich auf den Rücken gedreht hatte und leise schnarchend im Schlaf mit den Beinen zuckte. »Was ist mit ihr. Kann sie alleine hier bleiben, während du unten duschst?«

Selma nickte. »So schnell weckt die jetzt niemand.« Ein Ausdruck huschte über ihre Miene, wie er ihn sonst nur von Aisling kannte, wenn sie über Cailan sprach. Keine Sekunde verging, dann richtete sie ihre Aufmerksamkeit mit all ihrer liebevollen Wärme auf ihn. »Danke, Callum.« Mehr ein Aufatmen als ein Wort. »Dass du da bist und sogar in der ganzen Hektik an meinen Hund denkst.« Selbst jetzt noch, selbst in dieser vertrackten Situation behielt sie ihr Lächeln.

»Sehr gerne. Wirklich.«

Er ließ ihr den Vortritt. Um sie sacht in die richtige Richtung zu weisen, legte er ihr eine Hand auf den Rücken. Sein Handballen ruhte auf dem Frottee des Duschtuchs. Seine Fingerspitzen berührten die klamme Haut zwischen ihren Schulterblättern. Ein sichtbarer Schauer rann ihr Rückgrat entlang, floss durch seine Fingerspitzen in seinen Körper, verdichtete sich in seinen Lenden zu einem Sehnen. Als hätte er sich verbrannt, nahm er die Hand von ihrem Körper.

»Da sind wir.« An ihr vorbei stieß er die Tür zu dem kleinen Personalbad auf, das sich im Erdgeschoss zwischen Werkstatt und seinem Büro befand. »Hier musst du keine Angst haben. Diese Dusche ist regelmäßig in Gebrauch. Wenn du etwas brauchst – neue Handtücher, Duschgel, Shampoo –, bedien dich.«

»Das wird schon gehen.« Über die Schulter hinweg sah sie ihn an. Ihre Augen glänzten feucht. Sie sah so … schutzlos aus. Nackt auf eine Art, die nichts mit fehlender Kleidung zu tun hatte. Und doch, in einer Situation, die ihn vor Scham und Peinlichkeit in die Knie gezwungen hätte, wich sie seinem Blick nicht aus. Das

Silber ihres Nasenrings funkelte. Ihre Verletzlichkeit machte sie nicht klein, sondern unterstrich ihre Stärke.

In seinen südlicheren Regionen verstärkte sich das Kribbeln. Im Stillen schickte er ein kurzes Dankgebet für den festen Stoff seiner Jeans gen Himmel. Mit aller Kraft befreite er sich aus dem Bann, den der Blick aus ihren durchdringend grünen Augen auf ihn wirkte. Er trat einen Schritt zurück, wandte sich zum Gehen, da hielt ihre Stimme ihn auf.

»Callum?«

»Ja?« Er wagte nicht, sich zu ihr umzudrehen.

»Danke.« Sie lächelte. Obwohl er es nicht sah, hörte er es im Klang ihrer Stimme. »Jetzt hast du mich schon zum zweiten Mal gerettet. Wir müssen gucken, dass das nicht zur Gewohnheit wird.«

Was sollte er darauf antworten? Wenn es nach ihm ging, würde er sie noch tausend Mal und öfter retten. Weil es sich bei ihr anders anfühlte als bei seiner Ma. Nicht wie eine Last, sondern wie etwas, worauf er stolz sein konnte. Das auszusprechen, kam natürlich nicht infrage. Hinter ihm fiel die Badezimmertür mit einem leisen Klicken ins Schloss, doch Selmas Zauber wirkte nach. Seine Beine wollten ihm nicht gehorchen, er konnte sich nicht rühren. Erst als er das Rauschen der Dusche hörte, ging es etwas besser.

Mit einem Seufzen ließ er sich mit dem Rücken gegen die Wand fallen und schloss die Augen. So konnte das nicht weitergehen. Vor allem nicht, wenn sie länger blieb. Er konnte sich nicht jedes Mal, wenn sie in seiner Nähe war, zum hormongeplagten Teenager zurückentwickeln. Um sich abzulenken, lauschte er auf das Rauschen des Wassers, das nur wenige Meter entfernt in eben diesem Moment über ihre Rundungen floss, über die abfallende Linie ihrer Schultern, in die Kuhle unter ihrem Hals, zwischen die Halbkugeln ihrer Brüste und den Hügel ihres Bauchs.

Was Ablenkungen betraf, war das die bescheidenste, die er sich hätte aussuchen können. Sein Körper reagierte mit orkanartiger Wucht auf die Bilder vor seinem inneren Auge.

Ächzend presste er den Handballen auf seinen Schritt, fest genug, um sich wehzutun.

Ein leises Kichern ließ ihn herumfahren. Er öffnete die Augen. Im Durchgang zur Werkstatt stand Charlie und musterte ihn mit unverhohlener Belustigung.

»Ist sie da drin?«, fragte er.

»Die Dusche im oberen Appartement ist kaputt.« Er stellte das eine Bein ein Stück weit nach vorne.

»Aha«, erwiderte Charlie.

»Aha was? Was machst du hier eigentlich.«

»Arbeiten. Schon vergessen?«

»Das, was du machst, ist kein Arbeiten. Du kommst und gehst, wann du willst.«

»Das nennt man freier Mitarbeiter. Hab gedacht, du könntest am Nachmittag ein bisschen Unterstützung gebrauchen.«

Von wegen. Callum würde einen guten Teil seines monatlichen Einkommens darauf verwetten, dass es in erster Linie Neugier war, die Charlie an diesem Tag zu Burke's Boatsworks gezogen hatte. Er presste die Lippen zusammen. Ganz sicher würde er nicht noch Benzin ins Feuer von Charlies Mutmaßungen gießen und zugeben, was Selma mit ihm anstellte. Wie leicht es ihr fiel, Sehnsüchte in Callum zu wecken, die er seit Jahren unter Kontrolle geglaubt hatte. Doch auch Charlie war nicht gewillt einzuknicken. Er sah Callum weiter an, als warte er auf eine Erklärung. *Tja, da kannst du lang warten, mein Freund. Ich habe auch keine.*

Am Ende wurde es ihm zu dumm. Er stieß sich von der Wand ab. »Du bist ein Arschloch, weißt du das? Was soll das? Gestern hast du dich noch aufgeführt wie ein Heiratsvermittler, und jetzt das?« Die Wut überkam ihn plötzlich. Charlie mit seinem wissenden Blick traf Stellen, die Callum vor der Welt geheim hielt.

»Gestern war ich eben neugierig.«

»Und heute?«

Sein Kumpel musterte ihn durchdringend. »Heute sehe ich die Gefahr. Du bist nicht der Typ für einen losen Flirt.«

»Und du bist wirklich ein Arsch.« Charlie widersprach nicht.

Seite an Seite gingen sie zurück zur Werkstatt. An der Türschwelle machte sein Kumpel noch einmal halt.

»Du weißt, dass sie das auch tun wird, oder?« Seine Stimme klang jetzt nicht mehr neckend, sondern ernst.

»Was wird sie auch tun? Bist du unter die Orakel gegangen?«

Eine der nervigsten Angewohnheiten von Charlie war, dass er sich einfach nicht provozieren ließ. In vollkommen ruhigem Tonfall fuhr er fort: »Gehen und kommen, wie sie will. Vor allem gehen. Sie wird nicht bleiben, Cal. Und um dir Fantasien leisten zu können wie die, als du dir vorgestellt hast, wie deine neue Freundin unter der Dusche steht, musst erst mal du gehen. Solange du dieses Leben lebst, das du nicht willst, hast du ihr nichts zu geben.«

»Du bist nicht mehr mein Freund. War schön, dich gekannt zu haben.«

»Verschließ die Augen so lange vor der Wahrheit, wie du willst, aber du weißt, dass ich recht habe.«

Callum atmete tief ein. Er hatte von Anfang an gewusst, dass es eine beschissene Idee war, sich auf dieses Gespräch einzulassen. »Erst einmal bleibt sie. Sie bringt das Büro auf Vordermann. Wann hast du das letzte Mal einen Blick in die Kammer des Schreckens geworfen? Damit wird sie eine Weile beschäftigt sein. Was danach kommt, ist ein Problem für irgendwann.«

Einen kurzen Augenblick lang sah Charlie aus, als wollte er noch etwas sagen, verbiss es sich dann aber. Sehr gut. Im ersten Stock lief nämlich immer noch die Ekelbrühe aus Selmas Dusche. Er hatte Wichtigeres zu tun, als im Flur zu stehen und sich von seinem ehemals besten Freund triezen zu lassen.

Duschen machte Selma am meisten Spaß, wenn das Wasser so heiß war, dass es auf der Haut kribbelte und ihr ganzer Körper anschließend die Farbe eines frisch gekochten Taschenkrebses hatte. Seit dem Beginn ihres Trips hatte sie nur selten die Gelegenheit, eine Dusche nach ihren Vorlieben zu genießen. Auf Reisen konnte das tägliche Waschen mitunter etwas tricky werden. Vor ihrer Abreise war sie Mitglied einer internationalen Fitnesskette geworden. Auch in Irland gab es in den meisten größeren Städten eine Filiale. In den spärlicher besiedelten Gebieten musste sie mit den Sanitäranlagen in Truckstopps oder Tankstellen auskommen. Grundsätzlich war da nichts gegen einzuwenden: Mit Luxus hatte sie nicht gerechnet, als sie in den T3 gestiegen und losgefahren war. Es entsprach nur ebenso den Tatsachen, dass

Privatsphäre und Wasserdruck sowohl in den Fitnessstudio-Duschen als auch in denen von Tankstellen eher rar waren.

Wie lange sie jetzt schon unter der Personaldusche von Callums Werkstatt stand, wusste sie nicht. Seit einiger Zeit ersetzte das Aroma von Callums Duschgel den widerlichen Geruch von Brackwasser. Sie mochte diesen Duft. Er erinnerte sie an sommerliche Regenabende und lange Wanderungen über nassen Wiesenboden, bei denen man das Leben, das unter dem Gras pulsierte, förmlich riechen konnte. Das Aroma setzte sich als Geschmack auf den Gaumen, durchdrang die Poren ihrer Haut und reinigte sie von innen ebenso wie von außen. Außerdem mochte sie an Callums Dusche, dass die Wassertemperatur nicht von einer Sekunde auf die andere von heiß auf kalt wechselte. Stattdessen warnte sie Selma zeitig vor. Nach und nach sank die Temperatur. Ehe sie zu frieren begann und ihr ganzes Wohlbefinden dahin war, drehte sie das Wasser ab und stieg aus der Duschwanne.

Ihre Füße hinterließen feuchte Abdrücke auf der Matte. Suchend blickte sie sich um. Zum Abtrocknen das besudelte Handtuch von vorhin zu benutzen, ging ihr gegen den Strich. Auf einer Wäschespinne neben einem niedrigen Holzregal waren einige Handtücher aufgehängt. Sicher hatte Callum nichts dagegen, wenn sie sich bediente. Sie konnte das benutzte Handtuch ja mit ihren Sachen waschen, ehe sie es ihm zurückgab.

Sie schnappte sich eines der größeren Exemplare und kuschelte sich in das weiche Frottee. Ein wohliges Stöhnen entwich ihr. Das war nicht die Art von Handtuch, die sie in einer Bootswerkstatt erwartet hätte. Der Stoff war ein helles Salbeigrün und die Frotteeschleifen unglaublich flauschig.

Ein Klopfen an der Tür riss sie aus den Gedanken.

»Selma? Brauchst du noch irgendwas?« Callums Stimme.

Sie sah sich um. »Nein, alles okay.« Ihr Blick fiel auf ihre nackte Gestalt im Spiegel. Eine feine Röte überzog ihre Haut. Wenn sie ganz genau hinsah, fiel ihr das Pulsieren in ihrer Hauptschlagader auf. Callums Nähe.

Sie riss sich zusammen. Dann fiel ihr doch etwas ein. »Ähm, Callum?«

»Ja?«

»Du könntest mir doch einen Gefallen tun.«

»Jeden.« Er räusperte sich, lachte ein wenig verlegen. »Das heißt, fast jeden. In einem vernünftigen Rahmen.«

Sein Lachen, so verlegen es auch klang, nahm auch ihr die Peinlichkeit, für die es, rational betrachtet, ohnehin keinen Grund gab.

»Sind ein paar Klamotten ein vernünftiger Rahmen? In der Hektik habe ich vergessen, mir Wechselkleidung mitzunehmen.«

»Du legst deine Kleiderauswahl in meine Hand?« Sein tiefes Lachen ließ die Tür vibrieren. Zumindest stellte sie sich das so vor.

»Du wirkst ziemlich vertrauenerweckend auf mich.«

»Na dann.« Eine kurze Pause. »Finde ich die in deinem Bus?«

»Zum Beispiel. Ich habe gestern nur das Nötigste in die Wohnung geräumt.«

»Alles klar. Ihr persönlicher Stylist ist bereits auf dem Weg.«

So weit, so gut. Was jetzt? Um die Zeit, bis Callum zurückkam, mit einer spontanen Beauty-Behandlung zu überbrücken, fehlten ihr die nötigen Cremes und Gele. Wobei … Wieder sah sie sich um. Dafür, dass das hier angeblich eine Arbeitsdusche war, wirkte alles erstaunlich wohnlich. Keine extra-starke Kernseife auf dem Waschbeckenrand, um Ölspuren von hart arbeitenden Männerhänden zu schrubben, stattdessen Flüssigseife sensitiv. Auf der Ablage unter dem Spiegel lag ein Nassrasierer, daneben Rasierschaum, Feuchtigkeitspflege fürs Gesicht, Haarwachs und ein Bartserum. In dem kleinen Holzregal gegenüber des Waschbeckens lagen nicht nur ein Stapel mit Handtüchern, sondern auch Deospray, Waschlappen, Duschgel, Shampoo und Körperpeeling. Auf einer in die Ecke hinter der Tür gepresste Wäschespinne trocknete eine Reihe schlichter weißer T-Shirts, ein paar Baumwoll-Boxerbriefs und eine ganze Schnur voll Socken.

Neugier prickelte in ihren Fingerspitzen. Am liebsten hätte sie jeden Tiegel, jede Tube geöffnet, um daran zu schnuppern. Sich eine kleine Menge des Inhalts auf die Fingerspitze getippt, um herauszufinden, wie er sich auf der Haut anfühlte. Sie wollte spüren, was Callum spürte. Selten hatte sie ein Mann so neugierig gemacht. Warum wusch er seine Wäsche in der Werkstatt statt bei sich zu Hause? Warum versteckte er seine sensible Seite? Warum erreichte sein Lächeln so selten seine Augen? Stets schimmerte in den dunklen Tiefen seiner Pupillen auch Traurigkeit. Was für ein Leben hatte ihn zu dem Mann geschliffen, den sie in den letzten Tagen kennengelernt hatte?

Sie streckte die Hand nach dem erstbesten Tiegel auf dem Regal aus, stoppte sich aber. Nein! So neugierig sie auch war, das hier ging sie nichts an. Es war Callums Leben. Er hatte sie eingeladen, ihr sein Heim geöffnet. Er verdiente mehr, als dass sie hinter seinem Rücken in Bereiche eindrang, die nur ihm gehörten. Wenn ihr Job sie eines gelehrt hatte, dann, wie groß der Unterschied zwischen dem sein konnte, was man der Welt zeigte, und dem, was wirklich war.

Mittlerweile war ihre Haut getrocknet. Sie nutzte eine Strähne, um sich damit die Haare zu einem Pferdeschwanz zusammenzubinden. Das erledigt, öffnete sie die Tür zunächst nur einen Spaltbreit. Sie versicherte sich, dass niemand im Flur stand, ehe sie die Tür weit genug aufschob, um nach dem Kleiderstapel zu greifen, den Callum ihr bereitgelegt hatte.

Ganz oben lag ein Slip mit einer Vielzahl von aufgenähten Gänseblümchen am Saum. Jetzt wusste also nicht nur sie, welche Unterwäsche Callum trug, sondern auch umgekehrt.

Wieder stieg ihr Hitze in die Wangen. Was wollte ihr das Universum damit sagen? Die Antwort musste warten. Zuerst hatte sie einen Job zu erledigen. Callum und sie hatten eine Abmachung, und so oft, wie er ihr bisher geholfen hatte, wurde es dringend Zeit, sich zu revanchieren.

Kapitel 6

@marypuppins_superdog Wenn mein Frauchen fragt, wie sie aussieht, sage ich »Wau«, egal ob sie Abendkleid trägt oder Gammellook. Sei mehr wie ich. Sag den Menschen, die du liebst, wie großartig sie sind. #marypuppins #superdog #dogsofinstagram

Den Rest des Tages verbrachten Selma und Mary Puppins in einem Wust aus Papieren, handschriftlichen Notizen und staubigen Akten. Als sie zugestimmt hatte, im Austausch für Callums Hilfe sein Büro auf Vordermann zu bringen, hatte sie nicht den Hauch einer Ahnung gehabt, was für eine Mammutaufgabe auf sie zukam. Zwar gab es durchaus Ordner, die waren jedoch nach keinerlei erkennbarem System gefüllt. Eingehende Rechnungen waren zwischen Ausgangsrechnungen abgeheftet, Lieferscheine zwischen Kontoauszügen und Mahnungen. Statt eines gängigen Buchhaltungsprogramms benutzte Callum ein Buch, in das er handschriftlich in unregelmäßigen Abständen seine Ein- und Ausgaben eintrug, und schon auf den ersten Blick stimmten die Einträge nicht mit den Kontoauszügen überein.

Eine Bekannte von Selma in München war Buchhalterin und hatte sich einmal bei einem gemeinsamen Smoothie über Härtefälle in ihrer Kanzlei beschwert, die die jährliche Steuererklärung mit einem Schuhkarton voller Belege in Auftrag gaben. In Callums Fall hätte sich Selma einen Schuhkarton gewünscht. Das wäre so viel einfacher gewesen als ein ganzes Zimmer.

Aber versprochen war versprochen. Sie hatte keine Ausbildung als Bürofachkraft, aber allein die Logik sagte ihr, dass Schritt eins der Mission *Bringe Callums Büro in Ordnung* ein vernünftiges Ablagesystem sein musste. Ehe sie sich der Ordner annahm, widmete sie sich den losen Blättern, die sich auf allen Flächen im Raum befanden. Sie erstellte vier Stapel: eingehende Rechnungen, ausgehende Rechnungen. Lieferscheine und Schriftverkehr diverses. Innerhalb der einzelnen Stapel achtete sie darauf, die Dokumente nach Datum zu sortieren. Vielleicht hatte Callum irgendwo noch leere Aktenmappen übrig. Wenn sie mit dem Ordnen fertig war, konnte sie die Stapel abheften und hätte den ersten Punkt auf ihrer To-do-Liste erledigt.

Einige der Schriftstücke, die sie in die Hand bekam, waren mehrere Jahre alt. Sie musste unbedingt herausfinden, wie lange die Aufbewahrungspflicht in Irland galt. Mit etwas Glück konnte mindestens die Hälfte der gesammelten Ordner nach gründlicher Durchsicht der Ablage P anvertraut werden. Dann würde endlich ein bisschen frischer Wind in dieses Kabuff kommen. Ehrlich, dass Callum das Büro, wie es jetzt war, mied, verwunderte sie kein bisschen. Wer hielt sich gern in einem Zimmer auf, das Altlasten aus Jahrzehnten beherbergte? Mary P. jedenfalls war es schon nach einer guten halben Stunde zu viel geworden. Statt Selma bei ihrem Unterfangen moralischen Beistand zu leisten, hatte sie sich im Flur vor die offene Tür gelegt. Jedes Mal wenn Callum oder Charlie zur Toilette gingen, stieß sie ein einzelnes Bellen aus. Nicht böse, nur eine kleine Erinnerung daran, dass von nun an sie die Zügel im Hause Burke in der Hand hielt.

Nur einmal hakte Mary Puppins' Alarmfunktion. Prompt tauchte Callum auf einmal direkt vor Selma auf, ohne dass sie sein Eintreten bemerkt hatte. Erst sein leises Räuspern machte sie auf ihn aufmerksam. Sie sah von dem Zettelstapel auf, vor dem sie gerade kauerte. In seinen Augen blitzte etwas, das sie zumindest aus der Entfernung als Schalk beschreiben würde.

»Kommst du voran?«, fragte er.

Sie richtete sich auf. »Auf dieselbe Weise wie ein Eichhörnchen einen Elefanten verspeist.«

Er runzelte die Stirn.

»Stück für Stück für Stück.«

Ein zartes Lächeln wagte sich aus dem Versteck in seinem Bart, doch kaum war es erschienen, verschwand es, und er wurde ernst. Über die Schulter blickte er in Richtung Werkstatt. »Es ist fünf. Wir machen jetzt Feierabend. Ich wollte dir nur Bescheid sagen, dass du dich nicht wunderst, wenn hier plötzlich alles wie ausgestorben ist. Sicher willst du auch langsam Schluss machen.«

»Fünf Uhr schon?« Das bedeutete, dass sie seit Stunden über den Papieren hing. Kein Wunder, dass ihr Rücken protestierte und es im Nacken spannte. »Die arme Mary Puppins! Die muss sicher nach draußen. Kann ich das alles hier so lassen?« Sie machte eine vage Handbewegung in das Chaos um sie herum.

»Außer dir wird sich niemand freiwillig dem Papierkram widmen. Sei mein Gast.«

»Das bin ich doch ohnehin schon.« Sie ging auf ihn zu. Auch Mary Puppins richtete sich auf. Herzhaft schüttelte sie ihre Müdigkeit ab und lenkte Selmas Aufmerksamkeit erfolgreich auf sich. Sie tätschelte ihr den Kopf.

»Na, Hundemädchen, was hältst du von einer Runde Gassi? Die steifen Knochen durchrütteln, klingt das nach Spaß?«

Selma hatte oft genug erlebt, dass Menschen sie für exzentrisch hielten, weil sie mit Mary Puppins sprach wie mit einer Freundin. Doch Callum war da anders. Sein Blick wurde ganz weich, als er sie beobachtete. War das etwa Sehnsucht in seinen Augen? Nun, das konnte sie lösen.

»Du kannst mitkommen«, bot sie an. »Ein Fremdenführer ist uns immer willkommen.« Sie garnierte die Worte mit einem Zwinkern. Das mit dem Fremdenführer war nur halb ernst gemeint. In Wahrheit genoss sie einfach seine Gesellschaft.

Nachdenklich rieb er sich den Bart, eine Geste, die ihr mittlerweile vertraut vorkam. Er fummelte sein Handy aus der Jeanstasche, warf einen Blick auf das Display. »Okay, warum nicht?«

Als hätte sie jedes Wort verstanden, machte sich Mary Puppins schon mal auf den Weg. Schwanzwedelnd trottete sie zur Tür und vollführte dort ein kleines Tänzchen. »Kommt schon«, hieß das, »seid doch nicht so lahme Enten.«

»Schon gut, schon gut, ich muss nur noch schnell die Leine holen.«

Gesagt, getan. Selma sprintete in die Wohnung, wechselte Ballerinas gegen Wanderschuhe und griff nach Mary Puppins' Leine auf dem Esstisch.

Mary P. und Callum erwarteten sie im Hof vor der Werkstatt. Die Hündin hatte einen Stock gefunden, um den sie und Callum jetzt spielerisch rangelten. Bei Selmas Anblick gab er auf und überließ Mary Puppins die Beute. Mit stolz erhobenem Kopf und einem überheblichen Blick in Callums Richtung kam sie auf Selma zu und ließ sich die Leine anlegen. Von da an übergab Selma Callum die Führung.

Direkt hinter der Werkstatt leitete er sie auf einen schmalen Wiesenpfad. Sie überquerten die Hauptstraße und bogen anschließend auf einen engen asphaltierten Weg ein. Nicht lange, und der Zustand des Asphalts verschlechterte sich. Am Anfang säumten die für die Gegend typischen Bruchsteinmäuerchen noch den Weg, doch auch das hörte irgendwann auf. Zu beiden Seiten der Straße erstreckte sich nun ein Flickenteppich aus Flechten, Gräsern und Sträuchern. Über ihren Köpfen trieb der Wind Wolkenfetzen über den Himmel. Selma ließ Mary Puppins von der Leine. Jedes Mal wenn ein Stück Himmelblau aufblitzte, erstrahlte die Landschaft in leuchtenden Farben. Direkt neben der Straße fing das Marschland an. Voller Begeisterung raste Mary Puppins von Pfütze zu Pfütze, soff aus einem der vielen Wasserläufe, stürmte auf Selma und Callum zu und entfernte sich wieder.

Für ein anständiges Gespräch war Selma zu abgelenkt. Sie kam sich vor wie ein kleines Kind. Ständig entdeckte sie etwas am Straßenrand, das es zu bewundern gab. Winzige lilafarbene Blüten, Kiesel, deren Form sie begeisterte, Moos, das so dick und flauschig wuchs, als hätte ein Riese auf dem Moor ein Kissen aufgeschüttelt. Jedes Mal wartete Callum, bis sie sich sattgesehen hatte. Er nannte ihr die Namen der Pflanzen, erzählte ihr von Winterabenden im Rauch brennender Torffeuer und Bootsausflügen zur Muschelernte.

Noch einmal wechselten sie die Straße. Selma hatte längst die Orientierung verloren. Der Schotterpfad, den sie jetzt nahmen, führte sie durch eine Senke. Sie mussten eine Ansammlung von Bäumen umrunden, fast so etwas wie ein kleines Wäldchen. Selma erkannte Stechpalmen und einige Eichen, dann, hinter dem Wäldchen, öffnete sich der Blick. Der Pfad hörte auf, und von einem Schritt auf den anderen standen sie inmitten einer weitläufigen Wiese. Unzählige Gänseblümchen sprenkelten den Grund. Beinah sah es aus, als hätte es geschneit.

Hörbar schnappte sie nach Luft. Sie ging in die Hocke, streifte mit den Fingern die filigranen Blüten. Nicht alle waren reinweiß. Manche von ihnen hatten zartrosa oder gar rote Ränder an den Blütenblättern.

»Ich dachte, dass es dir gefällt.« Auf einmal klang Callums Stimme noch tiefer als sonst. Ein Schauer durchrieselte Selma, und zwar nicht nur, weil ihr ausgerechnet jetzt einfiel, dass er es gewesen war, der den Slip mit den Gänseblümchen für sie ausgesucht hatte.

»Es sind so viele.« In ihrer Stimme schwang ihr Erstaunen mit. »Auf Deutsch heißen sie ›Gänseblümchen‹. Unglaublich, dass manche sie für Unkraut halten, oder?«

»Gänseblümchen«, wiederholte er auf Deutsch. Sein Akzent streichelte die Silben.

»Du machst das gut.« Sie lachte. »Besser als ich auf jeden Fall. Mir fällt gerade nicht einmal das englische Wort ein.«

»Daisy«, antwortete er. »Auf Gälisch sagen wir ›bóithrín beag‹.«

Sie pflückte eines der zarten Pflänzchen, richtete sich dann wieder auf. Ganz nah waren sie sich auf einmal. Nur eine winzige Blume zwischen ihnen.

Er regte sich nicht. Ihre Blicke fielen ineinander. All die Fragen, die sie ihm stellen wollte, verglühten in der Wärme seines Blicks. Es wäre so leicht, ihn zu küssen. Sich auf die Zehenspitzen zu stellen und ihre Lippen auf die seinen zu drücken. Doch so schön es wäre, ein Kuss mit Callum würde nichts einfacher machen. Sie räusperte sich, senkte den Kopf.

»Woher kannst du so gut Deutsch?« Die Frage war bloß ein Flüstern. Der Kuss, der nicht gewesen ist, klang in ihrer Stimme nach.

Er zuckte mit den Schultern, trat seinerseits einen Schritt zurück. Für die Dauer mehrerer Herzschläge passierte gar nichts, dann ertönte in der Stille zwischen ihnen seine Stimme. Er sang. Auf Gälisch. Die Sprache seiner Vorfahren legte sich schmeichelnd um jede Silbe, verwandelten die raue Aussprache in etwas Wunderbares, Weiches.

»Seoithín seó, bóithrín beag
Leagaim síos i ngairdín mo mhamó
Féar beag glas, ceolann na n-éan
'S bíonn na héiníní ag seinm go léanmhar

Bím ag gabháil 's ag glacadh lámh
Ag péinteáil na bóithre le mo shamhailín
Bóithrín beag go mall ar nós na gaoithe
Ag sníomh siar go dtí mo thaobh liom«

Selbst als er geendet hatte, lauschte sie seinem Gesang nach. Er hatte eine schöne Singstimme. Tief und volltönig. Die Art von Stimme, in der einsame Seemänner einst den Verlust der Liebsten besungen hatten.

»Wovon handelt das Lied?« Wovon handelt der Schmerz in deinem Tonfall, wovon das Sehnen in deinem Herzen?

Statt den Text für sie zusammenzufassen, übersetzte er.

»Kleines Gänseblümchen, kleiner Pfad.
Ich gehe hinunter in den Garten meiner Großmutter.
Ein kleines grünes Feld, die Vögel singen,
und die Vögel singen traurig.

Ich gehe und nehme eine Hand.
Ich bemale die Straßen mit meinem Schatten.
Auf einem kleinen Pfad, langsam wie der Wind,
dreht das Mädchen sich um, und sie dreht sich zu mir.«

Es wunderte sie nicht, dass er von Sehnsucht gesungen hatte, von einem Weg, der in eine ungewisse Zukunft führte.

Sie fasste sich ein Herz. »Warum weichst du meiner Frage aus, Callum? Wo hast du so gut Deutsch gelernt?«

»In der Schule.« Obwohl sie ihm glaubte, spürte sie, dass dies nicht die ganze Wahrheit war. Geduldig wartete sie ab. Wie so oft erwies sich Schweigen als die beste Methode, um Menschen zum Sprechen zu bringen.

»Ich wollte in Deutschland studieren und habe ein paar zusätzliche Kurse belegt. Hauptsächlich online. Aber bisschen was ist wohl doch hängengeblieben.«

»Du hast in Deutschland studiert?«

Brüsk schüttelte er den Kopf, in seinem Kiefer zuckte ein Muskel. »Ich *wollte* in Deutschland studieren«, berichtigte er. »Aber es ist anders gekommen.«

So, wie es mit der Wohnung anders gekommen war, die er eigentlich für sich hatte herrichten wollen, in der nun aber sie wohnte. Selma wusste am besten, wie unberechenbar das Leben sein konnte. Vor gar nicht allzu langer Zeit hatte auch sie sich an einer Weggabelung befunden, wo unbeirrt weiterzumachen sich wie ein Todesurteil für ihr Gewissen angefühlt hatte. Doch Callum wirkte nicht, als wäre er vor etwas davongelaufen. Er wirkte, als hätte das Schicksal ihn eingesperrt.

Sie legte eine Hand auf seinen Oberarm. Instinktiv wusste sie, dass er nicht mehr sagen würde.

»Gehen wir«, meinte sie. »Ich glaube, Mary Puppins hat genug.«

Wie aufs Stichwort erschien die Hündin. In der Schnauze hielt sie ein vor Matsch triefendes Büschel Gras. Um die Nase und an der Brust, wo der Schlamm bereits getrocknet war, stand ihr Fell in wilden Stacheln ab. Weil sie sich offenbar in irgendetwas gewälzt hatte, hingen außerdem ein paar Grashalme von ihrer Rute.

Selma betrachtete ihr Hundemädchen und schüttelte lachend den Kopf. »Du siehst aus wie ein Moormonster! Ich kann nur hoffen, Callum hat in der Werkstatt einen Gartenschlauch, mit dem ich dich abspritzen kann. So kommst du mir jedenfalls nicht in die Wohnung.«

»Ich glaube, das lässt sich machen.« Auch Callum konnte sich ein Schmunzeln nicht verkneifen, wurde aber sofort wieder ernst. Von der Seite her warf er ihr einen Blick zu und nuschelte: »Wer weiß, was sie sonst noch alles ausgraben würde.«

Selma war sich fast sicher, dass er damit nicht ihre Hündin meinte.

Zwei Stunden später als üblich schloss Callum die Tür zu seinem Elternhaus auf. Er hielt die Luft an. Welche böse Überraschung erwartete ihn heute? Aus Erfahrung wusste er, dass er für eine glückliche Auszeit wie den Spaziergang mit Selma und Mary Puppins fast immer einen Preis zu zahlen hatte.

Vorsichtig schob er die Tür auf. Halb rechnete er damit, von dem Gestank abgestandenen Alkohols erschlagen zu werden. Stattdessen kam ihm eine Brise künstlichen Zitronendufts entgegen.

Er streifte sich Schuhe und Jacke ab, schlüpfte in seine Schlappen – das letzte Auftauchen von Cailleach Bhéara war ihm in dieser Hinsicht eine Lehre gewesen – und schob sich weiter ins Haus.

»Ma?« Aus der Küche kam das Surren der Abzugshaube. »Bist du da?«

Er ging weiter. Erst als er die Küche betrat, atmete er durch. Ein leichter Schwindel ergriff ihn. Hatte er zu lange die Luft angehalten? Oder überwältigte ihn das, was er sah?

Auf dem abgeschabten Küchentisch standen ein Sträußchen selbst gepflückter Blumen in einer leeren Limoflasche. Der Tisch war gedeckt. Zwei Teller, Löffel, Gabeln. Sogar jeweils ein Blatt Küchenpapier hatte sie als Serviettenersatz unter die Teller geklemmt. Auf der Küchenanrichte lag eine leere Packung Bami Goreng. Einzelne Reiskörner und Gemüseschnipsel hatten es nicht in die Pfanne geschafft und tauten jetzt auf dem Fußboden vor sich hin. In dem Rest des Fertiggerichts rührte seine Mutter mit einem Holzspatel. Sie hatte sich die Haare gewaschen. Die dünnen Strähnen waren nun zu einem unordentlichen Dutt auf ihrem Kopf aufgetürmt. Ihre Beine steckten in fadenscheinigen

Leggings, aber zumindest war der Stoff sauber. Auch ihr T-Shirt wies auf den ersten Blick keine Flecken auf.

Als hätte sie sein Eintreten erst jetzt bemerkt, drehte sie sich zu ihm um. Ihr Lächeln wirkte gezwungen und enthüllte eine Reihe brauner Zähne, doch es spiegelte sich auch in ihren Augen. Wach sah sie ihm entgegen. Wann hatte er die Augen seiner Mutter zuletzt ganz ohne verhüllenden Alkoholschleier gesehen? Er konnte sich nicht erinnern.

Mit dem Holzspatel deutete sie in seine Richtung. Ihre Hände zitterten. Noch mehr Reiskörner landeten auf dem Boden.

»Setz dich schon mal«, forderte sie ihn auf. »Ich hatte dich früher erwartet. Jetzt muss ich das Essen noch einmal aufwärmen.«

»Ma …«

Sie unterbrach ihn, ehe er die richtigen Worte fand, um den Satz zu Ende zu führen. »Macht gar nichts«, beeilte sie sich zu sagen. »Du arbeitest so hart. Natürlich kannst du da nicht auf die Minute genau wissen, wann du nach Hause kommst.«

Er setzte sich, spürte ein Zerren im unteren Rücken. Seine Muskeln waren angespannt, hart wie in Erwartung einer kommenden Explosion. Sehr vorsichtig legte er die Unterarme auf die Tischplatte. Neben dem Herd stand ein prall gefüllter schwarzer Müllsack. Die flaschenförmigen Ausbeulungen gaben Auskunft über den Inhalt. Callums Schultermuskeln verspannten sich immer mehr.

Lange bevor das Reisgericht wieder heiß sein konnte, nahm seine Mutter die Pfanne vom Herd und hievte sie zum Tisch. In den Armlöchern des viel zu großen T-Shirts sah er das Zittern ihrer Armmuskeln. Wie viel Inhalt hatte eine Fertigpackung Bami Goreng? Ein halbes Kilo? Siebenhundertfünfzig Gramm?

Zu viel für seine Mutter. Die Pfanne kippte gefährlich in ihrem Griff. Ehe das Abendessen auf dem Boden landete, stellte sie die Pfanne auf den Tisch. Gerade noch rechtzeitig verschob Callum seinen Teller so, dass er als Untersetzer diente. Verkokeltes Plastik stank immer so fürchterlich, und ein weiterer Brandfleck würde den Tisch nicht besser machen.

»Ist besser so«, sagte er.

Ma begutachtete das wackelige Arrangement aus Teller und Pfanne. Ihre Unterlippe bebte. Auf der Oberlippe schimmerte ein dünner Schweißfilm.

»Jetzt …« Sie schluckte, klang, als würde sie jeden Augenblick in Tränen ausbrechen. »Jetzt hast du keinen Teller mehr. Ich wollte doch …«

»Ist gut, Ma.« Er sprang von seinem Stuhl auf. Jetzt nur nicht zu langsam sein. Nur nicht zulassen, dass ihre Stimmung kippte. Auf das Hoch eines guten Vorsatzes folgte nicht selten der schlimmste Absturz. »Ich hol mir einen neuen Teller. Alles kein Problem.«

Der Teller, den er sich aus dem Oberschrank holte, hatte einen Riss im Porzellan und war eigentlich ein Suppenteller, aber darauf konnte er keine Rücksicht nehmen.

Er nahm wieder Platz, beäugte die Reispfanne. »Das sieht gut aus«, log er. »Du warst einkaufen?«

Sie nickte. »Und ich habe geputzt. Die ganze Küche habe ich geschrubbt und den Abwasch gemacht. Wurde ja Zeit, dass mal jemand hier ausmistet.« Sie stieß den Holzspatel in die Reispfanne und schaufelte Callum eine Portion auf den Teller, die ihm schon beim bloßen Anblick Sodbrennen verursachte. Sich selbst servierte sie eine Spatzenportion.

Eine Sekunde lang war er unvorsichtig. Sein Blick ruckte zu der Mülltüte mit den Flaschen. Das meinte sie mit Ausmisten.

Sie musste seinen Blick bemerkt haben. Der Holzspatel fiel klappernd auf die Tischplatte. In ihren Augen flammte Zorn auf. Sie stemmte die Fäuste in die Hüfte.

»Du glaubst, ich schaffe das nicht, hm?« Auch trocken gelang es ihr, innerhalb von Sekunden von kleinlaut zu angriffslustig zu wechseln.

»Ma, setz dich doch erst …«

»Nein!« Zwar setzte sie sich tatsächlich, doch ihr ganzer Körper bebte nun vor Anspannung. Oder von den Folgen des Entzugs. Wenn sie wirklich den ganzen Tag über nichts getrunken hatte, war es gut möglich, dass mittlerweile die ersten Entzugserscheinungen einsetzten. In seinen Gedanken ging Callum die Liste durch. Unruhe: check. Reizbarkeit: check. Zittern und schwitzen: check, check. Ob sie auch an einer erhöhten Herzfrequenz litt, ließ sich mit bloßem Auge nicht sagen. Wundern würde es ihn allerdings nicht.

»Du hast kein Recht, mich zu verurteilen, Callum. Nicht, bevor ich es wirklich versucht habe. Diesmal ist es anders, das schwöre ich dir. Aber wenn ich das schaffen will, brauche ich deine Unterstützung. Du bist doch mein Sohn. Ich hab nur dich. Ohne dich schaffe ich das nicht!« Ihre Augen liefen über. Sie zog die Füße auf die Sitzfläche ihres Stuhls, schlang die Arme um die Beine. So klein sah sie aus, so schutzbedürftig und ehrlich verzweifelt.

»Ich bin für dich da, Ma.« Auch der restliche Appetit war ihm vergangen, aber um ihr nicht das Gefühl zu geben, er wüsste ihre Bemühungen nicht zu schätzen, zwang er sich, eine Gabel voll zu essen. Wie erwartet war die Reispfanne kalt. Trotzdem klebte der unangenehme Geschmack nach Verbranntem an den Reiskörnern. Mit der Gabel deutete er auf die Speise. »Ist sehr gut, Ma. Das habe ich nach einem langen Arbeitstag gebraucht.«

Mit dem Handrücken wischte sie sich Tränen aus den Augenwinkeln. »Ich sag doch, dass ich das hinkriege. Ich kann alles schaffen, wenn ich nur will.«

»Das glaub ich dir, Ma. Aber meinst du nicht, es würde leichter gehen, wenn du dir Unterstützung suchst? Ich kann dir helfen. Es gibt da eine Klinik, die …«

»Du verfluchter Bastard! Jeden Tag wirst du mehr wie dein Vater. Du willst mich loswerden. Aber das hast du dir schön gedacht. So schnell wirst du mich nicht los. Ich brauche dich nicht. Ich brauche niemanden!«

Ihre Hand schoss nach vorne, sie machte Anstalten, die Blumenvase vom Tisch zu fegen, hielt sich im letzten Moment aber zurück. Ihr ganzer Brustkorb hob und senkte sich in rascher Folge. Sie schloss die Augen, atmete so lange geräuschvoll ein und aus, bis sie sich einigermaßen beruhigt hatte. Als sie die Augen wieder öffnete, lag Entschlossenheit in ihrem Blick. »Ich werde es schaffen«, wiederholte sie, ruhig diesmal und sehr bestimmt. »Ich weiß, du traust mir nicht, aber diesmal werde ich es schaffen.«

Sie war krank, sagte er sich. Nichts von dem, was sie sagte oder tat, durfte ihn berühren. Meistens gelang ihm das. Ihre Beschimpfungen und Tiraden hatten schon vor Jahren aufgehört, ihm wehzutun. Anders war es mit der Hoffnung. Die war wie ein Gänseblümchen. Sie blühte auch auf dem magersten Feld.

»Ich glaube dir, Ma. Du schaffst das sicher. Du hast ja schon einen tollen Anfang gemacht. Soll ich gleich die Flaschen nach unten bringen? Ist das leichter für dich?«

»Wenn du willst.« Sie zuckte mit den Schultern, verkroch sich wieder in sich selbst. »Ein bisschen Hilfe kann ja nicht schaden.«

»Nein, Ma. Ein bisschen Hilfe macht deine Mühe nicht weniger wert.«

Er wollte nicht hoffen, und er tat es doch. Nicht an diesem Abend, als er die Flaschen zum Altglas-Container brachte, und auch nicht am nächsten oder übernächsten Tag, während er selbst in der Werkstatt arbeitete und mit Selma im Büro einen Rhythmus fand und die Tage in ihrer Berechenbarkeit aus gemeinsamen Frühstücken und Spaziergängen nach Feierabend seinem aufgewühlten Inneren Trost spendeten.

Doch als eine ganze Woche vergangen war und Ma noch immer nicht wieder zur Flasche gegriffen hatte, bröckelten seine Schutzwälle, und die Hoffnung fand einen Weg durch die neuen Risse in dem Panzer, den er um sein Herz gelegt hatte. An diesem Abend lag er in seinem Bett und träumte von einem Leben außerhalb der Mauern seines Gefängnisses. Der Drang war groß, nach der Kiste in seinem Schreibtisch zu greifen und die Hoffnung mit den Beweisen seines Scheiterns niederzutrampeln. Doch statt dem Drang nachzugeben, rief er sich Charlies Ermahnung in Erinnerung.

»Solange du dieses Leben lebst, das du nicht willst, hast du ihr nichts zu geben.«

Ihr. Selma. Der Frau, die zum Inbegriff all seiner Sehnsüchte geworden war.

Hundert Tage, schwor er sich da. Wenn Ma es schaffte, hundert Tage trocken zu bleiben, war er hier raus. Dann würde er zu dem Mann werden, der Selma verdiente.

Kapitel 7

@marypuppins_superdog Liebe Feuchtnasen-Freundinnen, -Freunde und alles dazwischen. Heute auf dem Programm: Schnüffeln, Spielen, neue Freunde finden. Was bei Hunden oft ganz leicht ist, kann bei euch Menschen manchmal ziemlich kompliziert sein. Da hilft ein Hund im Leben. Denn wo Hunde sind, werden Menschen oft gleich viel menschlicher. #marypuppins #superdog #dogsofinstagram #newfriends

»Mary, such Callum. Wo ist Callum?«

Wie sie es sich in den letzten Tagen angewöhnt hatte, löste Selma nach ihrem Morgenspaziergang Mary Puppins' Leine an der Straßenecke vor Burke's Boatsworks. Die Hündin gehorchte dem Kommando und steuerte schwanzwedelnd und mit gesenktem Kopf schnurgerade auf den Hinterhof der Werkstatt zu. Selma folgte in langsamerem Tempo. Immerhin balancierte sie zwei Coffee-to-Go-Cups in einem Papphalter. Die Kaffees holte sie an einem Imbissstand am Hafen. Beim ersten Mal war sie noch skeptisch gewesen, ob so eine Bude ordentlichen Kaffee servierte, aber das himmlische Aroma, das aus dem Verkaufsfenster wehte, hatte sie überzeugt. Mittlerweile begrüßte sie Tadgh, der Imbissbudenbesitzer, jeden Morgen mit Namen. Am zweiten oder dritten Tag waren sie zum ersten Mal miteinander ins Gespräch gekommen. Früher war Tadgh Fischer gewesen, heute sah er mit seinem grauen Rauschebart und den silbernen Locken, die ihm bis zur Mitte des Rückens reichten und in denen nur hier und da noch eine blonde Strähne zu erkennen war, eher wie ein alternder Hippie aus. Irgendwann hatten die Gelenke nicht mehr mitgespielt, hatte er Selma erzählt, und da hatte er sich umorientiert.

»Wenn ich eines in vierzig Jahren auf See gelernt habe, dann, dass man die Wellen nehmen muss, wie sie kommen. Gegen die Gezeiten kommt kein Mensch an«, hatte er zu Selma gesagt, und seine Worte hatten in ihr einen Widerhall gefunden. Besser hätte sie selbst es nicht ausdrücken können, welche Umstände sie nach Rossaveal getrieben hatten. Seither freute sie sich jeden Morgen auf das Pläuschchen mit dem Seebären. Dass er zudem einen außerordentlich aromatischen Kaffee brühte, war das i-Tüpfelchen.

Immer ihrer Nase folgend verschwand Mary Puppins um die Ecke. Selma folgte ihr kurz darauf in den Hinterhof, wo Mary P. gerade damit beschäftigt war, jeden einzelnen Boottrailer zu beschnuppern. Als würde sich Callum zwischen den Streben verstecken! Alberner Hund.

Selma sah auf den ersten Blick, dass der Hof leer war. Mary Puppins kam zu demselben Schluss und setzte ihre Suche in der Werkstatt fort. Wie immer stand die Tür offen.

Kaum war die Hündin im Inneren verschwunden, ertönte ein kindlicher Schrei. Selma rannte los. Der Schrei verwandelte sich in ein Kichern. Selmas Augen brauchten eine Sekunde, um sich an die anderen Lichtverhältnisse im Inneren zu gewöhnen. Was sie sah, als sich ihr Blick klärte, stürzte sie in einen Mahlstrom aus Peinlichkeit.

»Mary P., aus!«

Mary P. machte keine Anstalten aufzuhören. Vor einem der Arbeitstische stand ein kleiner Junge mit seiner Mutter. Mary Puppins, die schon immer der Meinung gewesen war, Fremde seien Freunde, die man nur noch nicht kannte, leckte vor lauter Überschwang die Füße und Waden des Kleinen. Die Mutter stand hinter dem Kind, besah sich das Spektakel und wusste wohl selbst nicht genau, ob sie eingreifen sollte. Falls der erste Schrei des Jungen ein Ausdruck von Furcht gewesen war, so war diese mittlerweile eindeutig verflogen. Er kicherte und lachte und streichelte Mary P.s Kopf, so gut das bei einem vollkommen aufgelösten Hund eben ging. Immer wieder senkte Mary Puppins den Oberkörper, hüpfte mit beiden Vorderläufen in die Höhe, um den Jungen zum Spiel aufzufordern. Dabei schien sie stets zu wissen, wie viel Energie der Knirps aushielt. Zwar ging sie auf Tuchfühlung, doch nie so sehr, dass der Junge Gefahr lief umzufallen. Trotz aller Liebe ihrer Hündin gegenüber war ein solches Verhalten inakzeptabel. Selma griff an Mary P.s Brustgeschirr und zog die Hündin zurück.

»Das tut mir so leid«, versicherte sie der Mutter des Kindes. »Normalerweise weiß sie, dass sie nicht auf Fremde zuspringen darf. Ich hoffe, es ist nichts passiert.«

Etwas linkisch, mit einer Hand immer noch an dem Brustgeschirr, stellte sie die Papphalterung mit den beiden Coffee-to-Go-Bechern auf den Arbeitstisch. Neben zwei weitere Kaffeetassen, die dort bereits standen.

Endlich begriff auch Mary Puppins, dass das Spiel zu Ende war. Sie machte Sitz. Allerdings nicht, ohne sich mit wehleidigem Winseln zu beschweren. Der Junge breitete seine Arme aus und machte einen Schritt vorwärts, als wollte er Mary P. erneut umarmen. Die Mutter hielt ihn am Kragen seines T-Shirts zurück.

»Nein, gar nicht.« Auch wenn das Lächeln der Mutter etwas gequält wirkte, schien es nicht unfreundlich. »Er liebt Hunde. Er muss nur noch lernen, dass nicht alle Hunde freundlich sind.«

Nun stimmte auch der Junge in Mary P.s Winseln ein. Gut, er winselte nicht. Bei einem Menschenkind nannte man das wohl eher Quengeln, und die Lautstärke dieses Quengelns steigerte sich von Sekunde zu Sekunde. Blöd nur, dass Selma deutlich weniger von Kindern als von Hunden verstand. Wenn der Knirps ein Hund wäre, hätte sie der Halterin – ähm Mutter – vorgeschlagen, die Leinen zu lösen, damit sich die beiden ungehindert kennenlernen konnten, aber ihr Bauchgefühl sagte ihr, dass das bei einem Kind weniger gut ankommen würde.

Also hielt sie Mary Puppins weiter am Geschirr fest und brüllte über die sich in ein Crescendo steigernde Geräuschkulisse: »Wolltest du zu Callum?« Als könnte sie ihn mit einem Blick heraufbeschwören, sah sie sich um. »Der kommt sicher gleich. Um diese Zeit ist er eigentlich immer …«

Weiter kam sie nicht. In genau diesem Augenblick betrat Callum aus dem Flur die Werkstatt.

In demselben Moment nutzten Kind und Hund die Ablenkung ihrer Halterinnen und rissen sich los. Mary Puppins war als Erstes bei Callum. Vor Freude bellend sprang sie an ihm hoch. Der Junge stürzte sich in das Getümmel, umarmte gleichzeitig Callums Bein und Mary Puppins Hinterlauf. Bei jedem

Schwanzwedeln bekam der Kleine einen Schlag mit der Rute ins Gesicht, was ihn köstlich zu amüsieren schien.

»Ja, wen haben wir denn da?« Mit einem geschickten Griff befreite Callum den Kleinen aus dem Kuddelmuddel, indem er ihn hochhob und einmal wie ein Flugzeug in der Luft kreisen ließ.

»Wenn das mal nicht mein großer Cailan ist. Hast du deine Ma auch mitgebracht, oder bist du mich ganz allein besuchen gekommen?« Beim Reden brachte er den Jungen mit Bauchpieksern und Pusteküsschen im Nacken zum Lachen.

Mary Puppins begriff, dass sie von ihrem Platz an der Spitze von Callums Aufmerksamkeit verdrängt worden war, trottete von den beiden weg und rollte sich mit einem theatralischen Schnauben unter dem Arbeitstisch zusammen.

Selma wusste, wie es ihrer Hündin ging. Auch sie fühlte sich plötzlich überflüssig. Leider wäre es ziemlich schwierig zu erklären, wenn sie sich wie Mary Puppins unter einem Tisch verstecken würde.

Eine halbe Minute, vielleicht auch ein halbes Jahrzehnt später, ließ Callum Cailan runter. Er legte dem Kind eine Hand in den Rücken, mit der anderen zog er die Mutter zu sich heran und küsste sie auf die Wange.

»Das ist ja eine schöne Überraschung. Macht ihr nur einen Spaziergang, oder braucht ihr mich?«

»Wir waren in der Gegend und haben für Kaffeenachschub gesorgt.« Sie befreite sich aus Callums Umarmung und sah ihn mit großen Augen und hochgezogenen Augenbrauen an. »Aber wie ich sehe, hätte ich mir das sparen können.« Sie nickte zu dem Arbeitstisch, auf dem die vier Kaffeebecher jetzt nicht mehr dampften.

Callum folgte ihrem Blick, dann schüttelte er sich, als müsse er sich mit Macht in die Realität zurückholen.

»Wo sind meine Manieren? Habt ihr euch schon vorgestellt?«

Cailan, dem das Gespräch unter Erwachsenen offenbar langweilig wurde, gesellte sich zu Mary Puppins unter den Tisch. Bis zu welchem Alter war das wohl angemessen? Den Kleinen schätzte sie auf drei, vielleicht vier Jahre, ein knappes Vierteljahrhundert jünger als sie. Mist.

»Nein, haben wir noch nicht.« War das Neugier in der Stimme der Mutter oder ein leiser Unterton von Schnippischkeit? Und warum zum Teufel fragte sich Selma das überhaupt? Sonst war sie nicht schüchtern im Umgang mit fremden Leuten. Aber irgendetwas an der Selbstverständlichkeit, mit der diese beiden in Callums Werkstatt aufgetaucht waren, fühlte sich falsch an. So, als würden sie hierhin gehören und Selma wäre nur ein zufälliger Gast. In gewisser Weise war das ja auch so, aber darum ging es nicht.

Ihr Plan, mit dem Boden zu verschmelzen und zu tun, als gäbe es sie nicht, löste sich in Luft auf, als Callum auf sie deutete und sagte: »Das ist Selma. Sie hilft mir für eine Weile mit den Papieren.« Er drehte die Geste um und zeigte nun auf die andere. »Selma, das ist Aisling.« Nur Aisling. Keine Erklärung. War auch das Absicht?

»Du bist also die berüchtigte Selma.« Aisling streckte die Hand nach ihr aus, und nun war Selma sich sicher, begutachtet zu werden. Aislings Blick betastete sie einmal von oben bis unten.

»Ja, das bin ich wohl. Selma, die immer für eine Geschichte gut ist. Freut mich, dich kennenzulernen, Aisling.« Sie schlug in die dargebotene Hand ein. Was für ein Missgeschick, dass ganz eventuell noch ein bisschen Hundesabber an ihrer Handinnenfläche klebte. Sie wollte Aisling ja nichts Böses, aber … Stopp! Warum war Selma mit einem Mal so gehässig? Besser, sie gab möglichst schnell Fersengeld und ließ die beiden und den entzückenden kleinen Jungen allein. Sie hatten sich ja *so* gefreut, einander zu sehen, da störte Selma schließlich nur.

Sie löste den Handschlag und machte eine unbeholfene Geste aus der Werkstatt hinaus. »Ich mach mich dann mal an die Arbeit. Bin ja nicht zum Spaß da und so.«

Callums Blick landete auf den vier Kaffeebechern auf der Arbeitsplatte. »Willst du nicht mit uns einen Kaffee trinken? Wir können in den Garten gehen.«

»Nein, nein. Genießt ihr nur eure Zeit zu dritt. Ich bin ohnehin schon spät dran. Der Spaziergang hat etwas länger gedauert als sonst.«

Der Spaziergang hatte nichts dergleichen getan. Ehe Callum sie auf ihre kleine Schwindelei ansprechen konnte, wandte sie sich zum Gehen. Auf dem Weg zur Tür klopfte sie sich auf den Schenkel und rief nach Mary Puppins. Die Hündin dachte gar nicht daran, ihr zu folgen. Die hatte viel zu viel Spaß daran, sich von Cailan den Bauch kraulen zu lassen. Wie ein Genussmonster hatte sie sich unter der Arbeitsplatte auf den Rücken gedreht und grunzte bei jedem Tätschler des Jungen wie ein dressiertes Hausschwein. Pfft, was für eine Verräterin! Weil sie sich nicht noch einmal wegen des fehlenden Gehorsams ihres Hundes schämen wollte, ignorierte sie Mary Puppins' Schwerhörigkeit einfach. Klassische Vogel-Strauß-Politik, aber man musste die Schlachten, die man zu kämpfen bereit war, eben sorgfältig wählen.

Endlich außer Sichtweite von Callum und seinem Besuch flüchtete sie sich ins Bad. Sie warf die Tür hinter sich zu, sperrte ab und ließ sich mit dem Rücken dagegen fallen. Ihr Herz raste, in ihrer Kehle saß ein fetter Knoten. Was um alles in der Welt war das gewesen? Warum hatte es sie derart aus der Fassung gebracht, Callum mit Cailan zu beobachten? Es war schließlich nicht das erste Mal, dass sie einen attraktiven Kerl bei einem süßen Vater-Sohn-Moment beobachtete.

Stopp. *Vater-Sohn*-Moment? Noch während sie es dachte, fiel es ihr wie Schuppen von den Augen. Von der ersten Sekunde an, in der sie Aisling und Cailan in der Werkstatt bemerkt hatte, war ihr die Vertrautheit aufgefallen, mit der sich die beiden in dieser Umgebung bewegten. Mit Callums Auftauchen hatte sich dieser Eindruck weiter verstärkt. Weggeblasen war seine Grummeligkeit. Fortgewischt die reizende Schüchternheit, die sich so oft hinter seinem Bart und dem harten Aussehen versteckte. Sie nahm einen tiefen Atemzug, nur mit Mühe konnte sie gegen das plötzliche Brennen hinter den Augen ankämpfen. Natürlich wirkte Callums Umgang mit Aisling und Cailan ungezwungen und herzlich. Sie waren eine Familie! Auf einmal ergab alles einen Sinn. Die Andeutungen, dass sein Leben nicht verlaufen war wie geplant. Dass Verpflichtungen ihn in Rossaveal hielten, die mehr galten als seine Träume. Mit jedem Puzzlestück, das sie zusammensetzte, vervollständigte sich das Bild vor ihrem Auge, und je mehr sie erkannte, desto leichter wurde es, das Gefühl zu benennen, das sie im Umgang mit Aisling zu einer missgünstigen Hexe gemacht hatte. Eifersucht. So einfach war das! Das, was sie empfand, war schnöde alte Eifersucht. Warum war ihr vorher nie in den Sinn gekommen, dass Callum in einer Beziehung leben könnte? Wie selbstverständlich war sie davon ausgegangen, dass er Single war, und hatte insgeheim vielleicht sogar gehofft, dass seine Freundlichkeit mehr als das sein könnte. Warum sollten nicht vor ihr schon andere Frauen erkannt haben, was für ein Goldstück er war?

Sie trat zum Waschbecken, ließ kaltes Wasser zuerst über die Innenfläche ihrer Handgelenke laufen, dann wusch sie sich das Gesicht. Im Endeffekt musste sie Aisling für ihr Auftauchen danken. Das war genau der Weckruf, den sie gebraucht hatte. Menschenkenntnis war einfach nicht ihre Stärke. Immer wieder sah sie mehr in anderen als umgekehrt. Sicherlich würde es von nun an deutlich leichter werden, sich Callum Burke aus dem Kopf zu schlagen.

Aisling platzte vor Neugier, das erkannte Callum am Schwung in ihren Schritten und der Art, wie sie ihre Schultern hielt. Wenn man wie Callum und Aisling seit dem Kindergarten beste Freunde war, gab es nicht viel, was man vor dem anderen geheim halten konnte. Sie schaffte es kaum, ihm schweigend bis in den Garten zu folgen, ehe sie herausplatzte.

»Sie ist ja mega-süß, Callum. Und total vernarrt in dich.«

Callum stellte die beiden mitgebrachten Kaffeebecher auf den Tisch im Garten. Sich in der Werkstatt für eines der beiden Mitbringsel zu entscheiden, war ihm schier unmöglich vorgekommen. Was würde Selma denken, wenn er sich für Aislings Kaffee entschied? Was, wenn er ihren Kaffee vorzog, aber ihn statt mit Selma mit Aisling genoss? Am Ende hatte er einfach die Augen geschlossen und blind zugegriffen. Das Schicksal hatte sich für den hausgebrühten Kaffee von Aisling entschieden. Auch gut. Die beiden Portionen von Tadgh würden über den Tag hinweg schon wegkommen. Selma lebte für das Zeug, und ihr war es in der Regel egal, ob sie ihr Lieblingsgetränk warm oder kalt inhalierte.

»Ich weiß nicht, wie du darauf kommst.«

Er setzte sich Aisling gegenüber. Cailan verzog sich mit Mary Puppins in die hinterste Ecke des Gartens und versuchte, ihr Apportieren beizubringen. Mary P. langweilte sich bereits nach dem zweiten Versuch. Bei der Größe des Gartens hätte sich darin vielleicht ein Chihuahua austoben können, für eine Labradorhündin war er zu klein.

»Warum versteckst du das Stöckchen nicht?«, schlug Callum vor. »Lass sie Sitz machen, und sie darf es erst suchen, wenn du es ihr erlaubst.«

»Au ja!« Begeistert rieb sich Aislings Sohn die Hände, und auch Mary P. schien das neue Spiel zu gefallen.

»Du lenkst a-hab«, singsangte Aisling. So wie sie aussah, hätte auch sie sich am liebsten vor Aufregung die Hände gerieben. »Los! Raus mit der Sprache! Läuft etwa schon was zwischen euch? Charlie hat da so Andeutungen gemacht. Ich hatte ja gehofft, dass du von allein auf die Idee kommst, deine beste Freundin in dein Leben einzuweihen. Sie ist doch schon Wochen hier, oder? Und wenn der Prophet nicht zum Berg kommt …« Sie ließ den Satz im Nichts verklingen.

»Nicht Wochen«, korrigierte er. »Gerade mal zehn Tage.«

»Das sind eineinhalb Wochen.« Aisling hob die Augenbrauen. »Sag also nicht, ich hätte nicht recht.«

Callum sagte gar nichts. Um sein Schweigen zu maskieren, nahm er einen Schluck von dem Kaffee. Er war nur noch lauwarm und schmeckte nach verdünntem Zuckerwasser. Der Kaffee, den Selma ihm jeden Morgen von der Gassirunde mit Mary Puppins mitbrachte, war schwarz wie die Nacht und so stark, dass ein Löffel darin stehenbleiben könnte. Zuerst hatte er sich an den Geschmack gewöhnen müssen, aber mittlerweile liebte er den Kick, den das Gebräu ihm gab. Nach einer Tasse von Selmas Kaffee fühlte er sich lebendig. Dann kochte sein Blut, und die Hände vibrierten vor Tatendrang.

»Ach komm, Cal. Ich kriege gar nichts? Wirklich nicht mal eine winzige Kleinigkeit?«

Sein Blick wanderte zum nächstgelegenen Fenster. Es gehörte zu dem Büro, in dem Selma in eben diesem Moment saß, um ihm einen Gefallen zu tun. Fehlte nur noch, dass sie mit anhören musste, wie er und Aisling hinter ihrem Rücken über sie redeten.

»Was soll ich erzählen? Sicher hat Charlie dir die ganze Geschichte schon brühwarm serviert.«

»Charlie hat nur gesagt, dass sie irgendeine gestrandete Aussteigerin ist, die dich wortwörtlich aus dem Moor gefischt hat.«

»Streng genommen hat ihr Hund mich aus dem Moor gefischt.«

»Callum!« Sie verdrehte die Augen.

»Okay, okay.« In der universellen Geste für Kapitulation hob er die Hände. »Ich mag sie. Bist du jetzt zufrieden? Sie ist anders. Unkonventionell und spontan. Für mich fühlt sie sich an wie frischer Wind.«

»Und? Hat das wehgetan?«

Er nahm noch einen Schluck Kaffee.

»Was ist dann das Problem? Sie bleibt länger, hat Charlie gesagt. Bis ihr Van wieder fit ist?«

»Warum stellst du all diese Fragen, wenn du die Antworten schon kennst?«

»Weil ich nicht verstehe, wo das Problem liegt.«

»Das Problem sind die Ersatzteile. Die sind für so ein altes Fahrzeug schwer zu bekommen. Vor allem, wenn man auf das Budget achten muss.«

Diesmal verdiente er ihr Augenverdrehen. Ihm war durchaus klar, dass sie nicht von den Tücken einer Van-Instandsetzung sprach. Ihre Kreuzverhörmethode hatte sie nicht ans Ziel gebracht, also änderte sie jetzt ihre Taktik. Den Trick, jemanden durch Schweigen zum Reden zu bringen, hatte sie vom ihm gelernt. Im Grunde fand er es ziemlich unfair, dass sie ihn jetzt gegen ihn verwendete und es auch noch funktionierte.

»Ma ist seit sieben Tagen trocken.«

Es war ein Themenwechsel und doch auch nicht.

Aisling brauchte eine Sekunde, um die neue Information zu verdauen, dann wurden ihre Augen groß, und sie schlug sich eine Hand vor den Mund. »Wow, Cal, das ist großartig. Glaubst du, dass sie es diesmal schafft? Versucht sie es ernsthaft mit einem Entzug?«

Er zuckte mit den Schultern. Er hatte sich schon vor Jahren abgewöhnt, Prognosen über die Genesung seiner Mutter abzugeben. »Hoffen kann man, oder?«

»Callum!« Sie lehnte sich vor, schlang ihre Arme um seine Schultern und zog seinen Kopf an ihren Hals. »Hoffen darfst du immer. Natürlich darfst du das. Aber ob sie es schafft oder nicht, liegt nicht in deiner Hand, das musst du endlich begreifen. Du musst dein Leben nicht mit angezogener Handbremse leben, weil deine Ma krank ist. Du hast das Recht, dich selbst an die erste Stelle zu stellen. Und wenn das heißt, die süße Selma zu vernaschen und ihre Anwesenheit zu genießen, solange sie da ist, ist das okay. Du bist nicht Atlas, Cal! Hör auf, die Last der ganzen Welt auf deine Schultern zu laden.«

Sacht entwand er sich ihrer Umarmung. Mit dem Zeigefingernagel fuhr er die Holzmaserung der Tischplatte nach. »Charlie meint auch, es sei eine schlechte Idee.«

»Was? Dass du aufhörst, dein Leben nach der Krankheit deiner Ma auszurichten?«

»Das mit Selma.« Er nuschelte es in seinen Bart, aber natürlich verstand Aisling ihn trotzdem.

»Verfluchter Charlie Higgins! Und kannst du mir auch sagen, wie dieser Esel auf die Idee kommt, besser zu wissen, was gut für dich ist, als du selbst?«

Aislings und Charlies Reibereien waren so alt wie ihre Freundschaft. Manchmal glaubte er, dass die beiden schon aus Prinzip grundsätzlich gegensätzlicher Meinung waren. Wenn Charlie Hü sagte, sagte Aisling Ho. Wenn Charlie sagte: Schütze dein Herz, sagte Aisling: Spring kopfüber ins Abenteuer.

»Er hat Angst, dass ich verletzt werde.«

Er machte eine kurze Pause, spürte der Verlegenheit nach, die dieses Geständnis in ihm wachrief. Warum fiel es ihm selbst vor Aisling schwer, die eigene Verletzlichkeit zuzugeben? Niemand kannte ihn besser als sie und Charlie. Vor diesen beiden Menschen lohnte es sich gar nicht, Geheimnisse zu haben. Sie kannten ihn ohnehin zu gut. Seufzend fuhr er schließlich fort: »Selma hat nie ein Geheimnis daraus gemacht, dass sie auf dem Sprung ist. Auf sie warten die weite Welt und das Abenteuer. Auf mich wartet …« Seine Gedanken stockten. Er hatte keine Ahnung, wie er den Satz beenden sollte.

»Auf dich wartet alles, was du willst, Cal.« Aislings Stimme glich einer Symphonie aus Verständnis, Liebe und Mitgefühl. »Egal welchen Weg du wählst, es gibt keine Garantie, dass du nicht verletzt wirst. Wann hast du zum letzten Mal etwas nur für dich gewollt?«

Gestern Abend beim Einschlafen, heute Morgen beim Aufwachen. In dem Moment, als er in die Werkstatt gekommen und den ersten Blick des Tages auf Selma geworfen hatte. Das Wollen war nicht das Problem. Er war gut im Wollen. Aber er musste auch viel, und das Müssen war so viel stärker als das Wollen. Das war nicht die Antwort, die Aisling hören wollte, also versuchte er es mit einer Gegenfrage.

»Du meist wirklich, sie mag mich auch?«

Seine beste Freundin verschluckte sich an ihrer eigenen Spucke, weil sie so stark lachen musste. »Bist du blind, Callum? Warum fragst du das überhaupt?«

»Sie hat nie irgendeine Anspielung gemacht oder so. Sie hat nie gesagt …«

»Natürlich hat sie nichts gesagt.« Mit beiden Zeigefingern deutete Aisling auf ihre Augen. »Aber die hier, die sprechen laut und deutlich für sich. Deine liebe Selma hätte mich vorhin am liebsten an den Haaren aus der Werkstatt gezerrt, so eifersüchtig war sie. Ich bleibe bei meinem Urteil von vorhin: Sie ist total vernarrt in dich.«

»Ich weiß nicht …« Und weil er keine Lust hatte, diese Diskussion noch fünfmal im Kreis zu führen, schnappte er sich die beiden Kaffeebecher und stand auf. »Ich muss jetzt wirklich zurück in die Werkstatt. Die Arbeit erledigt sich nicht von selbst.«

Auch Aisling erhob sich. Sie hatte von ihrem Kaffee kaum einen Schluck getrunken und rief nach Cailan. Der Junge hopste mit Mary Puppins im Schlepptau zu ihnen.

»Darf ich Mary Puppins bald mal wieder besuchen? Die ist soooo süß, Ma. Und total schlau. Alles, was ich ihr versteckt habe, hat sie sofort gefunden.« Hund und Kind sahen Aisling mit demselben flehenden Blick an.

»Bald«, versprach Aisling. »Oder wir laden Mary Puppins und Selma mal zu uns ein. Was meinst du? Dann könnt ihr in unserem Garten zusammen spielen. Dort ist viel mehr Platz.«

»Au ja!« An Callum gerichtet fragte er: »Geht das denn? Meinst du, Mary Puppins darf mich mal zum Spielen besuchen?«

Soweit das Callum nach gut eineinhalb Wochen Bekanntschaft mit Mary Puppins und ihrer Halterin einschätzen konnte, gab es nicht allzu viel, das die Hündin nicht durfte. Cailan gegenüber hielt er sich bedeckter.

»Das kann ich nicht entscheiden, Kumpel. Mary Puppins ist Selmas Hund.«

»Dann frag sie«, bestimmte Aisling. Er war sich ziemlich sicher, dass sie nicht nur über ein Playdate von Cailan und Mary Puppins sprach. Auf der Schwelle zum Haus hielt sie ihn am Arm fest.

Er drehte sich zu ihr um.

»Und, Callum?«

»Ja.«

»Manchmal sind es die kleinsten Entscheidungen, die die wichtigsten Weichen stellen. Etwas muss nicht für immer sein, um richtig zu sein.«

Er antwortete nicht, aber im Grunde seines Herzens wusste er, dass sie recht hatte.

Kapitel 8

@marypuppins_superdog Meins, deins, unser. Mein neuer Freund Rupert denkt wohl, diese altehrwürdigen Gemäuer würden allein ihm gehören. Dabei spielte sich an eben diesem Ort einst eine grausige Geschichte ab. Wollt ihr mehr erfahren? Dann besucht meinen Blog. #marypuppins #superdog #dogsofinstagram #cityofgalway #lynchcastle #lynchmemorial

Selma verdiente einen Orden. Nein, nicht für ihre buchhalterischen Fähigkeiten und auch nicht für ihre außerordentlich enge Beziehung mit ihrem Hund. Sie verdiente einen Orden, weil sie eine Meisterin im Verstecken war. Insgeheim wunderte sie sich selbst darüber, wie gut es ihr gelang, Callum seit drei geschlagenen Tagen aus dem Weg zu gehen, obwohl sie jeden Tag viele Stunden lang im selben Haus verbrachten. Gut möglich, dass sie mit diesem albernen Spiel nur durchkam, weil er froh war, sich nicht mehr ständig um sie kümmern zu müssen. Wahrscheinlich hatte er sich seit ihrer Ankunft den Kopf darüber zerbrochen, wie er ihr taktvoll zu verstehen geben konnte, dass ihm ihre Annäherungsversuche unangenehm waren. Er war verheiratet oder zumindest in einer festen Beziehung. Und bei ihrem kurzen Zusammentreffen mit Aisling und Cailan wirkten die drei sehr glücklich miteinander. Vater-Mutter-Sohn – die perfekte kleine Familie. In keinem einzigen Märchen, das sie je gehört hatte, hieß es Vater-Mutter-Sohn-und-Wohltätigkeitsprojekt.

Sie knirschte mit den Zähnen und klippte Mary Puppins' Leine ein. Am Hafen ließ sie die Hündin niemals frei laufen, schließlich konnte man nie wissen, wem man begegnete. Auch ängstliche Touristen, streunende Katzen und Hunde, die nicht viel von Artgenossen hielten, hatten das Recht, unbehelligt ihrer Wege zu gehen.

Wie jeden Morgen begrüßte Tadgh sie mit einem breiten Grinsen. Auch wenn sie den Kaffeebringservice für Callum eingestellt hatte, auf ihren eigenen Koffein-Boost am Morgen wollte sie nicht verzichten. Kaum war sie an die Theke getreten musterte der Imbissbudenbesitzer sie skeptisch.

»Guten Morgen, Sonnenschein. Wer hat dir denn in die Suppe gespuckt, dass du an so einem wundervollen Tag eine solche Regenwettermiene ziehst? Wo ist dein sonniges Strahlen, das mir sonst jeden Tag versüßt?«

Sonniges Strahlen? Aus welchem Film hatte er die Floskel geklaut? Sie schnaubte.

»Niemand hat mir in irgendeine Suppe gespuckt. Du siehst Gespenster.«

Eher sah er hinter täuschende Fassaden und aufgesetztes Lächeln, aber das wollte sie nicht zugeben. Schlimm genug, dass sie sich selbst eingestehen musste, wie sehr sie unter der künstlichen Distanz litt, die sie zwischen sich und Callum gebracht hatte. Sie zwang ihre Kiefermuskeln, sich zu entspannen.

»Aber was lässt dich glauben, dass heute ein besonders wundervoller Tag ist?«

Sie warf einen vielsagenden Blick gen Himmel. Die Sonne versteckte sich hinter einer granitgrauen Wolkenschicht, und Feuchtigkeit, die noch nicht ganz Regen war, schwängerte die Luft. Wie ein Sprühnebel setzte sie sich auf die Haut.

»Oh, du schaust in die falsche Richtung, Missie.« Mit dem Kinn deutete er zum Hafenbecken. »Die schönsten Überraschungen findest du immer dort, wo du sie nicht erwartest.«

Sie folgte seinem Blick. Die Fischer hatten ihren Fang bereits verladen. Der jodhaltige Geruch frischer Makrelen verriet ihren Erfolg. Jetzt dümpelten die Kähne gluckernd vor sich hin. Die Wasseroberfläche war spiegelglatt und hatte beinah dieselbe Farbe wie der Himmel. Ein paar Möwen flatterten kreischend über ihren Köpfen.

»Also ich sehe da nichts besonders …« Sie wollte ihr Gesicht gerade abwenden, da fielen ihr die seltsamen Hügel auf der Wasseroberfläche auf. Eins, zwei, vier Stück zählte sie. Es hätten Wolkenspiegelungen sein können oder ungewöhnliche Wellen, aber dann verschwand einer dieser Hügel – lautlos und so grazil, dass sich die Wasseroberfläche kaum kräuselte – und tauchte im nächsten Moment deutlich näher an der Hafenmauer wieder auf. Runde schwarze Kulleraugen zeichneten sich ab, dann eine niedliche schwarze Nase, dicht unter der Oberfläche konnte sie nun auch den Rest des Körpers ausmachen. Grau mit ein paar helleren Flecken.

Sie schlug sich eine Hand vor den Mund. »Robben!«

»Sehr wohl«, stimmte Tadgh zu. »Die gierigen Biester begreifen einfach nicht, dass das Frühstück vorbei ist. Sie hoffen, dass noch die ein oder andere Makrele für sie abfällt.«

»Sie sind so süß!« Und das waren sie wirklich. Sie tauchten auf und ab, dann standen sie aufrecht im Wasser, ihre Köpfe wie knopfäugige Bojen auf dem Meeresgrau. Mary Puppins schien Selmas Begeisterung für die Seehunde gar nicht zu gefallen. Sie drückte sich eng an ihren Schenkel, eine freundliche Erinnerung daran, dass sie das süßeste Tier weit und breit war. Trotzdem bellte sie nicht. Instinktiv schien sie zu spüren, dass die Robben hierhergehörten, während sie nur Gäste waren.

Erst als ein weiterer Kutter in das Hafenbecken einfuhr und die Robben von ihrem Spiel abließen, um in seiner Nähe auf ein zweites Frühstück zu hoffen, gelang es Selma, ihren Blick abzuwenden.

Tadgh sah ihr wissend entgegen. »Das Übliche?« Er rieb sich das Kinn, mit der freien Hand füllte er bereits Wasser in den Wasserkocher.

»Wie hast du das vorhin gemeint? Dass das Glück immer da liegt, wo man gerade nicht hinsieht?«

»Ach, Missie, wenn ein Mädchen wie du erst tagelang strahlt wie der junge Frühling, nur um dann von einem Tag auf den anderen traurig zu werden, ist es nicht schwer zu erraten, dass ihr das Herzchen in der Brust wehtut.«

Das Herzchen wehtut? Das war ja lächerlich. Nicht die altertümliche Ausdrucksweise, sondern die Behauptung dahinter. Sie war doch nicht verliebt in Callum! Er gefiel ihr. Außen wie innen. Sie mochte seine Tattoos und den Bart und sein wildes Aussehen ebenso wie seine sanfte Schüchternheit, und darüber hinaus gab er ihr Rätsel auf. Und ganz vielleicht hatte sie sich trotz aller guten Gründe, die dagegensprachen, Hoffnungen auf einen Flirt gemacht. Aber verliebt? Nein, das war sie ganz sicher nicht. Liebe wuchs mit der Zeit. Liebe bedeutete Vertrauen und gegenseitige Hilfe und Offenheit. Was sie für Callum empfand, war höchstens ein leises Echo davon. Okay, vielleicht ein recht großes Echo, und vielleicht passten auch ihre Eifersucht und die schlaflosen Nächte nicht wirklich in ihre Argumentationskette.

Sie suchte noch einmal nach den Robben, doch von denen war nichts mehr zu sehen. Weit am Horizont verschwand eine der Fähren zu den Aran-Inseln. Sie sollte einfach weiterreisen. Wenn schon nicht mit dem Bus, dann halt zu Fuß. Zu bleiben hieß, Menschen an sich heranzulassen. Erst Callum und jetzt auch Tadgh, der sie offenbar viel zu gut durchschaute.

»Das, was du als Herzschmerz interpretierst, ist höchstens Fernweh.«

»Gefällt es dir nicht mehr bei uns?«

Antworten konnte sie erst mit kurzer Verzögerung. Zuvor mahlte Tadgh die Kaffeebohnen für ihre Bestellung. Die elektrische Mühle machte einen Heidenlärm. Als das Ding endlich leise und der gemahlene Kaffee im Filter war, antwortete sie: »Schon.«

»Aber?«

Sie zuckte mit den Schultern. »Ich bin eben nicht so der sesshafte Typ.«

In München hatte sie es zumindest probiert. Mit allem, was zu einem hippen Großstadtleben dazugehörte: beste Freundin, cooler Job, schicke Partys. Eingebracht hatte ihr das nur Enttäuschung. Kaum traf das siedende Wasser den gemahlenen Kaffee, strömte das herb-bittere Aroma aus der Imbissbude zu Selma herüber. Augenblicklich lief ihr das Wasser im Mund zusammen.

»Du willst dich also nicht festlegen.« Tadgh füllte das Getränk in zwei To-go-Becher und reichte sie Selma über die Theke.

»Ich will mich nicht einspannen lassen. Nicht mehr. Ich will meine Entscheidungen für mich selbst treffen und nicht für andere.«

In ihrer Bauchtasche suchte sie nach den passenden Münzen. Statt das Geld auf den dafür vorgesehenen Teller auf der Theke zu legen, gab sie es Tadgh direkt in die Hand. Ihre Fingerspitzen streiften die raue Haut seines Daumens. Er griff nach ihr. Nicht fest. Die Geste verhinderte nur, dass sie die Hand sofort wieder zurückzog. Sie stellte Verbindung her.

»Klingt einsam«, meinte er.

»Klingt frei«, konterte sie, schaffte es aber nicht, ihm dabei in die Augen zu sehen. Seufzend ließ er sie los und kämmte sich mit den Fingern die langen Strähnen.

»Als einer, der sein halbes Leben lang auf See verbracht hat, kann ich dir eines sagen: Das, was dich belastet, nimmst du immer mit. Egal wohin. Wenn du wirklich frei sein willst, musst du erst mal hier drinnen aufräumen.« In einer reichlich dramatischen Geste klopfte er sich mit der Faust auf die Brust. »Schließ Frieden. Rede mit dem Jungen. Das wäre zumindest ein Anfang.«

»Danke, Tadgh.« Für den Kaffee, hätte sie hinterherschieben können, wie sie es jeden Morgen tat, wenn sie ihre Bestellung abholte. Heute wäre es eine Lüge gewesen.

Nur wenige Schritte trennten Tadghs Büdchen von der Straße vor dem Haus, in dem Callums Werkstatt und ihre Wohnung waren. Dort musste sie sich entscheiden. Sie konnte den Weg rechts nehmen und das Haus betreten, ohne dass Callum es bemerkte. Dann könnte sie im Büro über den Papieren sitzen und warten, bis sie seine Schritte vor dem Personalbad hörte, und die kurze Zeit, die er dort verbrachte, nutzen, um ihm wortlos den Kaffee auf die Werkbank zu stellen. So hatte sie es in den vergangenen drei Tagen gemacht. Oder sie könnte nach links gehen, halb um das Haus herum und durch den Hinterhof direkt in seine Werkstatt. Mary P. zog nach links. Selma zögerte einen Moment, dann gab sie sich einen Ruck und folgte ihrer Hündin. Zügig, um keine Zeit zum Nachdenken zu haben, überquerte sie den Hof und betrat die Werkstatt.

»Hey, Callum, ich bringe Kaffee.«

Er stand an einer der Werkbänke, den Telefonhörer eines alten Wandtelefons noch in der Hand. Als er sie sah, blühte sein Gesicht auf.

»Du bist es.«

»Ja, ich bin's.« Vor Freude, Callum zu sehen, vollführte Mary Puppins ihren typischen Wedeltanz. Selma ließ die Leine los und beobachtete Callum und die Hündin bei ihrer Wiedersehensfreude. Mary Puppins tat, als wäre Callum vom Totenbett auferstanden.

»Gerade habe ich an dich gedacht.« Kaum waren die Worte draußen, biss er sich auf die Unterlippe. Er erklärte: »Wegen des Telefonats. Stell dir vor, ich kann ein gebrauchtes Ersatzteil fürs Getriebe bekommen. Das Ding ist gerade nördlich von Dublin, fast an der Grenze, aber ich habe mit dem Verkäufer gesprochen, und er kennt eine Spedition, die den Transport günstig anbieten würde. Ich wollte dich eben suchen gehen, um zu fragen, ob ich zuschlagen soll? Das Angebot ist wirklich prima.«

»Echt?« Ein Grinsen umspielte Selmas Mundwinkel. »Heißt das, mein Bus ist bald wieder fit?«

»Na ja.« Er machte eine kurze Kunstpause. »Sagen wir mal so: Das Ersatzteil wäre ein Anfang. Bisher konnte ich nicht viel tun, außer mir den Bus von außen anzugucken. Aber vielleicht hat der Verkäufer auch noch andere Kontakte. Oft muss der Knoten nur platzen, und dann läuft alles wie geschmiert.«

Vor Dankbarkeit wollte sie am liebsten die ganze Welt umarmen. Da die ganze Welt nicht zur Verfügung stand, fiel sie Callum um den Hals.

»Danke!« Die Arme um seinen Nacken geschlungen hüpfte sie auf und ab. »Danke, danke, danke! Ich weiß gar nicht, was ich ohne dich machen würde. Wie soll ich als Reisebloggerin Fuß fassen, wenn ich keinen Bus zum Reisen habe?«

Sacht löste er ihre Arme von seinem Hals. Eine verlegene Röte lag auf seinen Wangen. »Na ja, du könntest damit anfangen, die Gegend hier zu erkunden. Es ist ja nicht so, dass wir gar nichts für Touristen zu bieten haben.« Er schluckte einmal, dann strafften sich seine Schultern, und er meinte: »Du könntest mich zum Dank für meine Detektivarbeit zum Abendessen einladen. Ich kenne ein paar tolle Pubs in Galway. Die Stadt ist auf jeden Fall einen Artikel wert.«

»Das klingt super.« Ihr Herz machte einen Satz. Der Stoß von innen gegen die Rippen war genau der Weckruf, den sie gebraucht hatte.

Sie zwang sich zu einem Lächeln, aber es fühlte sich auf ihren Lippen falsch an. »Das ist total lieb von dir. Ich lade euch natürlich gern zum Essen ein.«

»Uns?« Er schaute sich um. »Mary Puppins gehört doch sowieso zu dir.«

»Nicht dich und Mary Puppins, Dummkopf.« Sie verdrehte die Augen. »Dich und Aisling natürlich. Oder habt ihr keinen Babysitter für Cailan? Wir können das Essen auch verschieben. Es muss ja nicht gleich heute sein.«

»Du willst Aisling mitnehmen? Ich wusste nicht, dass ihr euch angefreundet habt.«

»Angefreundet ist vielleicht ein bisschen hoch gegriffen. Ich kenne sie ja eigentlich gar nicht. Aber was nicht ist, kann ja noch werden.«

»Okay.« Er rieb sich den Bart. War das Enttäuschung in seiner Miene? Hatte er wirklich geglaubt, sie würde sich auf ein Date mit ihm einlassen, obwohl er vergeben war?

»Wenn du meinst. Ich dachte halt …«

»Was dachtest du? Dass es cool wäre, hinter dem Rücken deiner Partnerin mit einer anderen auszugehen?«

Die Freude, die sie gerade noch verspürt hatte, verpuffte in einer Wolke aus Wut. Warum überraschte sie der Egoismus der Menschen um sie herum immer wieder? Spätestens nach dem Vorfall mit Melina sollte sie ihre Lektion doch gelernt haben. Wenn es um den eigenen Vorteil ging, gab es kein Gut und Böse mehr. Dann machte jeder, was ihm oder ihr am besten diente. Sie stemmte die Hände in die Hüften und funkelte Callum an.

»Nun, da muss ich dich leider enttäuschen. Ehrlichkeit und Loyalität mögen aus der Mode gekommen sein, aber für mich gelten sie immer noch. Ehebruch steht ganz klar auf meiner Not-to-do-Liste.«

In ihrer Rage bemerkte sie nicht, wie nah Callum ihr kam. Heiß traf sein Atem ihre Haut.

»Ich würde meine Partnerin nie auf diese Weise hintergehen!« Das Wort *nie* spuckte er ihr förmlich vor die Füße.

»Gut.« Sie dachte gar nicht daran, zurückzuweichen. »Dann sind wir uns ja einig.«

»Sind wir uns nicht. Du bist mir eine Einladung schuldig.«

»Ich dachte …«

»Du denkst zu viel!« Und noch bevor sie Luft holen konnte, um ihm eine weitere zornige Erwiderung entgegenzuschleudern, war sein Mund auf ihrem, und er küsste jeden Protest von ihren Lippen. Für die Dauer eines wundervollen Augenblicks zählte nur dieser Kuss. Das Kitzeln seines Barts an ihrer Oberlippe. Sein Geschmack nach Lakritz und Pfefferminz. Das kurze, tiefe Stöhnen, das durch seine Brust vibrierte, mehr Gefühl als Geräusch. Dieser Kuss war mehr, als sie sich jemals vorgestellt hatte. Besitzergreifend und sicher. Ein Kuss wie ein Meer. Ein Kuss, in dem man mit einem Lächeln im Herzen ertrinken konnte. Seine Zunge stupste gegen ihren Mundwinkel. Instinktiv öffnete sie die Lippen ein Stückchen weiter, wollte ihm Einlass gewähren, doch da fiel ihr wieder ein, warum sie den Mund überhaupt geöffnet hatte, ehe dieser Kuss sie zu einer wimmernden, herzklopfenden Pfütze aus Begehren gemacht hatte. Sie ballte die Hände zu Fäusten, schlug ihn hart gegen die Brust. Mit einer Mischung aus Verwunderung und Gier in seinem Blick taumelte er zurück.

»Du Schuft!« Innerlich krümmte sie sich. Callums sinnliche Attacke hatte offenbar all ihre Gehirnzellen zu Mus verarbeitet. Du Schuft? Sie klang wie die talentlose Statistin eines billigen Historien-Dramas. Einfach weiter, beschwor sie sich. Jetzt nur nicht vom Weg abkommen. »Was ist mit Aisling? Hast du nicht gerade gesagt …«

Und jetzt erlaubte dieser Kerl sich auch noch zu grinsen!

»Aisling ist weder meine Ehefrau noch meine Partnerin«, erklärte er ruhig. Seine Mundwinkel verrieten ihn. Callum fand diese ganze Situation zum Schreien komisch. Wie schön, dass wenigstens einer von ihnen Spaß hatte. »Wir kennen uns seit dem Kindergarten. Sie ist meine beste Freundin.«

»Ich dachte, Charlie sei dein bester Freund.« Konnte das wirklich möglich sein? Hatte sie in ihrer Eifersucht die Puzzlestücke falsch zusammengesetzt? »Und was ist mit Cailan?«

»Steht irgendwo geschrieben, dass man nur einen besten Freund haben darf? Und was Cailan angeht: Es steht mir nicht zu, zu erzählen, wer sein Vater ist. Nur so viel: Ich bin es mit absoluter Sicherheit nicht.«

»Oh.« Langsam, aber sicher holte sie das schlechte Gewissen ein. Impulsiv und zu emotional. Das hatte Justus ihr auch vorgeworfen. Der Gedanke, ihr ehemaliger Chef könnte womöglich recht haben, gefiel ihr gar nicht.

»Ja, oh.« Vorsichtig, wahrscheinlich um sicherzugehen, dass sie nicht noch mal auf ihn losgehen würde, trat Callum wieder auf sie zu. Er streckte die Hand aus, berührte ganz sacht mit den Fingerspitzen ihren Handrücken. »Heißt das, du lädst mich doch auch allein ein? Wenn du willst, können wir auch halbe-halbe machen. Mir geht es nicht um das kostenlose Essen.«

»So?« Es brauchte mehr als nur ein bisschen Mut, den Blick zu heben und Callum direkt in die Augen zu sehen. »Worum geht es dir dann?«

»Um dich.« Er lächelte zart, und es wäre so leicht gewesen, ihn noch einmal zu küssen. Leicht und sicher. Lust und Anziehung kannte sie. Sie kannte das Feuer, das man mit Küssen und Streicheln und Körperlichkeit zwischen zwei Menschen entfachen konnte, um darin alle Sorgen der Welt ein paar Augenblicke lang zu vergessen. Wie viel schwerer war es, sein vorsichtiges Lächeln auszuhalten? Die Hoffnung in seiner Stimme und das zarte Band, das sich zwischen ihnen entspannte. Es war schwer, aber zum ersten Mal, seit Melina und Justus sie so enttäuscht hatten, hörte Selma wieder auf ihren Bauch, und der sagte: Für Callum lohnt es sich.

Callum hatte gesagt, man könne Galway am besten nach Sonnenuntergang erleben. Beinah ein Drittel der Einwohner bestand aus Studierenden; da lag es nahe, dass die Stadt erst in den späteren Stunden zum Leben erwachte. Ein Blick auf die Statistik ihres Profils hatte sie daran erinnert, dass es wahrlich an der Zeit war, das Bloggen wieder ernster zu nehmen. Statt neue Abonnenten zu gewinnen, blieb die Zahl seit ihrer Ankunft in Rossaveal konstant. Dafür war ihre Sichtbarkeit dramatisch in den Keller gegangen. Sie brauchte Content, wenn sie ihr Profil am Leben erhalten wollte, und um sich als Reisebloggerin zu etablieren, brauchte sie hochwertigen Content. Also hatte sie Callum überredet, doch schon am Mittag des kommenden Samstags aufzubrechen. So konnten sie in aller Ruhe durch die Stadt spazieren, sich die wichtigsten Sehenswürdigkeiten anschauen und den Abend bei einem leckeren Abendessen ausklingen lassen.

Callums Wagen ließen sie in einer Parkgarage in der Nähe des Zentrums stehen. Von dort aus ging es zu Fuß weiter. Sofort hüllte die Atmosphäre der Stadt sie ein. Menschen in bunter Freizeitkleidung schlenderten durch die Straßen oder saßen allein oder in kleinen Gruppen auf den zahlreichen Grünflächen. Die Stadt war belebt, aber nicht voll. Mary Puppins trottete brav neben ihnen her und schien von dem Getümmel ebenso begeistert wie Selma. Besonders ein junger Englischer Bulldoggenrüde erwärmte ihr Herz. Mit seinem Herrchen ging er eine ganze Weile vor ihnen her. Als die beiden am Rand eines kleines Gartens stehen blieben, um die Reste einer imposanten mittelalterlichen Stadtburg zu fotografieren, war es mit Mary Puppins' Zurückhaltung vorbei. Immer wieder forderten die beiden einander zum Spielen auf, kamen dann jedoch wieder zum gegenseitigen Beschnüffeln zurück. Das Herrchen der Bulldogge beobachtete die beiden schmunzelnd.

»Bei so viel Begeisterung muss er wenigstens keine Angst haben, für seine unsittliche Annäherung gelyncht zu werden.« Im Gegensatz zu seinem Hund wirkte der Besitzer kein bisschen einschüchternd. Er hatte wilde rotblonde Locken und zahlreiche Sommersprossen. Mit den übergroßen Chinohosen und den Hosenträgern, die er über seinem weißen Hemd trug, wirkte er zusammen mit der Kamera wie ein typischer Kunststudent. Er zwinkerte vielsagend und nickte mit dem Kinn zu dem Mauerstück, vor dem sie standen.

Callum lachte leise. War das ein Witz gewesen? Selma verstand nur Bahnhof.

Callum klärte sie auf. »Das ist das Lynch-Fenster. Den Ausdruck *jemanden lynchen* kennst du, oder?«

»Klar, aber ich verstehe immer noch nicht, was das mit der Ruine hier zu tun hat.«

»Hier wurde der Ausdruck quasi erfunden. Die Lynchs gehörten zu einem von ursprünglich vierzehn Stämmen von Galway. Kannst du dich an die Fahnen auf dem Platz vorhin erinnern?«

Sie nickte.

»Die zeigen die Banner der einzelnen Stämme. Früher konnte ich alle aufzählen.« Er machte ein nachdenkliches Gesicht, dann begann er an den Fingern abzuzählen. »Athy, Blake, Bodkin, Browne, D'Arcy.«

Ihr neuer Freund half Callum aus.

»Deane, Font, French, Joyce.« Das Atemholen des Fremden nutzte Callum, um wieder zu übernehmen.

»Kirwan, Lynch, Martin, Morris und Skeritt.« Den Namen Lynch betonte er stärker als die anderen. Das Bulldoggen-Herrchen grinste anerkennend.

»Das hier ist ein Fassadenrest ihres Stadtpalastes«, erklärte er. »Das eigentliche Lynch Castle steht in der Abbeygate Street, mitten in der Shoppingmeile von Galway.«

»Heute befindet sich eine Bank in dem Gebäude«, wusste ihr neuer Freund hinzuzufügen. »Wenn ihr daran vorbeikommt, wird es dir sicher sofort auffallen.«

»Und warum steht dann ein Teil der Fassade hier?« Selma war kein Geschichts-Nerd, aber was Callum und der Fotograf zu berichten hatten, war wirklich spannend. Clans, Burgen und Schlösser gehörten immerhin genauso zum Charme von Irland wie Schafe und grüne Wiesen.

Da Callum auf diese Frage keine Antwort zu wissen schien, fuhr ihr neuer Freund fort: »In den sechziger Jahren wurde Lynch Castle eingehend renoviert. Bei der Gelegenheit wurde auch der Teil der Fassade, um die sich die Lynch-Legende spannt, abgetragen und hierher versetzt.«

»Okay. Ihr habt mich neugierig gemacht. Was hat es jetzt mit dieser Legende auf sich? Leser:innen lieben ordentliche Schauergeschichten.«

Selma rieb sich die Hände, ihre Finger kribbelten, so sehr freute sie sich schon auf den Blogartikel, den sie aus diesen Infos basteln konnte. Diesmal übernahm wieder Callum die Erzählung.

»Im 15. Jahrhundert hat der Sohn der Familie einen spanischen Studenten ermordet.«

»Sicher ging es um ein Mädchen«, fiel der Künstler-Fotograf ein. »In tragischen irischen Geschichten geht es immer um Mädchen oder die See.«

»Jedenfalls wurde Walter Lynch für seine Tat verurteilt.«

»Klingt fair«, meinte Selma.

»Theoretisch ja.« Callum zog die Augenbrauen hoch. »Nur leider weigerte sich der Henker, das Urteil zu vollstrecken. Er fürchtete, die Familie würde es ihm später verübeln. Doch Walters Vater wollte mit seinem Spross nach seiner Untat nichts mehr zu tun haben und nahm die Sache selbst in die Hand.« Mit dem Zeigefinger deutete Callum zu dem Fenster in dem Mauerstück.

»Er hängte Walter in ebenjenem Fenster auf, das wir hier sehen. Dort baumelte der gute Walter dann tagelang, und sein Anblick ermahnte die anderen Studenten, sich ja nur nicht mit ihren Vätern zu überwerfen.«

»Und folglich war der Ausdruck *jemanden lynchen* geboren.«

»Wow.« Selma besah sich das betreffende Fenster genauer. Mit der Geschichte im Hinterkopf sah der uralte Stein richtig gruselig aus. »Ziemlich blutrünstig das alles.«

»Das kannst du laut sagen«, pflichtete ihre Zufallsbekanntschaft ihr bei. »Aber die besten Geschichten sind das doch meistens. Herzzerreißend tragisch oder blutrünstig gruselig.«

Dem konnte sie nicht widersprechen. Sie schoss ein paar Fotos, um den Blogbeitrag später bebildern zu können. Mary Puppins' Schwarm tat ihr sogar den Gefallen, das Bein ausgerechnet an der Glaswand vor dem Monument zu heben, und schon hatte sie ein passendes Foto für den Teaser auf Mary Puppins' Instagram-Profil.

Sie verabschiedeten sich von dem Herrchen der Bulldogge und machten sich wieder auf den Weg. Zum Klang zahlreicher Straßenmusikanten ließen sie sich treiben. Zwei Xylophonisten boten ihre Version von »Pink Panther« dar, ein junges Mädchen auf der Fiddle wurde von ihrem Großvater auf der Gitarre begleitet. Eine Kontrabassspielerin begeisterte mit ihrer Version von »Yellow Submarine«, und ein Akkordeon-Quartett spielte den Frühling von Vivaldis »Vier Jahreszeiten«. Auf einen Besuch der Sankt Nikolas Kirche und der Kathedrale von Galway verzichteten sie, da in den Gotteshäusern Hunde verboten waren. Dafür hielten sie sich umso länger in der Shop Street auf. Die liebevoll dekorierten Schaufenster luden zum Bummeln ein. In einem Antiquariat fand Selma ein paar spannende Bildbände, die Auslagen der Blumenläden verströmten den süßlichen Duft frischer Blüten, der sich mit den Aromen aus den Cafés und Spezialitätenläden vermischte. Unter farbenfrohen Markisen und hinter bunt gestrichenen Mauern wurden Köstlichkeiten aus aller Welt zum Mitnehmen angeboten. Veganes Soul-Food, hawaiianische Reisgerichte, Döner, Falafel, Pizza und Fish & Chips.

Weil sie sich nicht den Appetit fürs Abendessen verderben wollte, blieb Selma standhaft, aber eine winzige Hundemode-Boutique verkaufte selbst gekochtes Hundefutter. Sehr zu Mary Puppins' Freude konnte Selma bei diesem Angebot nicht standhaft bleiben. Sie kaufte ein Glas eingekochter Leber mit Pastinaken und Lammfleisch, das es für Mary P. zum Abendessen geben würde. Wenn sie und Callum schon so einen schönen Tag hatten, sollte Mary Puppins auch was davon haben.

Je mehr sie sich von Galway verzaubern ließ, desto mehr verstand Selma, warum die Stadt auch »Stadt der Vielfalt« genannt wurde. Es war unmöglich, sich an diesem wundervollen Ort fremd zu fühlen. Die Atmosphäre war viel zu freundlich. Viel zu einladend die Gesichter der anderen Passanten. Sie fing Satzfetzen in mindestens acht Sprachen auf, immer wieder wurde sie auf Mary Puppins angesprochen, und es entspannen sich kurze Gespräche. Alle schienen sich zu verstehen. Trotz der vielen Menschen ging es nirgends wirklich trubelig zu.

Langsam änderte sich der Sound, zu dem sie durch die Gassen schlenderten. Die Straßenmusikerinnen und -musiker zogen den Beat an. Die Rhythmen luden zum Tanzen ein. Abendsonne schliff alle Kanten weich. Die bunten Häuserfassaden, rot-weiße, die Fußgängerzone überspannende Wimpelketten und zahlreiche Regenbogenflaggen vor Pubs und Cafés verwischten vor ihrem Auge zu einem impressionistischen Gemälde.

»Wir können uns zum Abendessen irgendwo reinsetzen«, schlug Callum vor, als ihr Magen so laut knurrte, dass nicht einmal die beschwingten Tunes der Straßenmusiker es übertönen konnten. »Aber eigentlich ist es schöner, draußen zu essen.«

Selma sah sich um. Um diese Zeit dachten nicht nur sie ans Abendessen. Die Tische und Bänke, die die meisten Lokale vor der Straße aufgestellt hatten, waren bereits belegt. »Sieht aus, als würde es schwierig werden, einen Platz zu bekommen.«

»Ich hätte noch eine andere Idee …«

»Und die wäre?«

»Wir könnten uns eine Pizza zum Mitnehmen holen und ein Picknick machen?«

»Eine Pizza? Ich dachte, das hier sei Irland. Ich habe fest damit gerechnet, dass heute Nierenauflauf oder Hammel auf der Speisekarte steht.« Spielerisch stupste sie ihn mit dem Ellenbogen in die Seite.

»Wir können auch was anderes ...«

»Nein, nein! Pizza ist in Ordnung. Ehrlich.«

Seine Miene erstrahlte. »Du wirst es nicht bereuen. Hier gibt es einen Laden, der macht die beste Pizza außerhalb Italiens. Die beiden Jungs, die den betreiben, sind bekannt dafür.«

Dass die kleine Pizzeria kein Geheimtipp war, bewies die Schlange vor der Ausgabe. Dennoch nahm sich der Besitzer, ein junger Mann in verwaschenem Band-T-Shirt, mit stylischem Bart und einer karierten Schiebermütze, für jeden Gast Zeit. Er wechselte freundliche Worte, führte durch die Speisekarte. Es roch nach Knoblauch, Oregano und würziger Tomatensoße. Als sie endlich an der Reihe waren, fiel es Selma schwer, sich zu entscheiden. Sie überließ Callum die Wahl. Er bestellte eine Hail Caesar und eine Can't Banh Mi Love – Pizzasorten, von denen Selma noch nie zuvor gehört hatte. Doch allein der Klang der abenteuerlichen Beläge ließ ihr das Wasser im Mund zusammenlaufen: Mozzarella, Zitronenhühnchen, Croutons, Pancetta und Parmesan auf der einen, glasierter Schweinebauch, kandierte Jalapeños, gepickeltes Gemüse und Koriander auf der anderen. Zum Trinken bestellten sie eine große Flasche Wasser und zwei Kräuter-Bionaden. Selma bezahlte, Callum nahm die Pizzakartons entgegen, dann machten sie sich wieder auf den Weg.

Aus dem größten Gedränge der Quay Street heraus führte Callum sie zu einer Wiese an der Mündung des Corrib River in den Atlantik. An Bojen dümpelten kleine Ruderboote vor sich hin, und an der anderen Uferseite lehnten sich die farbenfrohen Häuschen aneinander wie gute Freunde. Selma und Callum taten es den Häusern gleich, setzten sich im Schneidersitz nebeneinander, nah genug, um einander von der Schulter bis zu den Schenkeln zu berühren, und aßen ihre Pizza. Mary Puppins verschlang zufrieden ihr Fünf-Sterne-Menü aus dem Hundeshop. Nach den vielen Eindrücken des Tages war sie froh, sich anschließend satt und zufrieden zu einem Ball zusammenzurollen und zu schlafen. In den Häusern gegenüber gingen die ersten Lichter an. Der Himmel über ihnen färbte sich von Blau zu Grau. Nur am Horizont verblieb ein schmaler Streifen Gold.

Die Pizza schmeckte noch besser, als Selma es sich vorgestellt hatte. Heute, an diesem wundervollen Tag, mit Callum und Mary Puppins an ihrer Seite, war es die beste Pizza der Welt, und sie aßen sie am schönsten Ort, den ein Mensch besuchen konnte.

Den Magen voll, die Gedanken frei, lehnte sie den Kopf an Callums Schulter. Es war richtig so und ganz natürlich. Er schob die leeren Pizzakartons beiseite, legte einen Arm um ihre Taille, und gemeinsam sahen sie dem Tag dabei zu, wie er mit der Sonne im Meer versank.

Kapitel 9

@marypuppins_superdog Am Strand ich liege, treu und fein, schau Boote, die am Horizont verweilen. Die Sonne neigt sich sanft hinab, und mich erfüllt der Abendtrab. Schlaft gut, liebe Feuchtnasen-Freundinnen, -Freunde und alles dazwischen. Bald sehen wir uns wieder. #marypuppins #superdog #dogsofinstagram #cityofgalway #instapoetry #Abendstimmung

Mit Selma so nah, mit den Sternen über ihnen und deren Reflexionen im Wasser vor ihnen, mit dem Bauch voller gutem Essen und auf den Lippen den Geschmack prickelnd süßer Limonade, erschien Callum alles möglich. Gehen oder bleiben. Träumen und hoffen. Er war da und ganz weit weg zugleich. Er war geborgen im Moment. Ohne gestern, ohne morgen, ohne Sorgen und Zweifel. Hier gab es keine Cailleach Bhéara, keine Verpflichtungen und Ängste. Am Ufer des River Corrib war er einfach nur ein Junge, der das Mädchen im Arm hielt, das ihm gefiel. Das verlieh ihm Mut, Dinge zu fragen, von denen er sonst geglaubt hatte, er hätte kein Recht, sie zu wissen. Er lehnte die Wange an Selmas Kopf, zog sie ganz nah an seine Seite. Ein leichter Duft ihres Shampoos hing noch immer in ihren Haaren. Tief atmete er ein.

»Sieht friedlich aus, oder? Die Häuser da auf der anderen Seite.«

Er spürte ihr Nicken an seiner Wange. Wie funkelnde Diamanten, die das Ufer des Corrib säumten, strahlte das Licht aus vereinzelten Zimmern. »Das hab ich mir schon oft gedacht. Von außen sehen erleuchtete Räume so viel heimeliger aus. Wenn ich so etwas sehe, fühle ich mich immer wie in einer Geschichte von Dickens. Die Sehnsucht ist dann größer als die Realität. In Wahrheit sieht es wahrscheinlich hinter den Fenstern gar nicht so friedlich aus. Schau mal dort.« Mit dem Zeigefinger deutete sie auf einen unbestimmten Punkt auf der anderen Uferseite. »Das große Fenster in dem Haus mit dem Schornstein? Wer sagt, dass dort nicht gerade gestritten wird? Wer weiß, vielleicht wirft die Frau gerade mit Geschirr nach ihrem Ehemann, weil er den Müll nicht runtergetragen oder seine dreckigen Arbeitssocken auf dem Esstisch liegen gelassen hat.«

Er kicherte leise. »Ich wusste gar nicht, wie schwarzmalerisch du bist.«

»Was heißt hier schwarzmalerisch? Findest du nicht, dreckige Socken auf dem Esstisch verdienen ein paar fliegende Untertassen?«

Ihr Tonfall war neckend, und er lächelte still. Darin war sie gut. Ihn zum Lächeln zu bringen und dem Leben etwas Leichtigkeit zu verleihen. Doch zwischen den Silben ihrer Neckereien spürte er auch eine Traurigkeit, die ihm nur allzu vertraut war. Wer Mal um Mal enttäuscht wurde, verlor den Glauben an das Gute.

»Ich weiß nicht«, gab er schließlich zu. »Ich glaube nicht, dass Gewalt und Wut jemals etwas besser machen. Wenn Untertassen fliegen, geht fast immer mehr kaputt als Porzellan.«

In seinem Arm versteifte sie sich. Dann atmete sie tief ein und aus. Ihr Körper wurde wieder weich. Sie seufzte.

»Ich weiß.«

Die Pause, die folgte, war lang, doch Callum füllte sie nicht mit Worten. Schließlich wurde er für seine Geduld belohnt.

»Und die meisten dieser Dinge sind schwerer zu ersetzen als Geschirr. Vertrauen zum Beispiel. Wenn es kaputt ist, ist es für immer zerbrochen.«

Vor ihnen, nicht weit vom Ufer entfernt, sprang ein Fisch aus dem Wasser. Wahrscheinlich ein Lachs auf der Jagd. Der River Corrib war berühmt für seinen Lachsbestand. Für die Fische gab es keinen Feierabend. Sie waren tag- und nachtaktiv, passten sich ihren Lebensumständen an. Nahe der Stadt genossen auch sie die Stunden, in denen der Trubel nachließ und die Touristenschwärme abzogen. Das leise Platschen, mit dem sein Körper zurück ins Wasser fiel, war das einzige Geräusch weit und breit. Fast könnte Callum glauben, es gäbe nur ihn und Selma. Als hätte sie nicht der Zufall zusammengeführt, sondern Bestimmung. Als wären sie nur geboren worden, um einander Trost und Halt zu spenden.

»Wer hat dich enttäuscht, Selma?«

Nach kurzem Zögern antwortete sie: »Es ist eine lange Geschichte.«

»Wir haben Zeit.«

»Und wahrscheinlich ist sie auch ziemlich blöd und weit weniger dramatisch, als du jetzt annimmst.«

Spielerisch stupste er sie mit der Schulter an. »Geht es um einen Mann?«

»Nein, Callum.« Sie stupste zurück, hatte die Frage offensichtlich als die Auflockerung verstanden, als die sie gemeint war. Sie gab ein tiefes Seufzen von sich, dann fuhr sie fort: »Ausnahmsweise ging es nicht um einen Mann, sondern um eine Frau.«

»Oh.«

Sie lachte. »Nicht, wie du jetzt denkst.«

»Ich denke gar nichts.«

»Melina war meine Freundin. Meine beste Freundin. Vor ihr …« Sie fuhr sich mit der Zunge über die Lippen. »Mir ist es nicht immer leichtgefallen, Freunde zu finden. Meine Eltern sind Diplomaten. Wir sind viel umgezogen. Immer, wenn ich angefangen habe, mich irgendwo heimisch zu fühlen, hieß es schon wieder Abschied nehmen.«

Für einen Jungen, der seit seiner Geburt die immer gleichen Menschen um sich hatte, klang das so fantastisch wie die Abenteuer einer Fantasyprinzessin.

Sie sprach weiter. »Irgendwann gewöhnt man sich daran, verstehst du? Man macht die Not zu einer Tugend. Ich kann mit fast jedem reden. Ich bin ein Ass darin, Bekanntschaften zu schließen, aber wirklich an mich rangelassen habe ich niemanden. Seit ich ein Kind war, wusste ich, dass Liebe nur ein anderes Wort für kommenden Schmerz bedeutet.«

»Aber dann kam Melina?«

Sie stieß ein Geräusch aus. Halb Lachen, halb Schluchzen. »Dann kam Melina. Ich bin für das Studium nach München gezogen. Wir haben uns bei einer Ersti-Veranstaltung kennengelernt. Weil in München die Mieten so verrückt sind, habe ich sie eine Weile auf der Couch in meinem Appartement schlafen lassen. Wir haben zusammen gewohnt und zusammen studiert, und plötzlich war ich Teil einer ganzen Gruppe aus Freunden, die alle dabei waren, ihren Platz in der Welt zu finden. Ich war auf einmal keine Außenseiterin mehr, sondern ein Teil von etwas, und das hat sich gut angefühlt. In allem, was wir getan haben, schwammen Melina und ich auf derselben Wellenlänge. Zusammen haben wir ganze Nächte bei billigem Rotwein an irgendwelchen Küchentischen gesessen und über Gott und die Welt philosophiert, und jedes Mal war es so, als ob die andere die eigenen Gedanken ausspricht. Wir haben uns gegenseitig bei Dates Rückendeckung gegeben, haben für die andere Wärmflaschen gemacht, wenn sie ihre Tage hatte, und zusammen bei Unmengen Eiscreme schnulzige Komödien angeschaut, wenn mal wieder eine Liebe zerbrach, ehe sie wirklich begonnen hatte. Andere aus unserer Gruppe kamen und gingen. Manche haben das Studium geschmissen, andere sind auf eine andere Uni gewechselt oder nach dem Abschluss in eine andere Stadt gezogen, aber Melina und ich blieben immer so.« Zur Veranschaulichung hob sie die rechte Hand, den Mittelfinger eng über den Zeigefinger gelegt. »Und als wir dann auch noch in derselben Agentur einen Job gefunden haben, war das …« Sie stockte, suchte nach den richtigen Worten.

»… zu gut, um wahr zu sein«, beendete er den Satz für sie, und sie nickte.

»Ja.« Bitterkeit tropfte aus der einen Silbe. »So kann man es wohl nennen.«

»Was ist passiert?«

»Sie hat mich hintergangen. Ich habe ihr vertraut. Himmel, ich hätte meine Hand für sie ins Feuer gelegt. Von allen Menschen auf der Welt wäre sie die eine gewesen, der ich ohne jedes Zögern mein Leben anvertraut hätte, und ausgerechnet sie hat mich ausgenutzt und hintergangen.« Auch ohne Einzelheiten zu kennen, genügte Selmas Tonfall, um ihren Schmerz zu erfassen. Das, was sie durchmachte, war Liebeskummer der allerschlimmsten Art. So viele Arten von Liebe es gab, so viele Arten gab es auch, ein Herz zu brechen. Er selbst war noch nie in einer festen Beziehung gewesen. Dennoch war sein Herz schon so oft gebrochen worden, dass er nicht wusste, ob es unter all dem Narbengewebe überhaupt noch existierte.

»Willst du darüber reden?« Ihre Antwort spielte keine Rolle. Er fragte nicht aus Neugier, sondern um ihr zu zeigen, dass er da war. Für sie und ihre Geschichte.

»Es ging um ein Projekt. Wir hatten beide unser Volontariat in der Agentur beendet und waren jetzt auf dem Sprung für den nächsten Karriereschritt. Bei dem nächsten großen Pitch hat Justus, unser Boss, aber nur mich mit an Bord geholt. Er meinte, das sei meine Möglichkeit, mir meine Sporen zu verdienen. Sollte es mir gelingen, den Kunden mit einer guten Präsentation zu überzeugen, wäre das mein erster eigener Etat geworden.«

»Und Melina war eifersüchtig?« Die Schlussfolgerung lag nahe.

»Damals dachte ich das nicht. In dem Pitch ging es darum, einem ziemlich altbackenen Trachtenmodenhersteller ein neues, jüngeres Image zu verpassen. Sie haben nach einem Markenbotschafter gesucht, der die jüngere Zielgruppe anspricht. Melina hat so getan, als wäre ihr das alles zu verstaubt und oberflächlich und als hätte sie sowieso kein Interesse an dem Etat.«

»Aber so war es nicht?«

»Scheinbar nicht.« Kurz presste sie die Lippen aufeinander. Vielleicht brauchte sie diese Pause, um den Mut zu fassen, ihrer Enttäuschung Worte zu verleihen. Vielleicht suchte sie auch nur nach dem richtigen Anfang. Schließlich gab sie sich einen Ruck.

»Ich habe ihr beim Abendessen davon erzählt, wie schwierig es ist, den richtigen Markenbotschafter zu finden, weil mein Kopf sich auf einen ganz bestimmten Typen versteift hatte, der eigentlich optimal passen würde, den ich aber keinesfalls meinem Kunden vorschlagen konnte.«

»Warum nicht?«

»Ich schätze, du hast noch nie von Lukas Hirsch gehört?«

Er schüttelte den Kopf.

»Dachte ich auch nicht. Der ist mehr so ein deutschsprachiges Phänomen. Er selbst nennt sich Alpenrocker. Ende zwanzig, unglaublich gut aussehend. Mit seiner Musik füllt er die größten Stadien. Er macht eine Mischung aus Schlager und Pop-Rock, hat immer grandiose Bühnenshows. Singt in Lederhosen mit Tänzerinnen in Dirndln im Background und wirkt dabei wie ein echter Rockstar. Gar nicht nostalgisch oder altbacken oder so. Seine Musik, sein ganzer Style ist cool und zeitgeistig und geht außerdem ins Ohr. Er wäre perfekt für Brauchtraum gewesen. Das ist der Name des Kunden.«

»Und warum konntest du diesen Lukas Hirsch dann nicht als Markenbotschafter vorschlagen? Hat er abgelehnt?«

»Oh, ganz sicher hätte er nicht abgelehnt. Das Endorsement-Paket, das Brauchtraum zur Verfügung gestellt hat, wäre selbst für einen Big-Player wie Hirsch kein Kleinkram gewesen.«

»Was war dann das Problem?«

Selma nahm einen tiefen Atemzug. »Das Problem war, dass Hirsch persönlich ein Arsch ist. Er ist schon zigmal durch sexistische oder homophobe Äußerungen aufgefallen. Und als Kirsche auf dem Kuchen gibt es ein bisschen Ausländerhass gratis dazu. Die Bußgelder für seine Beleidigungen zahlt so einer wie der aus der Jackentasche. Bisher ist es noch nie zu einem echten Skandal gekommen. Im Gegenteil: Seine Unwilligkeit, sich *anzupassen,* kommt bei einer bestimmten Klientel sogar gut an. Aber der Kerl ist ein Pulverfass! Irgendwann wird er sich nicht mehr rausreden können, da bin ich mir sicher! Irgendwann gerät auch der an den oder die Falschen. An jemanden, der genauso gute Anwälte hat wie er, und dann wird die Kacke am Dampfen sein, und jede Marke, für die er als Gesicht auftritt, wird mit ihm in den Abgrund stürzen. Eine Zusammenarbeit mit dem hätte ich Brauchtraum niemals mit gutem Gewissen vorgeschlagen.«

Während ihrer Schilderungen hatte sie sich in Rage geredet, jetzt zwang sie sich zur Ruhe, doch Callum spürte die Empörung, die noch immer durch ihren Körper flatterte.

»All das habe ich Melina anvertraut und für meine Präsentation bei Justus einen zweitrangigen Ersatz gesucht. Natürlich war mein Boss nicht besonders angetan von der glanzlosen Vorstellung. Vor allem nicht, als Melina sich eingeschaltet hat und ungefragt mit einer eigenen Präsentation eingesprungen ist. Dreimal darfst du raten, wen sie als Markenrepräsentanten vorgeschlagen hat.«

Callum brauchte nur einen Versuch. »Lukas Hirsch.«

»Dingdingding!« Selma singsangte eine Art Gewinnspieljingle. »Der Kandidat hat hundert Punkte.«

»Und dein Boss hat dich danach gefeuert?«

»Nein.« Sie schüttelte den Kopf. In der Geste schwang mehr Resignation mit als Protest. »Aber ich konnte dort nicht mehr arbeiten. Nach all dem konnte ich nicht mal den Job mehr machen. Alles kam mir plötzlich so … verlogen vor. Dabei ging es gar nicht so sehr darum, dass Melina mir den Etat weggeschnappt hat. Das Schlimme war der Vertrauensbruch. Dass sie es mit jemandem wie Lukas Hirsch gemacht hat. Ich dachte, wir wären … gleich. Nicht wie Zwillinge oder so, aber dass wir uns in den wichtigen Dingen einig sind, verstehst du? Dass ausgerechnet Melina bereit ist, mit einem wie Lukas Hirsch Geschäfte zu machen, nur damit sie selbst einen Vorteil daraus ziehen kann, das geht gegen alles, was ich von ihr zu wissen geglaubt habe. Es ist einfach nicht …« Ihr fehlten die Worte.

»… moralisch«, beendete Callum den Satz für sie.

Sie stieß ein bitteres Lachen aus. »Ziemlich naiv, oder? Die eigene Zukunft wegen so etwas aufs Spiel zu setzen. Als ob Moral jemals irgendjemandem die Miete bezahlt hätte.«

»Ich finde es nicht naiv.«

Sie löste sich aus seiner Umarmung und rutschte so weit von ihm weg, dass sie ihm ins Gesicht sehen konnte. Die erleuchteten Fenster am anderen Ufer spendeten ausreichend Licht, um einigermaßen sehen zu können, und er schaute ihr direkt in die Augen, bemühte sich, seine Miene so offen wie möglich zu halten. Was sie in seinem Gesicht las, wusste er nicht, aber offenbar ermutigte es sie, weiterzusprechen.

»Da bist du der Erste, der das sagt. Alle anderen halten meine Idee vom Reisebloggen für eine Flucht, für irgendeine Art von verfrühter Midlife-Crisis.«

»Seinem Herzen zu folgen, kann nicht falsch sein. Manchmal muss man etwas tun, das andere nicht verstehen, um anschließend noch das eigene Spiegelbild zu ertragen. Auch wenn es das eigene Glück kostet.«

Ihre Augen weiteten sich. Erkennen blitzte in ihrem Blick auf. Er nickte. Sie beide wussten, dass der letzte Satz mehr über ihn aussagte als über sie.

»Erzählst du mir irgendwann davon?« Hätte in ihrer Stimme nur der leiseste Hauch von Aufforderung gelegen, wäre er zurückgerudert. Die Wunden, die ein Mensch auf der Seele trug, waren zu persönlich, um sie als Gegenleistung für etwas anderes zu enthüllen. Vertrauen funktionierte so nicht. Nicht bei ihm. Nur weil sie ihm ihre Geschichte anvertraut hatte, musste er nicht dasselbe tun. Doch in ihrer Stimme lag keine Aufforderung und auch keine Neugier. Noch nicht einmal Mitleid. Ihre Frage war eine Einladung. Sie streckte die Hand nach ihm aus, so wie er es bei ihr getan hatte. Und er griff zu.

»Ich würde es dir lieber zeigen.«

Sie guckte sich um. »Hier?«

Er lachte. »Nicht hier. Wir müssten ein Stückchen fahren. Aber wie ich sagte: Die Nacht ist noch jung.«

Mit schief gelegtem Kopf erwiderte sie seinen Blick, ihre Augen forschten, nahmen jede Einzelheit seiner Miene in sich auf. Schließlich formten ihre Mundwinkel sich zu einem Lächeln. Sie stand auf und hielt ihm eine Hand hin, um auch ihm beim Aufstehen zu helfen.

»Worauf wartest du?«, fragte sie. »Zeig mir dein Geheimnis, Callum Burke.«

Sie fuhren durch die Nacht. Dieselbe Straße wie am Vormittag, als sie gekommen waren, und doch war alles anders. In der Nacht sind alle Katzen grau, lautet ein Sprichwort, zu dem Selma im Kunstunterricht der Grundschule ein Bild hatte malen sollen. Sie hatte bunte Hausdächer gemalt, über denen ein knallgelber Mond klebte, und viele graue Katzen. Beim Betrachten konnte man nicht wirklich sagen, ob es auf dem Bild Nacht oder Tag war. Wahrscheinlich war das der Grund gewesen, warum sie nur eine Drei für ihr Kunstwerk bekommen hatte. Für eine erfolgsverwöhnte Achtjährige bedeutete eine Drei einen Weltuntergang. Einen halben Tag lang hatte sie geweint und die Welt nicht mehr verstanden. Wie hätte sie auf einem dunklen Hintergrund graue Katzen malen können? Mit zwei Jahrzehnten Abstand musste Selma zugeben, dass ihr Gerechtigkeitssinn schon damals eine leicht obsessive Note besaß. Bereits als Kind hatte ihr Ehrgeiz, stets die Beste sein zu wollen, etwas Selbstzerstörerisches gehabt. Damals wie auch bei Melina hatte sie keinen Weg mehr aus ihrer Wut und Enttäuschung gefunden. Nach dem schicksalhaften Tag mit den grauen Katzen hatte Selma sich nicht einmal mehr bemüht, wenn sie im Kunstunterricht Bilder malen sollte. Ihre Noten waren dadurch nicht besser geworden, aber schließlich zählte Kunst nicht für den Übertritt ins Gymnasium, und eine gute Note war Selma nicht so wichtig wie ihr Standpunkt.

Jahrzehntelang hatte sie nicht mehr an Frau Knoll und die grauen Katzen gedacht. Jetzt, die Stirn an die Fensterscheibe von Callums Wagen gelehnt, inmitten der Nacht um sie herum, begriff sie endlich, wie unrecht sie gehabt hatte und wie recht Frau Knoll. Die Nacht auf der anderen Seite der Windschutzscheibe war ein Wunderland. Nicht nur der Mond beleuchtete ihre Fahrt, unzählige Sterne standen am Himmel. Je weiter sie sich von der Stadt entfernten, desto mehr Lichtpunkte kamen dazu. Hatte sie jemals zuvor die Milchstraße gesehen? Jetzt zog sie sich als puderblauer Nebel über den tiefblauen Horizont. Nichts dort draußen war grau. Nichts war trostlos. Jeder Stern war der Mittelpunkt einer eigenen Galaxie. Sie kam sich auf einmal so klein vor, all ihre Probleme und ihr Groll gegenüber Melina und dem, was Selma als Verrat angesehen hatte, erschienen ihr so unbedeutend. Was zählte der alte Ärger, wenn er sie an diesen Ort gebracht hatte? Auf der Rückbank schnarchte Mary Puppins. Der Ausflug nach Galway hatte sie müde gemacht. Selma streckte die rechte Hand aus, legte sie über dem Schaltknüppel auf die von Callum. Ein kurzes Zucken seiner Muskeln verriet, dass er die Berührung spürte, aber er sagte nichts. Aus dem Autoradio kam Relaxmusik. Das Lied kannte sie nicht. Die Sängerin sang von süßen Nächten, von Gemeinsamkeit und davon, wie richtig es sich jedes Mal anfühlte, wenn sie die Stimme ihres Lovers hörte. Es war ein schönes Lied, und Selma gefiel der Gedanke, dass Callum ihr etwas damit sagen wollte.

Sie hatte nicht erwartet, dass die Fahrt sie zurück nach Rossaveal führen würde. Sie wusste nicht, was es war, das Callum ihr zeigen wollte, und hatte auch nicht nachgefragt. Statt direkt vor der Werkstatt zu parken oder in den Hof zu fahren, passierte er das Haus und navigierte hinein in das Labyrinth aus Lagerhallen und Blechcontainern, das einen großen Teil des Hafens ausmachte. Vor einem Bootshangar – einem länglichen Gebilde aus Wellblech mit halbrundem Dach – blieb er stehen. Er schaltete den Motor aus. Nicht einmal das weckte Mary Puppins. Die Autoscheinwerfer reflektierten von den metallenen Wänden, blendeten Selma für einen Moment. Sie wandte ihr Gesicht zu Callum. Im künstlichen Licht der Scheinwerfer glich sein Profil einer Studie aus scharfen Schatten. Die Linie seines Kiefers wirkte markanter als sonst, die Nase schärfer geschnitten, die

Lippen kaum sichtbar in seinem Bart. So mussten früher Krieger zu Beginn der Schlacht ausgesehen haben. Konzentration und Entschlossenheit über einem weichen Kern aus Angst.

»Du musst es mir nicht zeigen.« Ihre Stimme hallte im Schutzraum der Fahrerkabine wider. Schon ehe sie Callums Gesichtsausdruck gesehen hatte, war ihr klar gewesen, dass es ihm nicht leichtfiel, ihr sein Geheimnis zu zeigen.

»Nein.« Er schüttelte den Kopf. »Du sollst es sehen.« Offenbar hatte er seinen Entschluss nur laut aussprechen müssen. Er gab sich einen Ruck, stieg aus dem Auto und umrundete die Front des Wagens, um ihre Tür zu öffnen. Auch nachdem sie ausgestiegen war, ließ er ihre Hand nicht los. Mary Puppins überließen sie ihren Träumen. Ihr fehlte nichts in Callums Auto, und obwohl Selma Frauchen aus ganzem Herzen war, gab es manche Dinge, die sie ganz für sich haben wollte.

Callum führte sie zu einer Tür an der Seite des Hangars. Aus der Hosentasche holte er einen Schlüsselbund. Als er den Schlüssel ins Schloss steckte und umdrehte, zitterten seine Finger.

»Bitte.« Er machte mit der Hand eine Bewegung und bedeutete ihr einzutreten.

Dunkelheit verschluckte sie. Nicht einmal Schemen zeichneten sich ab, so duster war es im Inneren des Hangars. Hinter sich fühlte sie Callums Anwesenheit, vor sich eine Präsenz, die sie nicht beschreiben konnte. Ein leichter Geruch nach Lösungsmitteln hing in der Luft. Vielleicht auch das Aroma von Holz. Plötzlich erwachten hoch über ihnen an der Decke Neonröhren knisternd zum Leben. In dem Flimmern erkannte Selma zunächst nur Einzelheiten. Einen langen, schlanken Rumpf. Glänzendes Holz. Ein aufgerichteter Mast. Dann beruhigte sich das Licht, das Innere der Halle erstrahlte im bläulichen Schein der Neonröhren, und da lag sie vor ihr. Eine Segeljacht. Glänzendes Holz, schlanke Formen und Eleganz.

Selma stockte der Atem. Dieses Schiff musste der Traum eines jeden Seglers sein. Vor Erstaunen und Ehrfurcht entfuhr ihr ein Keuchen.

»Gefällt sie dir?« Langsam näherte Callum sich dem Boot. Sacht, als würde er die Wange eines Babys streicheln, fuhr er mit der Fingerspitze über das Holz des Rumpfes.

»Der Rumpf ist aus Mahagoni«, erklärte er. »Siehst du die Holzmaserungen? Wie Handlinien. Es war mir wichtig, sie zu erhalten. Man soll sehen, dass dieses Holz lebt.«

Nicht nur die Maserungen faszinierten Selma. Die Holzkonstruktion des Rumpfes war mit zahlreichen kunstvollen Details verziert. So präzise, dass es nur in sorgfältiger Handarbeit geschehen sein konnte, hatte jemand Teakholz-Zierleisten angebracht. Dunkel und hell, Licht und Schatten. Auf dem Deck glänzten geschwungene Relingpfosten, die Reling selbst war mit soliden tauähnlichen Seilen verbunden. Die ganze Jacht war eine Hommage an die Entdeckungsreisen vergangener Zeiten, an Abenteuer auf See und den Mut von Menschen, die aufbrachen, um eine neue Welt zu entdecken.

»Das …« Ihr fehlten die Worte. Die Jacht wunderschön zu nennen, wurde dem, was sie bei ihrem Anblick empfand, nicht annähernd gerecht. Dieses Schiff hatte nichts mit den kernigen Fischerbooten gemein, an die sie sich seit ihrer Ankunft in Rossaveal gewöhnt hatte. Dieses Schiff war ein Kunstwerk. Von der Spitze des Bugs bis hin zum stumpfen Ende des Hecks, auf dem mit weißer Farbe der Name *Saorsa* geschrieben stand.

»Was heißt das?« Weil das Boot auf einen Trailer gebockt war, musste sie den Arm heben, um die Schrift berühren zu können.

»Freiheit.« Da war so viel Sehnsucht in Callums Stimme, so viel Trauer. Mit Mühe riss sie sich vom Anblick der Jacht los, wandte sich stattdessen ihm zu. Abwartend sah sie ihn an.

»Das sollte sie mir schenken.«

»Deine Freiheit?«

Er nickte. »Ich habe die *Saorsa* selbst entworfen und gebaut. Von der ersten Planke bis zum letzten Anstrich ist sie mein Werk. Sie war mein großer Traum.«

»Aber jetzt ist sie das nicht mehr?«

Er zuckte mit den Schultern, griff nach der Leiter, die vom Heck herunterführte, dorthin, wo normalerweise Wasser war. Beherzt packte er das Gestänge, kletterte auf die ersten Stufen, dann wandte er sich zu ihr um und hielt ihr die Hand hin. »Pass auf. Geht's?«

Sie folgte ihm auf die Leiter. Hintereinander betraten sie das Deck. Es war großzügig gestaltet und bot ausreichend Platz. Der Boden war ebenso wie der Mast aus Mahagoni. In dem sorgfältig polierten Holz spiegelten sich metallene Verschläge wider. Die Planken gaben bei jedem Schritt ein wenig nach.

Stück für Stück näherten sie sich dem Herz des Schiffes. Die Steuerkonsole befand sich in einer Art wettergeschütztem Cockpit. Vom mit navyblauem Kunstleder bezogenen Kapitänssitz aus blickte man auf die Steuerkonsole, in die zahlreiche Messinginstrumente eingelassen waren. Ein antiker Schiffskompass in der Mitte des Steuerrads verlieh dem Ganzen einen nostalgischen Charme. Selma verstand nichts von Seefahrt, aber beim Blick auf die liebevollen Details der *Saorsa* packte sie Fernweh. Welche

Abenteuer mochten auf den sieben Weltmeeren auf sie warten? Welche Welten gab es zu entdecken, kaum dass man die bekannten Küsten hinter sich ließ?

»Meine Mutter ist Alkoholikerin.«

Sie drehte sich zu ihm um.

Er fuhr fort: »Sie hat nur mich. Wenn ich meinen Träumen hinterhersegeln würde, hätte sie niemanden mehr. Charlie und Aisling nennen meine Entscheidung, bei ihr zu bleiben, Co-Abhängigkeit. Ich nenne es Verantwortung.«

Worte lagen Selma auf der Zunge. Dutzende Worte. Dass Aisling und Charlie recht hatten. Dass er sich nicht von den Problemen seiner Mutter davon abhalten lassen durfte, das zu tun, wonach sein Herz sich sehnte. Denn dass er sich nach Abenteuer sehnte, nach Freiheit und Ungebundenheit, das sagte jedes liebevoll gestaltete Detail dieses Schiffes. Doch sie hielt sich zurück. Zu oft hatten Menschen Callum gesagt, was er tun sollte, und aus eigener Erfahrung wusste sie, wie wenig es half, jemanden zu etwas überreden zu wollen. Niemand, nicht ihre Eltern, nicht Justus oder ihre Freunde, hätte sie davon abhalten können, sich auf das Abenteuer mit dem Bus einzulassen. Es hatte sie nicht interessiert, was die anderen zu ihren Plänen sagten. Sie musste tun, was sie tun musste, und sie schätzte, Callum ging es genauso. Obwohl es bei ihr ums Gehen gegangen war und bei ihm ums Bleiben, waren sie sich in dieser Hinsicht gleich.

»Das Boot rennt dir nicht weg.« Mit ein wenig Verzögerung fiel ihr auf, wie schief der Vergleich war, und sie verdrehte die Augen. »Oder segelt nicht weg. Ich wette, die *Saorsa* wartet auf ihren Kapitän, bis du so weit bist.«

Er lächelte ein wenig, fuhr mit der Fingerspitze die Rundung des Steuerrads nach. »Vielleicht muss sie ja nicht mehr allzu lange warten.«

Fragend hob sie die Augenbrauen.

»Deinetwegen habe ich mir ein Ultimatum gesetzt.«

»Meinetwegen?« Sie hörte die Überraschung in ihrer Stimme.

Sein Lächeln wirkte peinlich berührt. Wie so oft kratzte er sich den Bart, um seine Verlegenheit zu verbergen.

»Doof, oder? Aber als ich dich kennengelernt habe, mit dieser Katastrophe von einem Van und deinem Willen, dich mit aller Kraft gegen jede Schwierigkeit zu stemmen, hat es in meinem Kopf auf einmal Klick gemacht. Ich habe endlich begriffen, dass es niemals leicht werden wird. Den richtigen Moment wird es nie geben. Meine Mutter ist seit über dreißig Jahren krank. Der Tag, an dem sie wie durch Zauberhand geheilt sein wird, wird niemals kommen. Aber zurzeit hat sie eine gute Phase, und ich hoffe, dass die anhält. Hundert Tage habe ich ihr und mir gegeben. Wenn es ihr hundert Tage lang gelingt, trocken zu bleiben, bin ich weg. Dann setze ich mich auf mein Schiff und segle in die große Freiheit. Denn wenn sie es hundert Tage lang schafft, dann kann sie es auch zweihundert oder dreihundert Tage lang schaffen. Dann braucht sie mich nicht mehr. Was sie dann braucht, ist ihren eigenen Willen, und den kann ich ihr nicht ersetzen.«

»Und das alles ist dir durch mich klar geworden?«

Sie konnte es nicht fassen. Mit seinem Vertrauen machte Callum ihr ein unschätzbares Geschenk. Selbst wenn ihre gemeinsame Reise jetzt an diesem Punkt zu Ende wäre, hätte Selma mit ihrem Aufbruch in einen neuen Lebensabschnitt mehr erreicht, als sie sich jemals hätte erträumen können. Sie hatte Reisebloggerin werden wollen, um Menschen zu inspirieren. Callum führte ihr vor Augen, dass sie dafür nicht um die halbe Welt tuckern musste. Ihr erstes Wunder hatte sie bereits vollbracht – im nach Motoröl und Diesel stinkenden Rossaveal.

Auf einmal hielt sie es nicht mehr aus, auch nur durch einen Hauch Luft von ihm getrennt zu sein. Sie griff nach seiner Hand, zog ihn nah an ihren Körper. Wieder fanden sich ihre Münder zu einem Kuss, doch diesmal hatte ihre Annäherung etwas Verzweifeltes.

»Danke«, hauchte sie in den Momenten, in denen sie genug Atem dafür hatte. »Danke, danke, danke.«

Dreimal Danke, und es war nicht genug. Sie dankte ihm für seine Offenheit und seinen Mut. Sie dankte ihm für die vielen Male, die er ihr bisher schon geholfen hatte. Sie dankte ihm für seine Resilienz, denn sie konnte sich kaum vorstellen, wie viel innere Kraft es kostete, sein Leben einem suchtkranken Menschen zu widmen und sich dabei ein so liebevolles Wesen zu bewahren. Sie dankte ihm auch dafür, dass er da war, hier mit ihr, und ihr mit seinen Küssen, seinem atemlosen Keuchen und der Gier in seinen Bewegungen zeigte, wie sehr er sie wollte. In seinen Armen fühlte sie sich schön und richtig – von innen wie von außen.

Er führte sie eine enge Treppe hinab unter Deck. Hier wurde das kalte Licht der Neonröhren durch das leicht getönte Glas der Bullaugen gefiltert und wirkte warm und einladend. Wie ein unsichtbarer Schleier legte sich der Schimmer um sie, hüllte sie und Callum in eine Blase aus Erwartung.

Sie spürte ihren Puls am Hals, so heftig pochte ihr Herz. An einer Sitzgruppe und Kombüse vorbei dirigierte er sie in die Kajüte. Der winzige Raum bestand fast nur aus einem Bett. Darauf war eine blaue Tagesdecke ausgebreitet. Ein leichter Geruch nach

Lösungsmitteln lag in der Luft, vermischt mit einem frischeren Aroma, das wahrscheinlich vom Weichspüler der Bettwäsche kam.

Ihr Magen vollführte ein Tänzchen. Die Erwartung, die von diesem Raum ausging, setzte jede Faser ihres Körpers unter Spannung. Mit einem leisen Klicken fiel hinter Callum die Kajütentür zu. Er ließ sich mit dem Rücken gegen das Holz fallen, zog Selma an sich heran. Weil die Kabinendecke so tief hing, musste er den Kopf schief halten. Die kleine Unvollkommenheit machte alles leichter. Das hier war kein Film. Das hier waren Callum und Selma, und vor ihnen lag ein Meer von Möglichkeiten.

Berauscht von der Echtheit der Situation, drückte sie sich an ihn, legte ihre Hände an seine Wangen und ihre Lippen auf seine.

»Bringst du all deine Frauen hierher? Verschleppst du deine Eroberungen in deine Kapitänskajüte und lässt sie erst wieder frei, wenn du auf allen sieben Weltmeeren deinen Spaß mit ihnen hattest?«

Sie neckte ihn. Das Boot stand auf einem Trailer, und in Wahrheit interessierte sie die Antwort nicht wirklich. Und was, wenn er schon mit anderen hier gewesen war? Das schmälerte nicht die Nähe, die sie zu ihm empfand. Doch das Gedankenspiel war sexy, und es passte zu Callums Bart, seinen dunklen lustverhangenen Augen, den Tattoos, die unter dem Saum seines T-Shirts hervorblitzten, und den breiten Schultern. Sie rieb sich an ihm, knabberte an seinem Kiefer.

Er schüttelte den Kopf. »Nur dich.« Sie glaubte ihm. Trotzdem oder vielleicht auch gerade deswegen war sie noch nicht bereit, ihr Spiel aufzugeben. Ihre Zähne erwischten ein Stückchen Haut an seiner Wange. Er stieß ein Knurren aus, packte sie unter dem Hintern und hob sie hoch.

»Benimm dich.« Jetzt hatte auch er das Spiel begriffen. Er ließ seine Stimme um eine Oktave fallen, legte eine Warnung in den Tonfall.

»Sonst … was?« Sie schlang ihm die Beine um die Hüfte. »Sperrst du mich sonst ein? Nutzt du sonst dein Wissen um Knoten und Seile und … ahh!« Ein spitzer Schrei entwich ihr. Gerade noch hatte sie sich an Callums Körper gedrückt, jetzt lag sie auf dem Bett. Er hatte sie abgeworfen, einfach so. Sie stützte sich auf die Ellenbogen, robbte auf der Matratze ein Stück nach hinten, um ihn besser beobachten zu können.

Er funkelte sie an. Seine Augen wirkten schwarz, so groß waren seine Pupillen. Wenn sie nicht gewusst hätte, wer er in Wahrheit war, hätte er sie eingeschüchtert.

»Ich brauche keine Seile«, brummte er, stützte zwischen ihren Knöcheln erst ein Knie auf die Matratze, dann das zweite. Stück für Stück schob er sich vorwärts, über sie, zu ihr. Als er über ihr aufragte, legte er die Hände in ihre Kniekehlen. Ein kraftvoller Ruck, und sie lag auf dem Rücken.

»Wenn ich mit dir fertig bin …«, wisperte er, nah an ihrem Ohr, während er mit einer Hand unter ihren Pullover und mit der anderen an die Knopfleiste ihrer Jeans griff, »… willst du mich nie wieder verlassen.«

Er senkte sich auf sie. Mit seinem ganzen Gewicht hielt er sie fest, von den Schenkeln bis zur Brust, und sie wusste, dass seine Behauptung zu ihrem Rollenspielchen gehörte, und doch war da eine Ahnung in ihr, eine leise Stimme, die flüsterte, dass er recht hatte.

Ihr »Ja« war zuerst eine Zustimmung, dann, als seine Hand in die Wärme zwischen ihren Schenkeln tauchte, ein Stöhnen. Genießerisch schlang sie die Arme um ihn. Seine breiten Schultern, sein Gewicht auf ihr, die Härte, die sich an ihrem Oberschenkel rieb. Sie schloss die Augen, legte den Kopf in den Nacken. Er knabberte an ihrer Haut, massierte mit der einen Hand ihre Brust, bereitete sie mit der anderen auf sich vor. Sie hielten sich nicht lange mit Vorspiel auf. Selma kam es vor, als hätte sie ein halbes Leben lang darauf gewartet, ihm endlich auch auf diese Weise näherzukommen. Ihre Hose landete auf dem Boden, ihr Oberteil auf dem Bett. Was mit ihrem Höschen und dem BH passierte, bemerkte sie gar nicht. Auch Callum hatte sich ausgezogen. Das Einzige, was jetzt noch zählte, waren er und sie. Wie eine Verdurstende nach Wasser sehnte sich ihr Körper nach Berührungen. Staunend strich sie die Linien seiner Tattoos nach, ermutigte ihn, indem sie sich ihm mit ihrem ganzen Sein entgegenwölbte, und er gab ihrem Drängen nach. Sie trieben dahin, ritten die Wellen der Lust. Ihr Keuchen erfüllte den winzigen Raum, bald schon roch es nach Schweiß, und das Klatschen von Haut auf Haut füllte die gesamte Kajüte. Was sie teilten, war roh und echt und wunderbar, und selbst in ihren kühnsten Träumen hätte sie es sich nicht besser ausmalen können.

Hinterher lagen sie auf dem Bett und horchten dem Sturm nach, den sie gemeinsam durchsegelt hatten. Selmas Kopf lag auf Callums Brust, seine Haare kitzelten sie an der Nase. Die kühle Luft des Bootshangars trocknete den Schweiß auf ihren Körpern, und sie erschauerte ein wenig.

»Hier, komm.« Von unter ihnen zupfte Callum die Tagesdecke frei. Ordentlich festgesteckt war die schon lange nicht mehr. Er drapierte den Stoff über ihren Beinen, verstärkte seine Umarmung. Eine Wolke säuerlich herben Geruchs wehte von unter seinen Achseln zu ihr. Er hatte sich angestrengt, um ihr gerecht zu werden, ihr Liebesspiel war ein perfekter Einklang aus Geben und Nehmen gewesen, sanft genug, um sich verehrt zu fühlen, und gleichzeitig roh genug, um Leidenschaft zu entfachen.

Sie kuschelte sich an ihn, schlang ein Bein über seine Oberschenkel, nahm sich zum ersten Mal Zeit, seine Tattoos in aller Ruhe zu betrachten. Sie erkannte eine Kompassrose und einen imposanten Viermaster, der in den Sonnenuntergang segelte. Ebenso wie bei dem etwas kitschigen Anker, der von einer Kette Gänseblümchen an den Grund gekettet war, musste sie bei diesen Tattoos nicht fragen, was sie bedeuteten. Schwerer zu interpretieren war die Darstellung einer weißhaarigen Hexe auf Callums linkem Rippenbogen. Sie trug einen zerschlissenen Umhang, auf ihrer Schulter saß eine Schneeeule mit gespreizten Flügeln. Schwer stützte sich die Hexe auf einen gewundenen Wanderstab. Ihre Augen schauten leer in die Ferne. Die detailreiche Darstellung des Tattoos begeisterte Selma, doch die Boshaftigkeit im Blick der Magierin ließ sie schaudern. Sie spürte förmlich die Kälte des Winterwaldes, den die Zauberin beherrschte.

»Wer ist das?« Ihre Hand bedeckte das Gesicht der Darstellung. Die Alte hatte kein Recht, ihre Zweisamkeit mit Callum zu zerstören.

Für die Dauer eines Wimpernschlags versteifte er sich, dann atmete er aus, und ein Großteil seiner Anspannung schien seinen Körper zu verlassen. »Cailleach Bhéara, die Winterkönigin.«

»Besonders nett sieht sie nicht aus.«

Callum stieß ein kurzes Lachen aus. »Sie ist zu mächtig, um

nett zu sein. In der Legende ist sie die Mutter des Werdens. Sie bewegt Felsen, um Berge zu erschaffen. Sie bewegt Berge, um Täler und Seen zu erschaffen. Sie ist die Schöpferin der Welt und gleichzeitig die Zerstörerin des Lebens. Wenn sie an Samhain die Herrschaft übernimmt, steht eine Zeit der Entbehrung bevor, in der alle Freude vergeht.«

»Wow.« Selma schluckte. »Das ist ziemlich düster. Hat sie denn keine Gegenspielerin?« Warum sollte sich jemand so eine fürchterliche Gottheit für immer auf die Haut malen lassen? »Irgendwer muss ihr doch Einhalt gebieten und den Menschen wieder Hoffnung geben.«

»Natürlich.« Wie gern es Selma mochte, wenn sie Callum lächeln hörte. »Ihre Gegenspielerin ist Brigid. An Beltaine übernimmt sie das Zepter, bringt Wärme und Heilung und Fruchtbarkeit über das Land. Sie ist die Urkraft des Lichts und die liebevolle Bewahrerin der Schöpfung.« Nun, das klang doch viel freundlicher.

»Hast du auch ein Tattoo von ihr?« Sie stemmte sich auf einen Ellenbogen, suchte Callums Körper nach einem passenden Kunstwerk ab.

Er schüttelte den Kopf. »Ich habe sie noch nicht getroffen.« Mit sanftem Druck brachte er sie dazu, sich wieder in seinen Arm zu kuscheln. So leise, dass sie es kaum hörte, murmelte er: »Oder zumindest dachte ich das.«

Es wurde wieder ruhig. Vor dem Hangar blies der Wind, beinah konnte Selma sich einbilden, das Pladdern von Wellen am Rumpf der *Saorsa* zu hören, das Sirren der Takelage und das Flattern des Segels. Sie dachte an die Bilder auf Callums Haut, den imposanten Viermaster, die Kompassrose und die böse Hexe, vor der es kein Entkommen gab. Noch nicht. Sie dachte an Callums Sehnsucht nach Abenteuer, an ihr eigenes Fernweh.

»Eigentlich könnten wir das wirklich tun, oder?« Sie sprach mit geschlossenen Augen, die Stimme durchtränkt von kommenden Träumen.

»Was meinst du?« Mit den Fingern malte Callum Linien und Kreise auf ihren Rücken. Sein Atem roch nach ihr.

»Gemeinsam über die sieben Weltmeere segeln.« Ein Gähnen entwand sich ihr. »Du hast nämlich recht, weißt du? Du müsstest mich nicht fesseln, damit ich mit dir auf Reisen gehe. Ich würde ganz freiwillig mitkommen.«

Als Antwort drückte er ihr einen Kuss auf den Scheitel, die Hand auf ihrem Rücken stockte kurz.

»Würde das denn gehen?«, wollte sie wissen. »Wäre die *Saorsa* für so ein Abenteuer überhaupt gerüstet?«

»Daran würde es sicher nicht scheitern. Die *Saorsa* ist hochseetauglich. Ganz bestimmt würde sie uns niemals im Stich lassen.«

»Das hat der Verkäufer meines Vans auch gesagt.«

»Mag sein.« Callum ließ sich auf den Rücken fallen, richtete den Blick auf die Kajütendecke. »Aber hier war ein Profi am Werk. Ich habe jahrelang an dem Projekt gearbeitet. Die *Saorsa* ist mein Meisterstück, für sie würde ich jederzeit meine Hand ins Feuer legen.«

»Das heißt, es würde gehen? Dein Boot könnte uns um die ganze Welt tragen?« Um ihn besser ansehen zu können, stützte sich Selma auf einen Ellenbogen. Alle Müdigkeit war plötzlich verflogen, sie sirrte vor Tatendrang. »Warum machen wir das dann nicht?« Verspielt zwinkerte sie ihm zu. »Ich bin sicher, du würdest einen hervorragenden Piraten abgeben.«

»Meine Mutter …«

»Gerade hast du selbst gesagt, wenn sie hundert Tage trocken bleibt, fängt für dich ein neues Leben an. Das hier …«, sie nickte in die Kabine, die Geste hätte genauso gut die ganze Welt meinen können, »… ist dein Traum! Dafür hast du die *Saorsa* gebaut. Lass ihn uns gemeinsam träumen! Schau mal, in der Beziehung sind Träume wie die Liebe: Sie werden nur größer und wunderbarer, wenn man sie teilt.«

Seine Mundwinkel hoben sich zu einem Lächeln. »Du gibst nicht auf, oder?«

»Nie!«

»Und was ist bis dahin? Wolltest du nicht weiterziehen, sobald der Bus wieder fit ist?«

»Pfft.« Sie zuckte mit den Schultern. »Ob der jemals fertig wird, steht doch in den Sternen. Ich hatte mir ohnehin vorgenommen, erst mal Blogartikel über die Umgebung zu verfassen. Das gibt uns Zeit. Wir können uns noch näher kennenlernen und in der Zwischenzeit die große Reise planen. Dann sehen wir auch, ob wir es wirklich miteinander aushalten würden. Es heißt doch immer, Ziele seien Träume mit einer Deadline. Wenn wir also sagen, wir segeln los, sobald die hundert Tage um sind, ist all das hier nicht mehr nur ein Traum, Callum. Dann haben wir beide etwas, worauf wir hinarbeiten können. Komm schon!« Sie streute Küsse auf sein Gesicht. »Sag Ja. Lass uns das gemeinsam machen. Ich werde eine berühmte Reisebloggerin, und du wirst mein Kapitän.«

Lachend wehrte er sie ab. Sie biss in sein Ohrläppchen. »Und was ist mit Mary Puppins? Willst du die zur Galionsfigur machen? Sie liebt doch Wasser. Für länger als eine Nacht kannst du sie nicht in meinem Auto zurücklassen.«

»Mister Burke, wo denken Sie hin?« Gespielt empört setzte sie sich auf und verschränkte die Arme vor der Brust. »Ich würde Mary P. niemals der Einsamkeit oder den Elementen ausliefern. Meine Mary Puppins gehört mit an Deck. Die wird unser Maskottchen. Bestimmt braucht jedes Schiff ein Maskottchen, oder? Bevor wir lossegeln, muss ich das unbedingt nachlesen. Ich weiß fast gar nichts über Seefahrtfolklore und so.«

Callum lachte. »Eins kann ich dir jedenfalls schon mal sagen.« Er schlang seine Arme um sie, zog sie zu sich herunter. »Wer auf See bestehen will, muss die wichtigste Regel beachten.«

»Heißt das, ich habe dich überzeugt?«

»Vielleicht.« Es klang wie eine Zustimmung. Ihr Herz machte einen Satz, ihr ganzes Innenleben vibrierte vor Freude.

»Dann sag mir deine Regel. Ich will nichts falsch machen.« Sie presste ihre Stirn an seine. Er hielt ihren Kopf mit den Händen fest, seine Finger massierten ihren Nacken. In ihrem Unterleib regte sich erneut die Lust, wurde angefeuert durch seinen Oberschenkel, der sich zwischen ihre Beine drängte, drückte und rieb. Das hier musste Glück sein, ging es ihr durch den Kopf. So aufgedreht war sie, dass sie um ein Haar seine Antwort verpasst hätte.

»Der Kapitän kriegt immer, was er will.«

»Mhm«, gurrte sie, legte den Kopf schief, bot ihm ihren Hals dar. »Er muss es sich nur holen.«

Bis vor den Blechwänden des Hangars der Hafen zu neuem Leben erwachte und sie daran erinnerte, dass sie doch nicht allein waren auf der Welt, versanken sie ineinander. Gemeinsam hatten sie ihre Träume in Ziele verwandelt.

Kapitel 10

@marypuppins_superdog Liebe Feuchtnasen-Freundinnen, -Freunde und alles dazwischen. Wenn ihr mit uns Hunden rausgeht, ist es euer Job, darauf zu achten, dass wir sicher sind. Schaut auf meinem Blog vorbei, da gibt es allerhand Tipps zu Leinen, Geschirren und alternativem Haltesystem. #marypuppins #superdog #dogsofinstagram #leine #safetyfirst

Ihre erste Erkundungsroute führte Selma über die N59 nach Maam Cross und dann weiter nach Leenaun, einer Township direkt an der Mündung des Flusses Erriff in den Killary Fjord. Wäre sie mit ihrem Bus unterwegs gewesen und hätte mehr Zeit gehabt, hätte sie sicher gern an einer der im Hafen von Leenaun angebotenen Bootsfahrten über den Fjord teilgenommen. Schließlich war es der einzige in ganz Irland, und außerdem war er für seine hervorragenden Muscheln bekannt.

So, wie die Dinge lagen, machten sie und Mary Puppins jedoch nur kurz in einem der drei Pubs an der Hauptstraße halt. Sie hatten Glück und ergatterten den letzten freien Tisch im Außenbereich. Von hier aus hatten sie einen guten Blick auf den Fjord. Im Hintergrund ragten die Gipfel der Twelve-Bens-Berge in den cyanblauen Himmel, es war gerade warm genug, um zur Erfrischung ein Pint kühlen Ciders zu genießen. Zum Essen entschied sie sich für die Muscheln. Der junge Mann hinter der Bar hatte ihr versichert, dass sie erst am Morgen aus dem Fjord gekommen waren, und tatsächlich schmeckten sie herrlich. Das Muschelfleisch war fest und süß, der Sud, in dem sie gekocht worden waren, sauer vom Wein und ein paar Spritzern Zitrone und würzig von Unmengen glasierten Zwiebeln. Das glänzende Schwarz der Muschelschalen bot einen hübschen Kontrast zur orangen Farbe des Muschelfleisches. Eine Karriere als Foodbloggerin war Selma nie in den Sinn gekommen, aber als das Gericht vor ihr stand, heiß und dampfend und in einem gusseisernen Topf mit Deckel serviert, konnte sie nicht anders und musste das Festmahl fotografisch festhalten.

Mit Selmas Essen servierte der Kellner Mary Puppins eine Schale mit Wasser. Mary P. schlabberte zufrieden und machte es sich dann unter dem Tisch zu Selmas Füßen gemütlich.

Entspannt von dem Cider und dem leckeren Essen beobachtete Selma das Treiben auf der Hauptstraße. Zahlreiche Wohnmobile passierten die einzige Kreuzung des Dorfes. Wanderer kamen vorbei. Autos mit Kennzeichen aus allen möglichen europäischen Ländern hielten auf dem gegenübergelegenen Parkplatz an. Die meisten Ankömmlinge stiegen aus, machten ein paar Fotos vom Fjord, besuchten das Wollzentrum und den kleinen Touristenladen am Parkplatz und kehrten mit Einkaufstüten voller Mützen, Schals oder Pullover aus Aranwolle und keltisch anmutendem Silberschmuck zurück, bevor sie weiterfuhren.

Leenaun schien eine echte Touristenhochburg zu sein. Es war sicher eine Überlegung wert, ein paar mit Fotos illustrierte Zeilen in ihrem Blog darüber zu schreiben, aber als Geheimtipp ging der Ort nicht durch.

Sie nahm den letzten Schluck ihres Ciders und erhob sich von der Bank. Wenn sie die ganze Strecke schaffen wollte, die sie sich für heute vorgenommen hatte, musste sie sich beeilen. Aisling war so nett gewesen, Selma für heute ihren Toyota Corolla zu leihen. So einfach, wie Selma sich im Taumel ihrer Liebesnacht mit Callum das Reisebloggen von Rossaveal aus vorgestellt hatte, war es nämlich leider nicht. Das öffentliche Verkehrsnetz an diesem wilden Zipfel Irlands war nicht gerade das beste. Zwar gab es Busverbindungen, doch diese waren spärlich und ziemlich unflexibel. Ganz abgesehen davon, dass in einigen öffentlichen Verkehrsmitteln keine Hunde erlaubt waren. Kein Wunder, dass viele sich für das eigene Auto entschieden, wenn es darum ging, die Grüne Insel zu erkunden.

Doch Selma war nicht gewillt, sich aufhalten zu lassen. Weder von ihrem kaputten Bus noch von dem löchrigen Verkehrsnetz. Seit der gemeinsamen Nacht mit Callum erfüllte sie ein so vollständiges Gefühl von Richtigkeit, dass nicht einmal eine göttliche Plage ihren Tatendrang hätte ersticken können. Callum glaubte an sie. Himmel, er hatte sogar zugegeben, dass sie ihn inspirierte! Er verdiente ihren Erfolg mindestens ebenso sehr wie sie selbst, denn indem sie ihm half, endlich die Tür zu seinen eigenen Wünschen zu öffnen und den Mut zu sammeln, hindurchzugehen, half sie auch sich selbst.

Mary Puppins war nicht begeistert, wieder ins Auto einzusteigen, folgte aber dennoch. Zu einem Artikel über die Höhepunkte des wilden Westens Irlands gehörte natürlich auch ein Besuch in Kylemore Abbey. Doch hier hatte Selma bereits im

Vorfeld entschieden, diesen auf ein anderes Mal zu verschieben. Hunde waren auf dem weitläufigen Gelände des imposanten Herrenhauses nicht erlaubt, und Mary Puppins stundenlang in einem fremden Auto zu lassen, kam für Selma nicht infrage.

So ging es also direkt weiter Richtung Clifden. Von dort startete die Sky Road. Zwischen Horizont und Asphalt erstreckte sich hier die unendliche Weite Irlands. Alles, wofür die Grüne Insel bekannt war, fand sich auf der gut dreizehn Kilometer langen Strecke. Durch Torfmoore, entlang imposanter Berghänge, vorbei an verfallenen Ruinen aus der Zeit der Großen Hungersnot und durch winzige Townships führte die geschwungene Panoramastraße. Nur gut, dass Mary Puppins nicht zu Reiseübelkeit neigte, denn der enge, gewundene Pfad sorgte mitunter für ganz schön Aufregung, wenn ihnen an einer uneinsichtigen Stelle ein anderes Fahrzeug entgegenkam.

An einem Parkplatz, von dem sie einen gigantischen Blick auf die Clifden Bay und die vorgelagerten Inseln hatte, machte sie halt, um ein paar Fotos zu schießen. Mittlerweile war es später Nachmittag geworden. Streifen aus Licht schimmerten auf dem Meer. Es sah aus, als hätten sich die Grenzen zwischen Himmel und Erde aufgelöst und das Tor zum Paradies sich geöffnet. Oberhalb der Bucht führte die Straße von nun an abwärts und endete nach einer steilen Kurve an einem Sandstrand.

Selma nutzte die Gelegenheit und ließ Mary Puppins am Strand ausgiebig toben. Auch ihr tat die frische Luft gut. Sie vertrat sich die Beine. Wann immer ihr Formulierungen für ihren Artikel einfielen, sprach sie diese in das Mikrofon ihres Handys. Blieb nur zu hoffen, dass sie ihre eigenen Worte später auch gegen das Rauschen des Windes im Hintergrund verstehen würde.

Ihre letzte Etappe führte sie zurück auf die N59. Mittlerweile waren Mary Puppins und sie seit über fünf Stunden unterwegs, und langsam machte sich Erschöpfung in ihr breit. Ein letzter Fotostopp stand noch auf ihrer To-do-Liste. Auf dem Rückweg von Clifden nach Rossaveal kam sie an der berühmten Pine Island vorbei. Die Insel inmitten des Derryclare Lough war eines der beliebtesten Fotomotive von Irland überhaupt. Schon als Selma zum allerersten Mal mit dem Gedanken gespielt hatte, den Wild Atlantic Way abzufahren, hatte sie sich auf die Gelegenheit gefreut, Pine Island selbst vor die Linse zu bekommen.

Jetzt, am frühen Abend war das Licht perfekt. Die Abendsonne ließ die Gräser und Flechten auf der Uferseite des Loughs rotgolden glänzen, leichter Wind malte Wellenlinien auf die Wasseroberfläche. Erhaben reckten die Pinien, die der Insel ihren Namen gegeben hatten, ihre Stämme in die Höhe. Es waren schlanke, hochstämmige Gewächse, deren Form und Wuchs etwas Urweltliches hatten. Am Ufer des Sees standen ein paar Angler, Selma musste mit Winkel und Position spielen, aber schon bald hatte sie eine ganze Reihe phänomenaler Schnappschüsse für ihren Blog.

Sie stapfte zurück zum Wagen. In der Zwischenzeit hatte sich ein Wohnmobil hinter sie in die Haltebucht gestellt. Ein etwa kniehoher Hund hüpfte um das Fahrzeug herum. Die Halterin, eine Frau von Ende dreißig oder Anfang vierzig, griff immer wieder nach dem Hund, doch dieser wich ihr aus. Aus dem Inneren des Wohnmobils erklang Kinderweinen.

Selma stockte. Brauchte die Frau Hilfe? War der Hund absichtlich nicht an der Leine, oder war er der Familie entwischt? Sie erinnerte sich an den Tag ihrer Ankunft in Rossaveal, als

Mary Puppins ausgebüxt war. Der Schrecken saß ihr bis heute in den Knochen. Dabei war das auf einer abgelegenen Straße im Nirgendwo gewesen. Hier, an diesem beliebten Fotostopp, kamen alle naselang Autos vorbei. Nicht auszudenken, was passieren würde, wenn der wuschelige Terriermix im falschen Moment auf die Straße sprang.

Kurz verschwand die Halterin im Wohnmobil. Um ihre Kinder zu beruhigen? Vielleicht war der Hund aber doch nicht ausgebüxt und folgte seiner Besitzerin auch ohne Leine oder Aufforderung in den Wagen? Zumindest legte er den Kopf schief und schaute seinem Frauchen hinterher, näherte sich dem Eingang, schien jeden Moment zum Sprung ins Wageninnere ansetzen zu wollen, wich aber stattdessen wieder ein paar Schritte zurück.

Dafür kam nun die Besitzerin wieder ins Freie. In der Hand hielt sie einen Pappteller mit einem halben Brathähnchen darauf.

»Buddy«, rief sie, »hier! Schau, was ich habe.« Ein paar Schritte entfernt vom Wohnmobil stellte sie den Teller auf den Boden. Schnüffelnd näherte sich der Terriermix, doch nicht einmal das Brathähnchen konnte ihn dazu bewegen, sich von der Besitzerin einfangen zu lassen. Je länger das Ganze dauerte, desto deutlicher geriet die Unbekannte in Stress. Als Buddy auf die Straße lief, als ein Lieferwagen um die Kurve bog und nur im letzten Moment bremsen konnte, hatte Selma genug. Sie konnte das nicht mehr mit ansehen.

Entschlossen trat sie auf die Frau zu. Die zu glänzenden Strichen getrockneten Tränenspuren auf ihren Wangen brachen Selma augenblicklich das Herz. Wer selbst ein Tier von ganzem

Herzen liebte, konnte sich zu gut vorstellen, was die arme Frau gerade mitmachte.

»Ist er Ihnen entwischt? Kann ich irgendwie helfen?«

Die Fremde nickte, wischte sich mit dem Handrücken über die verklebten Wangen. »Ich bin immer vorsichtig. Aber eins von den Kindern musste auf die Toilette, und da habe ich einen Augenblick lang nicht aufgepasst und ...« Sie brachte den Satz nicht zu Ende. Immer wieder ruckte ihr Blick zu Buddy, der wenigstens nicht mehr auf der Fahrbahn stand.

Denken, beschwor sich Selma. Denk nach! Schließlich kam ihr die einfachste Lösung in den Sinn.

»Mag er andere Hunde?«

Die Augen der Fremden leuchteten auf. »Er liebt andere Hunde! Vor allem Hündinnen. Sag nicht, du hast eine dabei!«

»Doch, hab ich.« Schon war sie auf dem Weg zum Corolla. Am liebsten hätte sie Mary Puppins direkt aus dem Wagen gelassen und ihren Zauber wirken lassen. Allerdings wäre niemandem geholfen, wenn sie dann zwei frei laufende Hunde auf der Straße hätten. Sie hakte die Leine ins Brustgeschirr und ließ Mary Puppins aussteigen. Freudig, weil offenbar ein weiterer Spaziergang anstand, bellte die Hündin.

Sofort spitzte Buddy die Ohren. Er trottete auf Mary Puppins zu. Selma manövrierte ihre Hündin an den äußersten Punkt der Haltebucht. So war sie, so weit es ging, von der Fahrbahn entfernt. Beide Hunde schienen interessiert aneinander, doch selbst mit Mary Puppins' verführerischem Duft in der Nase, ließ sich Buddy nicht von seiner Besitzerin einfangen. Womöglich wäre das Ganze noch ewig so weitergegangen, wäre der freche Terriermix am Ende nicht von seiner Eifersucht überlistet worden.

Buddys Besitzerin versuchte nicht weiter, ihren eigenen Hund zu greifen. Stattdessen hockte sie sich neben Mary Puppins. Sie streichelte ihr über den Kopf, vergrub ihre Nase im Nackenfell der Labradorhündin und lobte sie, wie süß, schön und lieb sie sei.

Trotz allen Freiheitsdrangs konnte Buddy das nicht auf sich sitzen lassen. Augenblicklich eilte er an ihre Seite, machte Sitz und sah seine Besitzerin erwartungsvoll an. Oh, diesen Blick kannte Selma. Er hieß: »Kraul mich«, und genau das machte Buddys Besitzerin. Sie streichelte ihn hinter dem Ohr, kraulte seinen Nacken und griff dabei so unauffällig wie möglich nach dem Halsband ihres Hundes.

Selma atmete auf. Buddys Besitzerin sackte in sich zusammen. Ein erstickter Laut entrang sich ihrer Kehle, halb Schluchzen, halb Lachen. Einen Moment lang fürchtete Selma, dass die andere jeden Moment in Ohnmacht fallen würde.

»Ich kann gar nicht sagen, wie dankbar ich dir bin. Dir und …« Fragend sah sie zu Mary Puppins, die sich mittlerweile mit vollem Körpereinsatz an Selma drückte. Jetzt, wo ihre neue Bewunderin sich Buddy zugewandt hatte, wollte Mary P. sichergehen, dass sie immer noch Frauchens Liebling war.

»Mary Puppins«, antwortete Selma für ihre Hündin. »Und ich bin Selma. Schön, dich kennenzulernen, auch wenn mir etwas weniger aufregende Umstände lieber gewesen wären.«

»Da sagst du was.« Die Fremde streckte ihr die Hand zum Gruß entgegen. »Ich bin Sive, und ich schulde dir wirklich mehr als dieses kleine Dankeschön. Kann ich irgendetwas tun, um mich zu revanchieren?«

»Das ist nicht nötig. Ich habe gesehen, was passiert ist, und musste einfach helfen. Wir waren alle schon einmal in so einer

Situation. Erst vor ein paar Wochen ist mir Mary Puppins weggelaufen.«

»Ja? Warum habe ich das Gefühl, dass du das nur sagst, damit ich mich besser fühle?«

»Überhaupt nicht.« Selma lachte. Mit jeder Sekunde, die verging, konnte sie sehen, wie Sive wieder festen Boden unter den Füßen bekam. Der Zwischenfall mit Buddy hatte sie schrecklich aus der Bahn geworfen. »Du kannst die ganze Geschichte auf meinem Reiseblog nachlesen. Oder auf Mary Puppins' Instagram-Profil.«

»Maaaaaam, können wir jetzt endlich weiter?«

Selma war so damit beschäftigt gewesen, den Hund zu retten, dass sie gar nicht bemerkt hatte, dass die Kinder im Wohnmobil aufgehört hatten zu weinen. Jetzt, wo Buddy in Sicherheit war, schien den Kleinen die Geduld auszugehen.

Sive seufzte. »Ich muss los. Aber ich werde mir auf jeden Fall deine Seite anschauen. Wie heißt das Profil?«

»Marypuppins_superdog. Du kannst es gar nicht verfehlen. Such auf Insta einfach nach der süßesten Labradorhündin.«

»Mache ich, versprochen. Und zum Abschied noch ein Selfie zur Erinnerung?«

Gesagt, getan. Mit Buddy nun fest an der Leine, posierten sie zu viert für ein Foto. Sive drückte mehrfach auf den Auslöser, dann verabschiedeten sie und Selma sich. Selma und Mary Puppins hatten noch gut zwei Stunden Fahrt vor sich, doch sie trat den Weg beschwingt und fröhlich an. Es fühlte sich gut an, eine Lebensretterin gewesen zu sein. Dass die Begegnung von Mary Puppins und Buddy weitreichende Folgen haben würde, ahnte sie in diesem Moment noch nicht.

»Wann kommt Selma zurück?«

Cailan schob seine Unterlippe nach vorne und schmollte Callum an. Unter dem Tisch schlugen seine Hacken in unregelmäßigem Takt gegen die Unterseite seines Stuhls.

»Cailan!«, mahnte Aisling.

»Seit wann hast du denn so einen Narren an Selma gefressen, Kleiner?«, wollte Charlie wissen. »Ist das etwa ansteckend?«

Wem diese Spitze galt, war klar. Mit erhobenen Augenbrauen sah er Callum an.

Der schnaubte. »Ich schätze mal, Cailan hat eher einen Narren an Mary Puppins gefressen, oder Kumpel?«

Das Schuhkonzert stoppte für einen Moment. »Mary Puppins ist süß.«

»Jaja, wie die Herrin so die Hündin.« Charlie gab vor zu flüstern, in Wahrheit sprach er so laut, dass alle am Tisch ihn hörten.

Aisling verdrehte die Augen. »Warum helft ihr mir nicht beim Abräumen, ehe das hier eskaliert? Cailan«, wandte sie sich an ihren Sohn. »Geh dir die Hände waschen. Du kannst noch eine Stunde spielen, dann geht es ab ins Bett. Morgen ist Kindergarten.«

»Aber ich will Mary Puppins sehen.«

Aisling erhob sich von ihrem Platz. »Wenn Selma und Mary Puppins zurückkommen, bevor du im Bett bist, darfst du eine halbe Stunde länger aufbleiben. Klingt das nach einem Deal?«

»Ja!« Voller Tatendrang sprang Cailan von seinem Stuhl und flitzte in Richtung seines Kinderzimmers.

»Hände waschen!«, rief Aisling ihm nach. Sie stöhnte. »Besser, ich gucke, dass er nicht das Bad unter Wasser setzt. Und ihr, Gentlemen«, sie ließ den Blick von Callum zu Charlie und wieder zurück wandern. »Ihr macht euch nützlich. Das ist mein Ernst. Wenn ich, um Callum einen Gefallen zu tun, Selma schon mein Auto leihe, muss auch was für mich rausspringen. Dass ihr den Küchendienst übernehmt, ist da das Mindeste.«

Sie zwinkerte den beiden Männern zu. Dass bei ihren Treffen Callum und Charlie den Abwasch erledigten, gehörte zur Routine. Ebenso dass Aisling sie vorher mindestens zwanzig Mal daran erinnerte. Sosehr sie alle es genossen, zusammen zu sein, fanden sie im Alltagsstress viel zu selten Gelegenheit dafür. Dass sie heute zusammengekommen waren, verdankten sie Selma. Zuerst hatte Callum gar nicht gewusst, dass Aisling ihr Auto für ihre Erkundungstour angeboten hatte. Seit ihrem Date in Galway und der unglaublichen Nacht, die sie im Anschluss miteinander verbracht hatten, waren drei wundervolle Wochen vergangen. Drei Wochen voller Küsse und geteilter Zärtlichkeiten. Drei Wochen voller Pläneschmieden bei gemeinsamen Spaziergängen mit Mary Puppins. Drei Wochen, nach denen Callums Büro kaum wiederzuerkennen war. Seit Selma ein konkretes Ziel vor Augen hatte, arbeitete sie im Turbogang. Anfangs hatte Callum noch geglaubt, ihr Plan, gemeinsam mit ihm auf der *Saorsa* auf Reisen zu gehen, wäre dem Moment geschuldet gewesen. Doch Selma hatte ihn schnell eines Besseren belehrt. Allen, mit denen sie ins Gespräch kam, erzählte sie von ihrer Vorfreude auf den gemeinsamen Segeltörn. Dabei gelang ihr stets die Gratwanderung, ihn mit ihrem Enthusiasmus nicht unter Druck zu setzen. Anderen gegenüber blieb sie in ihren Beschreibungen immer so vage, dass niemand sicher sein konnte, dass Callum ihr Kapitän und die

Saorsa das Schiff sein würde, auf dem sie in den Sonnenuntergang zu segeln gedachte. Wenn sie und er allein waren, sah das anders aus. Dann malte sie mit Worten die schillerndsten Bilder von ihrer Reise und einem Leben auf See. Von lauen Abenden in romantischen Marinas. Von einsamen Buchten, in denen sie sich zum leisen Gluckern der Wellen nächtelang lieben würden.

Callum lächelte. Kein Wunder, dass Selmas Profil und ihr Reiseblog langsam, aber stetig wuchsen. Sie hatte einfach eine mitreißende und begeisternde Art, der sich niemand entziehen konnte. Aislings Bereitschaft, mit dem Auto auszuhelfen, war der beste Beweis dafür. Doch niemand war so hingerissen wie Callum selbst.

»He, Erde an Callum, was grinst du so?«

Charlies Stimme holte ihn zurück in die Realität.

»Was hast du gesagt? Ich war kurz abgelenkt.«

»Das nennst du kurz? Wenn du nicht aufpasst, läuft das Spülwasser über.«

»Was?« Sein Blick ruckte zum Waschbecken. »Oh.« Hektisch stellte er das Wasser aus. Der Schaum türmte sich bereits bis unter den Wasserhahn.

Lachend ließ Charlie die dreckigen Teller ins Spülwasser gleiten. »Ich trockne, du spülst.«

»Okay.« Er griff nach dem Spülschwamm und machte sich daran, den ersten Teller zu reinigen. Zum Abendessen hatte es Kartoffel-Hackfleisch-Pasteten und einen gemischten Salat gegeben. Besonders dreckig war das Geschirr nicht.

»Und du redest.«

Callum stockte in der Bewegung. Wasser tropfte von dem Teller zurück ins Becken.

»Darüber, woran du gerade gedacht hast. Selma, klar. Aber da muss noch mehr sein. Deine Herzdame ist schon über einen Monat hier. So frisch, dass du sie dir nicht einmal bei einem Abendessen mit deinen Freunden für ein paar Sekunden aus dem Kopf schlagen kannst, kann die Verknalltheit nicht mehr sein.«

Wenn Charlie wüsste. In Wahrheit wurde es mit seiner Schwärmerei von Tag zu Tag schlimmer. Das musste er ihm allerdings nicht auf die Nase binden.

»Genau daran habe ich gedacht.«

»Woran?« Charlie nahm ihm den gespülten Teller aus der Hand und bedeutete ihm mit einem Nicken, weiterzumachen. Mit dem Spülen, aber natürlich auch mit dem Reden.

»Dass Selma schon einen Monat hier ist. Ma hatte ihre letzte …« Er suchte nach Worten. Auch nach Jahrzehnten fiel es ihm immer noch schwer, die Sucht seiner Mutter beim Namen zu nennen. »… Episode am Tag, als Selma angekommen ist. Das ist jetzt zweiunddreißig Tage her.«

Charlie pfiff durch die Zähne.

»Ja, krass oder? Und es hat mich zu einer Entscheidung ermutigt«, fuhr Callum leise fort. Obwohl er seinen Plan, Rossaveal zu verlassen, sobald seine Ma hundert Tage trocken war, bereits mit Selma geteilt hatte, befürchtete ein Teil von ihm immer noch, ihren Erfolg zu sabotieren, indem er darüber sprach. Während er mit sich haderte, betrat Aisling die Küche.

»Das kleine Monster ist versorgt«, sagte sie. Sie öffnete den Kühlschrank, holte eine Flasche Weißwein hervor und füllte sich ein Glas damit. »Charlie, auch ein Glas Wein, oder lieber ein Ale für dich? Callum, das Übliche?« Sie wartete Callums Antwort nicht ab, ehe sie ihm eine Flasche Irn-Bru aus dem Kühlschrank holte. Charlie wollte ein Ale. Als sie auch ihn versorgt hatte, lehnte sie sich mit der Hüfte gegen die Arbeitsplatte. In seinem Freundeskreis hinterfragte niemand, warum er niemals Alkohol trank.

»Was für einen Entschluss?«, wollte Aisling wissen.

Callum nahm einen Schluck von seiner Limonade, ehe er antwortete. »Den Entschluss, ein Sabbat-Jahr zu nehmen. Sobald Ma hundert Tage trocken ist, bin ich weg hier. Über die Jahre hinweg habe ich genug Ersparnisse gesammelt, und die Werkstatt hält Charlie auch ohne mich am Laufen.«

Kaum hatte er die Worte ausgesprochen, fiel eine Last von seinen Schultern. Die Entscheidung hatte er längst getroffen, schon in der Nacht mit Selma auf der *Saorsa*, wozu also die Zurückhaltung? Seine Pläne scheiterten nicht daran, ihnen eine Stimme zu verleihen. Dass er viel zu lange alles Wichtige mit sich selbst ausgemacht hatte, bewiesen die fassungslosen Blicke von Aisling und Charlie. Sollten nicht wenigstens die beiden Menschen, denen er seit Jahrzehnten am nächsten stand, weniger überrascht sein, wenn er sich einmal öffnete?

Die beiden hatten ihre Sprache noch nicht wiedergefunden, als es an der Tür klingelte. Sein Herz machte einen Sprung. Das konnte nur Selma sein. Er griff nach einem Küchentuch und trocknete sich die Hände ab.

»Ich geh schon«, sagte er.

Cailan kam ihm zuvor. Strumpfsockig schoss er um die Ecke des Wohnzimmers. Auf dem Parkettboden verlor er beinah die Balance, musste sich an der Sofalehne festhalten, richtete seinen Kurs neu aus und schlitterte die letzten Meter bis zur Haustür wie auf Kufen.

»Erster!«, rief er, Stolz in der Stimme, und öffnete die Tür.

Natürlich begrüßte als Erste Mary Puppins den Jungen. Schwanzwedelnd und vor Freude fiepend ließ sie sich von Cailan umarmen, streicheln und herzen. Hinter den beiden, die Haare durcheinander, die Wangen gerötet und windverbrannt, stand Selma. In seiner Brust wurde es ganz warm. Da bist du ja, dachte er. Auf dich habe ich gewartet.

Cailan tänzelte mit Mary Puppins im Schlepptau in Richtung Küche. Zurück blieben Selma und Callum.

»Hey.« Sie hob eine Hand zum Gruß, grinste ihn an. Auf ihrer Miene spiegelten sich zu gleichen Teilen Freude und Erschöpfung. Dutzende Kilometer war sie heute gefahren, doch jetzt war sie hier. Ihr Weg hatte sie zu ihm gebracht, genau an den richtigen Ort.

»Hey«, erwiderte er, doch statt ihren Gruß zu erwidern, zog er sie in eine Umarmung. Ihr Haar kitzelte ihn an der Nase, sie roch nach Wind und Salz und Anstrengung. »Viel erlebt heute?«

»So viel.« So eng es ging, schmiegte sie sich an ihn. So musste es sein. So und nicht anders.

»Aber bevor ich euch berichte, brauche ich was zu essen. Bitte sag, dass ihr mir etwas übrig gelassen habt.«

»Ich glaube, du könntest Glück haben.« Sacht schob er sie auf Armeslänge von sich. »Aisling hat dir sicher eine Pastete aufgehoben.«

Ohne sich voneinander zu lösen, gingen sie in Richtung Küche. Seine Freunde erwarteten sie lächelnd. Cailan fütterte Mary Puppins Hundekekse aus der Hand.

Manchmal konnte das Leben perfekt sein.

Wenig später war der Abwasch erledigt, Selma saß mit ihrem Essen und einem Glas Wein am Tisch und erzählte von ihrem Tag. »Und dann haben Mary Puppins und ich einen Hund gerettet.« Sie legte die Pastete beiseite. »Das war ein echtes Abenteuer. Der süße Kerl wäre um ein Haar überfahren worden.«

Mary Puppins, die ihren Namen gehört hatte, trottete aus dem Wohnzimmer, wo sie und Cailan es sich gemütlich gemacht hatten, zu Selma. Der Junge folgte ihr.

»Mary Puppins ist ein Superhund«, rief er.

Selma nickte begeistert. »Das wusste ich schon immer. Sonst hätte ich ihr Insta-Profil ja kaum so genannt.«

Wie aufs Stichwort gab Selmas Handy einen Signalton von sich. Sie schob sich den letzten Bissen in den Mund und fischte das Telefon aus ihrer Pullovertasche.

»Huch, das Profil von Mary Puppins hat auf einmal total viele Aufrufe. Komisch, hoffentlich bin ich nicht gehackt worden.« Noch immer kauend wischte und tippte sie über das Display. Alle Farbe wich aus ihrem Gesicht, ihr Mund formte ein stilles O.

Callum rückte näher, unter dem Tisch legte er Selma eine Hand auf den Oberschenkel. Spannung lag im Raum.

»Was Schlimmes?«, fragte Callum.

Selma schüttelte den Kopf. »Ich kann es nur einfach nicht glauben.«

»Ein bisschen mehr musst du uns schon geben, wenn wir dich verstehen sollen«, bemerkte Charlie.

»Die Besitzerin des Hundes, den Mary Puppins und ich gerettet haben, war offenbar keine Fremde. Sagt euch der Name Sive Sullivan etwas?«

»Die Musicaldarstellerin?« Aisling machte große Augen. »Natürlich kenne ich die! Die ist ein Star im West End und eine der wenigen, die auch den Sprung an den Broadway geschafft haben. Hat die nicht zuletzt die Elsa in *Frozen* gespielt? Auf jeden Fall stand sie für *Oliver!*, *Wicked* und *Les Misérables* auf der Bühne. Sie ist ein riesiges Talent. Und die hast du gerettet?«

»Ihren Hund Buddy«, berichtigte Selma. »Gemeinsam mit Mary Puppins. Und heute Abend hat sie das Selfie von uns auf ihrem Profil gepostet und Marypuppins_superdog getaggt. Ich hab schon über dreitausend neue Follower. Bestimmt denkt sie, ich hätte ihr nur wegen ihrer Bekanntheit den Namen des Profils gesagt.« Sie schlug sich eine Hand vor die Stirn. »Das ist mir jetzt so peinlich! Ich bin ihr doch nicht zu Hilfe gekommen, weil sie berühmt ist. Ich hatte wirklich Angst um Buddy!«

»Das bezweifelt doch niemand.«

Von Callums Trost wollte Selma nichts wissen. Unter dem Tisch entzog sie ihm ihr Bein. »Meinst du? Dann lass dir von einer ehemaligen Social-Media-Managerin gesagt sein: Wenn du das glaubst, bist du echt naiv. Die Welt dort drinnen«, sie deutete auf ihr Handy, »ist ein Wespennest. Für Likes haben Leute schon ganz andere Sachen gemacht, als Hunde absichtlich vor Autos geschubst. Sicher freue ich mich über die größere Reichweite, aber ich wollte es allein schaffen.«

»Du hast es doch allein geschafft.« Charlie nippte an seinem Ale. »Ich bin zwar nur ein irischer Junge vom Land und hab noch weniger Ahnung als der große Teddybär da an deiner Seite, aber so wie ich das sehe, war es deine Entscheidung, jemandem in einer Notlage deine Hilfe anzubieten. Du hattest die rettende Idee, wie man den Köter wieder einfangen kann. Außerdem ist Mary Puppins' Profil eine Hundeseite, und mit eurer Rettungsaktion habt ihr bewiesen, dass ihr hündisch sprecht. Wenn Sive Sullivan daraufhin entscheidet, dir zu helfen, ist das nur dein verdienter Lohn.«

»Wuffwuff«, machte Aisling zustimmend und zwinkerte Selma dabei zu.

Für eine Sekunde, vielleicht zwei, hielten alle den Atem an. Lange genug für Callum, um seinen Freunden verdammt dankbar zu sein. Charlie und Aisling kannten Selma kaum. Sie wussten nur, dass Callum sie mochte und dass ihre Anwesenheit in seinem Leben ihn beflügelte. Das genügte, um sie zu unterstützen. Schließlich stieß Selma mit einem langen Atemzug die Luft aus. »Ihr habt recht.«

»Klar haben wir recht.« Aisling hob ihr Weinglas, um mit Selma anzustoßen. »Wir haben immer recht. Und überhaupt, können wir mal kurz darüber sprechen, wie unglaublich cool es ist, dass du Sive Sullivan getroffen hast? Ich bin schon drei Mal nach London gereist, extra um sie auf der Bühne zu sehen. Ich bin ein echter Fan, und du hast sie gesehen! Ist sie nett? Wie sieht sie in ihrer Freizeit aus? Sie ist auch ungeschminkt hübsch, oder? Ich wette, sie ist wunderschön.« Als wäre sie selbst die Musicaldarstellerin, legte sich Aisling eine Hand auf die Brust und seufzte theatralisch.

Selma kicherte. »Also, um ehrlich zu sein, sah sie in erster Linie gestresst aus.«

»Gestresst? Was ist mit ihren krass blauen Augen? Oder mit den niedlichen Grübchen, wenn sie auch nur ein kleines bisschen lächelt? Was ist mit ihrer süßen kleinen Nase oder dieser Stimme? Himmel, diese Stimme! Ich schwöre euch, Leute, Sive könnte einfach nur das Telefonbuch für mich vorlesen, und ich würde jede Nacht schlafen wie ein Baby.« Abrupt setzte Aisling sich auf. »Meinst du, sie würde das machen? Für dich? Weil du ihren Hund gerettet hast? Jetzt, wo du sie kennst, könnte sie dir einen Freundschaftsdienst erweisen und mir eine persönliche Nachricht auf meiner Mailbox hinterlassen.«

»Also, ehrlich gesagt habe ich den Eindruck, du kennst sie besser als ich. Schon vergessen? Ich bin nur die Reisebloggerin, die einen Hund gerettet hat.«

»Mary Puppins hat den Hund gerettet«, berichtigte Cailan.

»Ich weiß.« Noch einmal seufzte Aisling. »Aber in einer Sache irrst du dich: Du bist nicht irgendeine Reisebloggerin, sondern die coolste Reisebloggerin der Welt. Deshalb muss ich dich auch fragen …« Sie stellte ihr Glas weg, streckte beide Hände über den Tisch aus und griff nach Selmas Händen. Sie verschränkte ihre Finger ineinander, sah Selma tief in die Augen.

Hinter Aislings Rücken fing Charlie Callums Blick ein und machte mit dem Zeigefinger eine kreisende Bewegung neben der Stirn. »Die spinnt mal wieder«, hieß das, doch in der Geste lag genug Liebenswürdigkeit, um zu verdeutlichen, wie sehr Charlie Aislings Art von Verrücktsein mochte.

»Selma«, fing Aisling an, »willst du die Patentante meines nächsten Kindes werden?«

»Du bist schwanger?« Die Frage platzte aus Callum heraus, ehe Selma antworten konnte.

Aisling verdrehte die Augen und machte eine wegwerfende Geste mit dem Kopf. »Ich bin nicht schwanger. Es geht um ein hypothetisches Baby. Also lass mich das noch einmal umformulieren: Selma, möchtest du die Patentante meines zukünftigen, hypothetischen Babys sein?«

»Ich?« Selma quiekte. Aislings offenbar scherzhaft gemeinte Frage brachte sie sichtlich aus dem Konzept. »Warum solltest du ausgerechnet mich als Patentante für ein hypothetisches Baby haben wollen? Du kennst mich doch kaum.«

»Das wüsste ich auch gern«, brummelte Charlie in seinen Bart. »Ich brauche noch ein Ale.« Er erhob sich.

»Ich kenne dich gut genug, um zu wissen, dass du eine persönliche Verbindung zu Sive Sullivan hast. Außerdem bist du Reisebloggerin, und nach dem kleinen Schubser von Sive ist es ja wohl keine Frage mehr, dass du zudem eine verdammt erfolgreiche Reisebloggerin sein wirst. Jetzt mal ernsthaft: Wäre es nicht das absolut Coolste auf der Welt für Amelie-Abigail-Anne, immer sagen zu können, ihre Patentante ist gerade in Sydney oder in New York oder am Nordpol?«

»Wer zum Teufel ist jetzt schon wieder Amelie-Abigail-Anne?«, fragte Charlie mit einem neuen Bier in der Hand im selben Augenblick, als Selma fragte: »Und was ist, wenn die Patentante in Meadowvale wäre? Weil sie hier Freunde gefunden hat und einen Ort, an den sie immer zurückkommen will?«

»Dann …«, sagte Aisling und ließ Selmas Hände los. Callum spürte ein Brennen hinter den Augen, und auch die Augen seiner ältesten und besten Freundin glänzten auf einmal feucht. »… wäre alles absolut perfekt«, beendete Aisling ihren Satz, und Callum stimmte ihr im Stillen von ganzem Herzen zu.

Sonnenlicht fiel durch eine Ritze im Rollo und kitzelte Selma an der Nase. Sie blinzelte, reckte sich, bis ihre Füße gegen einen Widerstand stießen.

»Arrgh, Mary P.! Mach dich mal kleiner, du bist ein Labrador, kein Elefant.« Energisch zog sie an der Decke, doch der Fellkloß am Fußende bewegte sich kein Stück. »Unglaublich, wie viel Platz so ein einzelner Hund einnehmen kann.«

Zwar setzte sie einen mürrischen Tonfall auf, doch Mary Puppins glaubte ihr ihren Missmut ebenso wenig wie sie selbst. Gut, mit Hund im Bett musste sie ihre Decke verteidigen, und ab und zu hechelte ihr jemand muffigen Hundeatem ins Gesicht, aber dafür hatte sie nie kalte Füße. Außerdem sorgte der regelmäßige Atem eines anderen Wesens selbst in den längsten Nächten dafür, dass sie sich niemals allein fühlte.

Zumindest war das bisher so gewesen. Jetzt rollte sie sich auf die Seite, tastete nach dem leeren Kissen neben ihrem und rollte sich um den Stoff herum zusammen. Schon seltsam, wie sehr man etwas vermissen konnte, das man niemals gehabt hatte. Sie vergrub die Nase in dem Kissen, hoffte, einen Hauch von Callums Geruch in den Fasern zu erschnuppern. Vergeblich. Zum letzten Mal hatte er vor fünf Tagen, in der Nacht nach ihrer Connemara-Tour und dem gemeinsamen Abendessen bei Aisling, bei ihr übernachtet.

Seufzend vergrub sie sich unter dem Kissen und schwelgte in der Erinnerung an eine ganze Nacht in seiner Nähe. In früheren Beziehungen hatte sie niemals diese Sehnsucht empfunden. Vor allem nachts war sie froh über ihren Freiraum gewesen. Mit Mary Puppins hatte sie bereits eine Beischläferin, und die meisten ihrer Affären beschwerten sich entweder über Mary P.s Anwesenheit in ihrem Bett oder erkämpften sich ihren eigenen Platz so vehement, dass Selma nicht einmal mehr ein kleiner Streifen Matratze blieb. Dazu kamen Unannehmlichkeiten wie lauter Atem, Zähneknirschen, unruhiger Schlaf. Nein, nein. Bis vor wenigen Wochen hätte Selma geschworen, sie sei eine eingefleischte Einzelschläferin, und jeder Mann, der auf lange Sicht in ihrem Leben bleiben wollte, müsste das akzeptieren.

Doch wie in allen anderen Lebensbereichen, hatte Callum sie auch in dieser Beziehung überrascht. Im Wachen wie im Schlafen gelang es ihm, anwesend zu sein, ohne sich aufzudrängen. Er beherrschte die Kunst, sie zu unterstützen, ohne sie einzuengen. Bei allem, was sie tat, ließ er ihr ihre Freiheit, beobachtete sie mit liebevollen Blicken voller Wärme aus der Ferne, bis sie selbst bereit war, die Distanz aufzugeben. Nun war sie es, die Nähe suchte. Kleine Berührungen, winzige Aufmerksamkeiten. Sie sendete ihm Textnachrichten mit einem tanzenden Herz, selbst wenn er sich im Nebenzimmer befand. Sie hauchte vor dem Einschlafen »Gute Nacht« auf Callums Mailbox.

Der Sex mit ihm war großartig, doch noch viel großartiger war die Art und Weise, wie sich ihre Vorlieben, Stärken und Schwächen ergänzten. Wo sie quirlig, manchmal sprunghaft und impulsiv war, war er überlegt, vorsichtig und ruhig. Sie waren unterschiedlich in den kleinen Dingen, in den großen herrschte jedoch Einigkeit. Sie beide waren getrieben von der Lust auf Abenteuer und geankert durch die Sehnsucht nach Zugehörigkeit und Liebe. War es da wirklich ein Wunder, dass sie jede Sekunde mit ihm genoss und traurig war, wenn er nicht bei ihr sein konnte?

Als er ihr von der Sucht seiner Mutter und seinem Pflichtgefühl ihr gegenüber erzählt hatte, war Selma nicht bewusst gewesen, wie groß die Einschnitte in Callums Leben tatsächlich waren, damit er für seine Ma da sein konnte. Welcher Mann von beinahe dreißig Jahren konnte nicht einfach so bei seiner Freundin übernachten, weil er Angst hatte, was seine Mutter in der Zwischenzeit tun würde? Selma bewunderte Callums Hingabe, aber in den Momenten, in denen sie ihn vermisste, fühlte sie auch einen gewissen Groll in sich aufsteigen. Wusste seine Mutter von der Macht, die sie über ihn hatte? Nutzte sie das aus oder war es wirklich nur ihre Krankheit, die Callums Aufmerksamkeit brauchte?

»Genug.«

Sie schlug die Bettdecke zurück. Dabei landete ein Zipfel über Mary Puppins' Kopf. Die Hündin grunzte einmal, dann steckte sie den Kopf aus dem Deckenwust. Selbst wenn Selma gewollt hätte, bei diesem Anblick hätte sie unmöglich weiter schlecht gelaunt bleiben können. Dazu war Mary Puppins einfach zu süß. Schnell zückte sie ihr Handy und schoss ein paar Fotos von Mary P. unter der Decke. Noch ehe sie das Gerät weggelegt hatte, klingelte der Wecker. Perfektes Timing!

Erfrischt von der kleinen Fotosession mit Mary Puppins machten sie sich wenig später auf zum ersten Gassigang des Tages. Mary Puppins kannte die nähere Umgebung inzwischen so gut, dass Selma keine Angst mehr haben musste, dass die Hündin unter die Räder kommen oder weglaufen würde. Die Labradordame wusste genau, wo sie anhalten, wo sie warten und wo sie einfach laufen konnte. Gemeinsam genossen sie die Morgenstimmung am Hafen, wenn der Nebel über dem Wasser lag und alles in einen Schleier aus Magie und Wohlbehagen hüllte.

Wie immer beendeten sie ihre Runde bei Tadgh. Normalerweise war der Imbissstand um diese Stunde verwaist, sodass Tadgh ihr und Mary P. schon von Weitem zuwinken konnte. Heute versperrten zwei junge Frauen ihm den Blick. Sie waren offensichtlich Touristinnen. Dicke Rucksäcke und Funktionskleidung verrieten sie. Die beiden schienen ganz ins Gespräch mit Tadgh vertieft. Sie gestikulierten wild mit den Händen, deuteten auf den Fähranleger, dann wiederum in die Richtung, in der Meadowvale und einige andere kleine Townships lagen. Tadgh nickte immer wieder, wirkte alles in allem aber eher überfordert von dem Enthusiasmus der zwei Frauen. Als sein Blick zwischen den Touristinnen hindurch auf Selma und Mary Puppins fiel, leuchteten seine Augen auf.

»Da schaut her, da ist sie ja höchstpersönlich. Warum stellt ihr eure Fragen nicht direkt der Expertin?«

Expertin? Was zum Teufel führte Tadgh im Schilde?

Die beiden Frauen drehten sich um. Die eine riss bewundernd den Mund auf, die andere stieß einen kleinen Jubelschrei aus. Natürlich ging Mary Puppins davon aus, dass die Aufmerksamkeit nur ihr galt. Die letzten Meter zog sie Selma an der Leine bis zum Imbissstand. Dann blieb sie stehen und ließ sich von den beiden Frauen nach allen Regeln der Kunst bewundern, beknuddeln und bespaßen.

»Oh, und du musst Mary Puppins sein«, gurrte die eine in dem Tonfall, den die meisten Menschen für kleine Kinder reservierten. »Was bist du für eine Süße. Und so hübsch!«

Die Frau erwischte Mary Puppins' Lieblingskratzstelle direkt an der Rutenwurzel. Dankbar schubberte und drückte sich die Hündin an ihre Gönnerin. Dabei gab sie Laute von sich, die

Selma wahrscheinlich peinlich sein sollten. Ernsthaft, dieser Hund hatte nicht das geringste Schamgefühl. Das Spektakel war so niedlich anzusehen, dass sie erst spät bemerkte, dass die beiden Frauen mit Mary Puppins Deutsch sprachen. Nun, was sollte sie sagen? Sie hatte noch keinen Kaffee getrunken, und außerdem spielten ihre Muttergefühle jedes Mal verrückt, wenn jemand ihre Mary-Puppins-Maus genauso süß fand wie sie selbst.

Endlich erinnerten sich die beiden Frauen daran, dass zu der Labradorhündin auch noch ein Frauchen gehörte. Die Kleinere der beiden stupste ihre Begleitung mit dem Ellenbogen in die Seite. Vielsagend nickte sie in Selmas Richtung. Sie richteten sich auf. Vor allem der Größeren schien es jetzt ein wenig peinlich zu sein, dass sie so über einen fremden Hund hergefallen waren.

»Hey«, sagte sie, »tut mir leid, dass wir Mary Puppins so vereinnahmt haben. Eigentlich wissen wir es besser. Wir hätten vorher fragen müssen.«

Nun meldete sich die Kleinere zu Wort. »Ich heiße Amelie, und das ist Kaja. Seit wir deinen Blog entdeckt haben, sind wir totale Fans von euch beiden. Ihr seid so ein tolles Team! Es macht einfach Spaß, von euren Abenteuern zu lesen. Alle Aktivitäten, die du vorgestellt hast, haben wir schon gemacht. Wir sind extra nach Rossaveal gekommen, weil wir gehofft haben, dich zu treffen.«

»Jetzt, wo ich es laut ausgesprochen höre, klingt das ziemlich gruselig.« Kaja schnitt eine Grimasse. Das sah mit ihrer Stupsnase und den vielen Sommersprossen richtig süß aus. Selma konnte sich gut vorstellen, dass es nicht vieles gab, mit dem Kaja nicht durchkam. »Ich verspreche, dass wir keine durchgeknallten Stalker sind oder so.«

»Um Himmels willen, nein!«, versicherte auch Amelie. »Wirklich nicht. Wir machen einfach nur Urlaub in Connemara und haben deinen Blog im richtigen Moment entdeckt.«

»Die meisten Reiseberichte handeln die Gegend hier höchstens in einem einzigen Artikel ab«, übernahm Kaja. »Aber wir sind zu Fuß unterwegs und wollen uns viel Zeit lassen.« Sie grinste, was so ansteckend war, dass Selma es automatisch erwiderte. »Wir hätten niemals diese Hammerbäckerei in Meadowvale entdeckt, wenn du sie nicht erwähnt hättest. Ehrlich: Wer rechnet mitten im Nirgendwo mit so einem Kuchenhimmel?«

»Nicht wahr?« Spätestens jetzt hatte Kaja Selma vollständig um ihren Finger gewickelt. »Hazels Salted-Caramel-Rouladen sind ein Traum. Als ich zum ersten Mal in den Laden gestolpert bin, hätte ich im Leben nicht erwartet, dort solche Köstlichkeiten zu finden.«

»Und diese kleine Farm in der Nähe von Clifden? Mit den niedlichen Ponys?« Schwärmerisch legte Amelie sich eine Hand auf die Brust. »Liz und Cameron waren so freundlich! Ich habe seit Ewigkeiten auf keinem Pferderücken mehr gesessen, aber die beiden haben mir jede Angst genommen. Und sie haben uns so viel über die Ponyrasse erzählt. Mir war gar nicht klar, wie lange Connemara-Ponys schon gezüchtet werden.«

»Und weil du Tadghs Kaffee erwähnt hast und wir sowieso auf die Aran-Inseln wollten, dachten wir, es kann nicht schaden, wenn wir nach dir fragen.«

»Bis heute Abend sind wir aber sicher von hier verschwunden«, ergänzte Amelie, »hoch und heilig versprochen. Wir sind keine Stalker!«

Von so viel Anerkennung und Begeisterung für ihre Arbeit wurde Selma ganz rot im Gesicht. Wenn sich das so anfühlte, hatte sie vielleicht gar nichts gegen den ein oder anderen Stalker einzuwenden. Nein! Innerlich biss sie sich auf die Zunge. Stalking war eine Straftat, daran war nichts Romantisches, nicht einmal in Gedanken. Aber Amelie und Kaja waren eben einfach nur zwei Frauen, die Selma inspiriert hatte. Gab es einen schöneren Beweis für den Wert ihrer Arbeit?

»Ich freue mich wirklich, dass meine Artikel euch geholfen haben.« Immer noch voller Unglauben schüttelte sie den Kopf. »Aber wie um alles in der Welt seid ihr überhaupt auf meine Seite gekommen?«

»Na, über den Link von Sive Sullivan.« Amelie sagte es, als wäre es das Selbstverständlichste der Welt. »Seit ihrem Auftritt in *Frozen* folge ich ihr. Dass sie ausgerechnet kurz vor unserer Abreise auf Mary Puppins' Profil und deinen Blog verwiesen hat, war reiner Zufall.«

»Und totales Glück«, fiel Kaja mit ein.

»Wow, ich …« Selma sah hilfesuchend zu Tadgh. Der sprach zwar kein Deutsch und konnte deshalb nicht wissen, worum das Gespräch ging, hatte den groben Inhalt aber wohl dennoch erraten.

»Sie sind nicht die Ersten, die in den letzten Wochen nach dir fragen«, sagte er auf Englisch. »Immer wieder kommen Leute und erkundigen sich nach dir und Mary Puppins. Ich wusste nicht, was du von der ganzen Aufmerksamkeit hältst. Deshalb habe ich schön geheim gehalten, wo ihr wohnt. Aber immer schwärmen alle darüber, mit wie viel Begeisterung du von Connemara berichtest.«

Amelie und Kaja verstanden Englisch und nickten Tadgh zu. »Er hat total recht. Kannst du uns ein Autogramm geben?« Ehe Selma antworten konnte, zückte Kaja bereits Stift und Papier. »Hier. Oder hast du sogar Autogrammkarten dabei?«

Autogrammkarten? Sie? Nur mit Mühe gelang es ihr, ein nervöses Kichern zu unterdrücken. Sie nahm Kugelschreiber und Zettel entgegen, kritzelte ein paar nette Worte und ihre Unterschrift auf das Papier und gab beides wieder an Kaja zurück. »Leider nicht. Ich hoffe, das reicht?«

»Natürlich!« Kaja strahlte. »Und wenn wir jetzt auch noch ein Selfie mit dir und Mary Puppins machen dürfen, sind wir rundum glücklich.«

»Unsere Fähre geht ohnehin in ein paar Minuten. Wir müssen uns sputen, dann bist du uns los.«

»Ist das eine Drohung oder ein Versprechen?« Selma zwinkerte den beiden zu.

Natürlich machten sie nicht nur ein Selfie, sondern eine ganze Fotoreihe, dann stieß das Boot nach Inis Mór ein Tuten aus, und Amelie und Kaja mussten rennen, um es noch zu erwischen.

Glücklich, verwirrt und immer noch vollkommen überwältigt, sah Selma den beiden nach. Tadgh bereitete Selmas Bestellung vor. Sie zahlte, dankte ihm und machte sich auf den Weg in die Werkstatt. Sicher würde er verstehen, dass ihr nach der Begegnung mit ihren Fans die Worte ausgegangen waren. Von all den Dingen, die die beiden gesagt hatten, ging Selma vor allem eines nicht aus dem Kopf, nämlich wie außergewöhnlich es war, dass sich ein Reiseblog ausschließlich mit einer Gegend beschäftigte. Später hatte Tadgh genau dasselbe bestätigt. Sich mit ihren Artikeln vorerst nur auf Connemara zu konzentrieren, war der Not geschuldet gewesen. Aber was, wenn sie aus dieser Not eine Tugend machen konnte? Nicht, dass sie ihren Traum, mit Callum auf der *Saorsa* in die weite Welt zu segeln, aufgeben wollte, aber was, wenn beides möglich wäre? Abenteuer zu erleben und einen sicheren Hafen zu haben? Das Reisen zu genießen und sich auf eine Rückkehr zu freuen? Weil es ein Zuhause gab, zu dem es sich zurückzukehren lohnte. Weil es einen Ort gab, an den sie gehörte und den sie kannte. Kein oberflächliches Kennen, sondern ein tieferes Verständnis, das entsteht, wenn man sich mit etwas oder jemandem voll und ganz vertraut macht. Vielleicht, flüsterte eine leise Stimme in ihrem Hinterkopf. Vielleicht, vielleicht …

Kapitel 11

@marypuppins_superdog Liebe Feuchtnasen-Freundinnen, -Freunde und alles dazwischen. Geht es euch auch so? Manchmal schaue ich mir das Leben am liebsten unter einer kuscheligen Decke heraus an. Kuschelsocken, -decken und Jacken für Regentage, Jammertage, Powercouchen und zum Extremchillen findet ihr beim Maschenmäuschen. Schaut doch mal vorbei.
#marypuppins #superdog #dogsofinstagram
#maschenmäuschen #handgemacht
#kuscheln #herbst #winter #cosy

Drei ganze Tage planten Callum und Selma, sich nur für sich Zeit zu nehmen. Aufregung blubberte durch seinen Magen, als hätte er ein ganzes Röhrchen Brausetabletten verschluckt. Wann war er zum letzten Mal drei Tage am Stück nicht zu Hause gewesen? Er konnte sich nicht erinnern. Womöglich wollte er sich aber auch nicht erinnern, weil die ehrliche Antwort viel zu deprimierend wäre. Die lautete nämlich: nie. Callum war siebenundzwanzig Jahre alt und noch nie in seinem ganzen Leben länger als eine Nacht von zu Hause fort gewesen. Es hatte Selma in seinem Leben gebraucht, um diesen Schritt zu wagen. Selma mit ihrem unerschütterlichen Tatendrang und der Sonne in ihrem Wesen.

Natürlich hatte sie die Planung ihres Wochenendtrips übernommen. Seit sie immer mehr Rückmeldungen von Leserinnen und Lesern bekam, wie sehr sie von Selmas Artikeln über die Geheimtipps in Connemara profitierten, hatte Selmas Arbeitswut eine ganz neue Dimension erreicht. In Callums Büro tat sie nur noch das Nötigste – was für ihn vollkommen in Ordnung war. Auch dort trug ihre Arbeit nämlich Früchte. Während ihrer ersten Wochen in Rossaveal hatte sie eine solide Grundordnung hergestellt. Mittlerweile genügte es, wenn sie sich alle paar Tage eine Stunde Zeit nahm, um den Papierkram zu erledigen. Die restliche Zeit investierte sie in ihren Blog und Mary Puppins' Profil. Jeden Einheimischen, der in die Werkstatt kam oder den Callum ihr vorstellte, fragte sie nach seinen Lieblingsplätzen in der Umgebung. Der Tipp für das Ziel ihres Kurzurlaubs war von Hazel von dem Krämerladen in Moinn an Fháltais gekommen. Bis zu ihrer Abreise hatte Selma absolut dichtgehalten, wohin es gehen würde. Kaum hatten sie den Innenhof der Werkstatt verlassen, sprudelten die Informationen aus ihr heraus.

»Alles an dem Cottage ist noch original so wie vor der Großen Hungersnot.« Der Fahrtwind blies ihr die Haare ins Gesicht. Sie waren mit Callums Pick-up unterwegs und hatten beide Fenster heruntergelassen. »Wenn wir schon auf einer der schönsten Straßen der Welt reisen, müssen wir das mit allen Sinnen genießen.«

Mit dem Fahrtwind in der Nase verwandelte sich die Reise in ein komplett anderes Erlebnis. Die Luft, die in die Fahrerkabine strömte, roch nach Salz, Algen und Torfmoor. Es war der Duft seiner Heimat. Je weiter sie sich vom Meer entfernten und je höher in die Berge die Straße sie führte, desto malziger wurde der Geruch. Hier hatte das Aroma etwas beinah Alpines. Wildkräuterduft wehte in die Kabine, die Hänge rechts und links der Straße glichen natürlichen Patchworkdecken, deren Nähte die niedrigen Natursteinmauern bildeten, die so typisch für die Landschaft Connemaras waren.

Er konzentrierte sich wieder auf das Gespräch. »Und das soll etwas Gutes sein?«

Aus dem Augenwinkel sah er Selma nicken. »Auf jeden Fall ist das etwas Gutes! Dafür gibt es mindestens ein halbes Dutzend gute Gründe.«

»Ich höre.«

»Erstens.« Sie streckte den Daumen der linken Hand in die Höhe. »So ein altes Cottage mit Reetdach und allem Drum und Dran ist wahnsinnig romantisch. Laut alter Aufzeichnungen hat die letzte Besitzerin Molly allein mit ihren acht Kindern in dem Haus gelebt. Bis heute gibt es weder elektrisches Licht noch fließendes Wasser, da kann ich wunderbare Fotos machen, und außerdem …« Sie lehnte sich über die Mittelkonsole und drückte ihm einen Kuss auf die Schulter. »Außerdem bin ich mit dir immer in so romantischer Stimmung, dass es mir nicht einmal was ausmacht, zum Pinkeln über den Hof zu huschen oder mich mit kaltem Wasser zu waschen.«

»Vorsicht! Du schmeichelst mir.«

»Das ist vollkommen beabsichtigt.«

»Was ist mit zweitens bis sechstens?«

Ihr Seufzen klang so süß wie ein Cream-Slice aus Hazels Laden. »Zweitens gibt es dort auf der Farm Babyschafe, ein zahmes Hängebauchschwein, einen Esel und ein paar Hühner.«

»Sind das nicht mindestens fünf Gründe?«

»Willst du nun alle meine Gründe hören, oder stellst du dich absichtlich stur?«

Er verbiss sich ein Grinsen. Sehr ernst sagte er: »Entschuldige. Bitte mach weiter.«

»Drittens: Die heutigen Besitzer haben auf dem Grund eine Art Museumspfad angelegt. Dort wird gezeigt, wie eine typische Bauernfamilie damals überlebt hat. Die konnten nur essen und trinken, was ihr Hof hergegeben hat. Die Eier von den Hühnern, ein bisschen Selbstgebrannter, den man verkaufen konnte, die Milch von einer einzigen Kuh und Kartoffeln vom eigenen Feld. Die Landparzellen, die den Pächtern zu der Zeit gehört haben, waren viel zu klein, um etwas anderes anzubauen. Ein bisschen Gemüse ging vielleicht noch, aber das war es dann auch schon. Und davon musste dann die ganze Familie satt werden.«

Gerade noch hatten sie gescherzt, jetzt wurde Callum ernst. »Warum ist dir das so wichtig?«

So viele Touristen kamen nach Irland, ihnen hatte die Insel ihren heutigen Wohlstand zu verdanken. Aber nur wenige kamen mit der Absicht, hinter die Kulisse der imposanten Landschaft zu gucken, die Selma an den Tag legte.

»Weil es erzählt werden muss! Bei meinen Recherchen letztens habe ich gelesen, Irland sei heute ein Erste-Welt-Land mit dem Gedächtnis eines Dritte-Welt-Landes. Bevor ich hierhergekommen bin, war mir nicht klar, wie sehr die Geschichte von Armut und Hunger die Menschen hier immer noch prägt. Letzte Woche, als ich auf der Pony-Show in Clifden war, bin ich mit diesem Ehepaar ins Gespräch gekommen. Habe ich dir das erzählt?«

»Du hast mir eine ganze Menge erzählt. Vielleicht war auch eine Geschichte von einem Ehepaar dabei.«

Sie ließ sich von seiner Neckerei nicht aufhalten. »Die hatten gefragt, wo ich herkomme, und als ich es ihnen erzählt habe, war der Mann richtig …«, sie suchte nach dem richtigen Wort, »… gerührt. Er hat erzählt, dass er selbst aus Kerry kommt und dort Anfang der siebziger Jahre eine große deutsche Fabrik gebaut wurde. Ich hab erst gar nicht kapiert, worauf er hinaus will. Seien wir mal ehrlich, was habe ich mit irgendwelchen Werkzeugteilen zu tun, die diese Fabrik herstellt?«

Er sparte sich eine Antwort.

Nach einem kurzen Atemholen fuhr sie fort: »Nach und nach wurde mir dann klar, worum es ihm ging. Er und seine Frau haben erzählt, wie sehr die Eröffnung dieser Fabrik das Leben der Menschen in dieser Gegend verändert hat. Junge Männer hatten plötzlich regelmäßige Arbeit. Mit dem Wissen, jede Woche einen sicheren Lohn zu haben, kam die Freiheit, eigene Familien zu gründen und weiter in die Zukunft zu denken als immer nur von Lohnscheck zu Lohnscheck. Wusstest du, dass das durchschnittliche Heiratsalter nach der Großen Hungersnot um über fünf Jahre angestiegen ist?«

»Das wusste ich nicht.« Aber jetzt fragte er sich, ob er es hätte wissen müssen. Hatte Selma recht? Steckte ihnen allen noch die DNA dieser unglaublichen Katastrophe im Mark? Rund eine Million Menschen waren damals als Folge des Hungers gestorben, weitere eineinhalb Millionen waren ausgewandert, bis die schlimmste Krise überwunden war. Doch auch als die Kartoffelfäule nachgelassen hatte, war die Armut nicht vorbei. Gehen oder bleiben – diese Frage stellten sich noch Generationen später zahlreiche Iren. Für die, die geblieben waren, hatte sich alles verändert. Sie hatten gelernt zu überleben, aber auch genügsam zu sein. Diejenigen, die die Große Hungersnot überlebt hatten, hatten sich darauf eingestellt, mit dem Nötigsten zu leben. Diese Fähigkeit war ihnen durch die Revolution und die Unabhängigkeit von den Engländern, durch den langsamen Aufschwung und den neu entdeckten Reichtum erhalten geblieben. Auch er konnte seine Familienwurzeln bis in die Zeit der Hungersnot zurückverfolgen. Von der damals vielköpfigen Familie der Vorfahren seiner Mutter war nur ein einziger Sohn geblieben. Callums Ur-Urgroßvater.

Er wollte Selma gerade auffordern, ihm auch die anderen Gründe zu nennen, warum sie ihr Reiseziel ausgesucht hatte, als ihn das Klingeln seines Handys unterbrach. Das Gerät lag auf der Mittelkonsole, und der Vibrationsalarm machte beim Klingeln einen ziemlichen Radau. Er warf einen Blick auf das Display, und ihm gefror das Blut in den Adern.

»Da muss ich rangehen«, sagte er, zog den Pick-up in die nächste Haltebucht und griff nach dem Telefon. Ein Teil von ihm hoffte, dass das Klingeln aufhören würde, bevor er abheben konnte. Dann müsste er sich nicht der Wahrheit am anderen Ende der Leitung stellen. Dann könnte er sich noch auf seinen Kurzurlaub mit Selma freuen, ohne Angst im Nacken, ohne Schuldgefühle, weil er sich etwas gönnte, das nur ihm gehörte. Insgeheim wusste er natürlich, dass er selbst dann zurückgerufen hätte, wenn das Klingeln aufgehört hätte.

Er wischte über das Display und nahm das Gespräch an. »Ma, ist alles in Ordnung bei dir?«

»Ich weiß nicht, Callum.«

Er spitzte seine Ohren, hörte ganz genau hin. Lallte sie? Nein, er glaubte nicht. Sie sprach in dem weinerlichen Tonfall, den sie immer dann aufsetzte, wenn sie etwas nicht bekam, was sie sich in den Kopf gesetzt hatte.

»Ich habe Hazel gefragt und Maggie und Deidre, doch niemand will was mit mir unternehmen. Mir ist langweilig, Callum. Ich weiß überhaupt nicht, was ich tun soll.«

»Warum schaltest du dir nicht den Fernseher an und machst dir einen gemütlichen Abend, hm?«

»In der scheiß Kiste läuft doch nichts Vernünftiges. Wann haben die eigentlich aufgehört, ein richtiges Fernsehprogramm zu bringen? Alles, was kommt, sind idiotische Gameshows.«

»Ich habe dir doch erklärt, wie Netflix funktioniert. Dort findest du sicher einen Film. Oder eine Serie? Was ist mit dieser Serie über die Krankenschwester und Hebamme, die aus der Stadt zurück in so eine Kleinstadt zieht?«

Statt zu antworten, gab Ma ein nasales Geräusch von sich. »Ich vermiss dich so«, jammerte sie, »ohne dich ist das Haus so leer.«

»Ich bin gerade mal ein paar Stunden weg, Ma. Wenn ich in der Werkstatt arbeite, bin ich viel länger nicht zu Hause.«

»Das ist etwas anderes. Da weiß ich, dass du wiederkommst.«

»Ich komme auch so wieder. Am Sonntagabend. Das ist gar nicht lange hin. Pass auf, die Zeit wird so schnell vergehen, dass du am Ende kaum gemerkt haben wirst, dass ich weg war.«

»Das hat dein Vater auch gesagt.«

Wann immer sie diesen Satz sagte, verwendete sie ihn wie eine Waffe. Auch diesmal traf er sein Ziel. Callum konnte den Schmerz in seiner Brust spüren. Sein Vater war die Persona non grata in ihrer Familie, derjenige, der weitergezogen war, ohne sich nach ihnen umzusehen. Jedes Unglück, jeder Rückfall seiner Mutter begann mit diesem Satz.

»Ich bin nicht Da, Mam. Ich habe dir versprochen, dass ich zurückkomme, und das werde ich auch tun.«

»Vielleicht ja, vielleicht nein.« Sie schniefte. »Niemand will mich. Dein Vater nicht, die ollen Klatschweiber im Dorf nicht. Warum sollte es bei dir anders sein? Für mich gibt es keinen Trost.« Keinen, der nicht aus der Flasche kam. Die unausgesprochene Drohung hing schwer zwischen ihnen. »Aber mach dir keine Sorgen um mich. Hab du nur deinen Spaß. Das ist das einzig Wichtige. Warum solltest ausgerechnet du anders sein und nicht nur an dich selbst denken? Ich komme schon zurecht. Das bin ich schließlich immer.« Die Frage war nur, wie.

Der Schmerz in seiner Brust weitete sich aus, wurde zu einem Brennen, das seinen ganzen Körper von innen heraus zerfraß. Hinter seiner Stirn pochte es. Er glaubte, jeden Augenblick müsse sein Kopf zerplatzen.

»In Ordnung, Ma. Du weißt, dass du dich immer melden kannst, wenn du was brauchst, ja? Und es gibt auch Hotlines. Sonntagabend bin ich wieder zu Hause. Steigere dich nicht in irgendeine Idee hinein, ja? Du bist auf so einem guten Weg.«

»Hmpf.« Er wartete, ob sie dem noch was hinzufügen würde. Sie tat es nicht. Er sagte: »Bye, Ma« und legte auf.

Er ließ das Telefon in seinen Schoß fallen und schloss die Augen. Er spürte Selmas Blick auf sich, hatte aber nicht die Kraft, sie anzusehen. Innerlich hatte er bereits kapituliert. Er wusste nur nicht, wie er es ihr beibringen sollte.

Am Ende brach sie das Schweigen. »Du kannst nicht mit mir das Wochenende auf Molly's Farm verbringen, oder?«

Er biss sich auf die Unterlippe. Solange er nicht antwortete, musste er nicht zugeben, was für ein Versager er war. Panik kratzte an den Rändern seines Bewusstseins. Jeder Atemzug fiel ein wenig schwerer als der zuvor. Er wurde zerdrückt. Zerquetscht zwischen einem Fels und einem harten Stein. Er konnte Selma enttäuschen oder seine Ma. Die Frau, von der er immer mehr überzeugt war, sie zu lieben, oder die, die ihn geboren hatte. Selma, die selbstbewusst und stark war, oder seine Mutter, die immer nur um Haaresbreite entfernt vom Rand der Klippe stand. Würde er sich jemals wieder im Spiegel ansehen können, wenn sie einen Rückfall hatte, weil er von einem Kuschelwochenende mit Selma träumte?

»Hey, hey!« Wie durch einen zähen Nebel erreichte ihn Selmas Stimme. Sie klang verzerrt, ganz weit weg. »Callum, sieh mich an. Ruhig atmen, okay? Es ist in Ordnung. Ich mache dir keinen Vorwurf.«

Nur langsam gelang es ihm, den Atem wieder unter Kontrolle zu bringen. Allein Selmas letzter Satz verlieh ihm den Mut, die Augen zu öffnen und sie anzusehen. Ihr Lächeln wirkte gequält, doch das war okay. Er wollte wetten, seines sah nicht ehrlicher aus.

»Du hast dich so auf das Wochenende gefreut.«

»Du auch.« Sie ließ die Scharade eines Lächelns fallen. Zum ersten Mal sah er sie traurig. Nicht lange, dann atmete sie tief durch und gab sich einen sichtbaren Ruck. »Aber was nicht geht, geht nicht. Wir holen das einfach wann anders nach.« Ob sie das wenigstens selbst glaubte, war ihm ein Rätsel.

Callum rechnete mit dem Schlimmsten. Er hatte Selma und Mary Puppins vor der Werkstatt abgesetzt, jetzt musste er sich zu jedem Schritt zwingen. Der Abschied war seltsam gewesen. Sie hatten sich zwar geküsst, aber der Anruf seiner Mutter und seine Entscheidung, das Wochenende abzubrechen, hatten eine Distanz zwischen ihnen geschaffen, die sich nicht so leicht wegküssen ließ. Vielleicht bildete er sich das alles aber auch nur ein. Vielleicht waren es seine Unsicherheit und die Wut auf sich selbst, die er sich um die Schultern gelegt hatte wie eine schützende Rüstung. Eine Rüstung konnte er nämlich allemal gebrauchen. Wer wusste schon, was sich die Cailleach Bhéara diesmal ausgedacht hatte. War von seiner Mutter überhaupt noch etwas übrig, wenn er nach Hause kam? Oder hatte sie einmal mehr kapituliert? Beinahe die Hälfte der hundert Tage waren um. Die Hoffnung war zum Greifen nah gewesen. Er hatte die Seeluft schon riechen können. Und jetzt?

Mit zitternden Fingern führte er den Schlüssel ins Schloss. Es gab nach, er schob das Türblatt auf und musste sich zum Atmen zwingen.

Kein Alkoholgeruch. Aus dem Wohnzimmer kam weder Geschrei noch Geschluchze.

»Ma?« Er ließ die Tasche, die er für das Wochenende gepackt hatte, im Flur fallen. »Bist du in Ordnung?«

Vor seinem inneren Augen stiegen Bilder auf. Oder waren es Erinnerungen? Er war dreizehn gewesen, höchstens vierzehn, und früher als erwartet von der Schule gekommen. Im Schulhaus hatte es einen Kabelbrand gegeben, und bis die Feuerwehr das Gebäude gesichert hatte, hatte der Rektor alle Schülerinnen und Schüler nach Hause geschickt. Callum hatte sich gefreut. Es war ein guter Tag gewesen. Bis er Ma bewusstlos auf dem Sofa gefunden hatte. Erbrochenes hatte ihr Mund und Nase verklebt. Selbst als er sie an der Schulter gerüttelt, sie angeschrien und ins Gesicht geschlagen hatte, war sie nicht aufgewacht. Dann hatte er die leeren Pillenblister gesehen, und plötzlich hatte alles einen Sinn ergeben. 112 wählen. Krankenwagen. Klinik. Entzug. Gespräche mit dem Sozialdienst. Eine lächelnde Ma, die versicherte, dass es ihr jetzt besser ging. Dass alles nur ein riesengroßes Missverständnis gewesen war. Und er selbst. Innerlich zitternd, zerrissen von der Angst, nach seinem Da nun auch seine Ma zu verlieren. Er wollte nicht in eine andere Familie. Das hier war sein Zuhause. Das einzige Zuhause, das er kannte. Er durfte es nicht verlieren, und wenn er dafür gegenüber der Sozialarbeiterin, den Lehrern und den Eltern seiner Freunde lügen musste, dann war das eben so.

»Callum? Ich bin hier.«

Mas Stimme riss ihn aus der Erinnerung. Und es war ihre Stimme. Nicht die der Cailleach Bhéara. »Da bist du ja. Komm, ich hab es uns schon gemütlich gemacht.«

Sie saß auf dem Sofa, die Kissen um sich herum aufgeschlagen. Auf dem Couchtisch waren zwei Teller mit Snacks arrangiert. Gefüllte Oliven, ein paar Scheiben Prosciutto, Käsewürfel und Datteln. Zwei Weingläser standen daneben, ihres bis zur Hälfte gefüllt mit einer hellgelben Flüssigkeit.

»Du trinkst Wein?« Das hier war falsch. Absolut falsch! Am Telefon hatte sie geklungen, als wäre sie kurz vor einem Absturz. Das hier sah dagegen aus, als hätte sie ihn zu einer gemütlichen Netflix-Party erwartet. Von all den falschen Dingen war es am einfachsten, sich auf den Wein zu konzentrieren.

Sie lachte seine Frage weg. »Aber nein, du Dummerchen. Das ist Saft. Du glaubst doch nicht, dass ich meine Abstinenz gefährde, nur weil du heute etwas später nach Hause gekommen bist. Warum sollte ich so was Dummes tun?«

Bitterkeit stieg in ihm auf. Verrat. Scham. An den Seiten ballte er die Hände zu Fäusten, seine Unterlippe bebte.

»Dir geht es gut.«

»Natürlich geht es mir gut. Ich freue mich, dass du früher zurückgekommen bist. Deshalb habe ich uns diesen kleinen Imbiss gemacht. Ich war extra noch mal einkaufen.« Sie klopfte auf das Sofakissen neben sich. »Jetzt setz dich doch.« Mit der anderen Hand griff sie nach der Fernbedienung. »Und dann zeigst du mir noch mal, wie das mit diesem Netflix geht, ja? Du suchst aus, was wir schauen. Das wird ein Spaß.«

Er konnte sich nicht rühren. Er fürchtete, er würde etwas tun, das er nie wiedergutmachen könnte, wenn er auch nur einen einzigen Muskel bewegte. Sie erwürgen zum Beispiel. Sie am Kragen ihres verdammten Polyester-Morgenmantels packen und schütteln, bis sie endlich zur Vernunft kam. Bis sie ihn nie wieder manipulieren, betrügen oder enttäuschen konnte.

»Du sagst ja gar nichts.« Sie legte den Kopf schief. Ihr Hals war dünn und faltig. Wenn sie lächelte, sah er die Spitzen ihrer nikotingelben Zähne. Sie widerte ihn an. Er widerte sich an. Sein ganzes Leben war eine einzige widerliche Lüge.

Ohne ein Wort zu sagen, drehte er sich um und stürmte in sein Zimmer. Er musste raus hier! Raus aus der Situation. Ob sie es noch bis zu Molly's Farm schaffen würden, wenn er jetzt sofort zurück zu Selma fahren und sie abholen würde? Ein Blick auf die Uhr machte diese Hoffnung zunichte. Und außerdem:

Wie sollte er Selma gegenüber seinen plötzlichen Sinneswandel begründen? Die Wahrheit kam nicht infrage. Dass er manipuliert und benutzt worden war. Ein Versager ohne eigene Meinung. Er schämte sich so sehr, dass er kaum Luft bekam. Früher war er in solchen Nächten in die Wohnung über der Werkstatt geflohen, doch das ging jetzt auch nicht.

Charlie hatte eine Couch. Sicher würde er ihn für eine Nacht aufnehmen. Morgen würde er dann mit der Schadensbegrenzung beginnen. Er würde Selma um Verzeihung bitten und versuchen, ihr zumindest so viel zu erklären, wie sein Stolz zuließ. Oder sollte er die Nacht doch lieber bei Ma verbringen? Nicht mit ihr im Wohnzimmer. Aber wenigstens in ihrer Nähe. Wenn sie jetzt rückfällig wurde, konnte er seinen Plan, mit Selma auf der *Saorsa* in den Sonnenuntergang zu segeln, an den Nagel hängen. Ma musste nur noch zweiundfünfzig Tage durchhalten, dann wäre er frei. Was zählte da schon eine einzige Nacht? Ob er morgen von Charlie oder von hier aus aufbrach, um seinen Canossagang anzutreten, war doch einerlei. Da konnte er sich auch die Peinlichkeit ersparen, Charlie in die ganze Misere einzuweihen.

Er ließ sich auf sein Bett fallen, legte den Arm über die Augen. Ja. So würde er es machen. Morgen war auch noch ein Tag. Bevor er zu Selma ging, würde er mit Ma sprechen und ihr klarmachen, dass so etwas nicht ging. Sie konnte nicht über seine Zeit verfügen, wie es ihr gefiel.

Froh, einen Entschluss gefasst zu haben, atmete er durch. Besser fühlte er sich dennoch nicht.

Mary Puppins freute sich, wieder zu Hause zu sein. Zielsicher trottete sie durch die Wohnung und ließ sich grunzend auf das Sofa fallen.

Selma folgte ihr mit weit weniger Freude. In ihr rumorte es. Dabei konnte sie nicht einmal genau sagen, was »es« war. Enttäuschung gehörte dazu, Wut, Müdigkeit, Mitgefühl und eine Spur Unverständnis. Aber hatte sie wirklich ein Recht, auch nur eine dieser Emotionen zu empfinden? Sie selbst hatte Callum ermutigt, umzudrehen und zurück nach Rossaveal zu fahren. Warum fühlte sich ihre Rückkehr dann so falsch an?

Den Rucksack mit den Sachen, die sie für das verlängerte Wochenende gepackt hatte, ließ sie neben der Wohnungstür fallen. Noch vom Auto aus hatte sie den Vermietern des Cottages eine Nachricht geschrieben, dass sie ihren Aufenthalt leider kurzfristig stornieren mussten. Vom Tippen war ihr schlecht geworden, aber das war immerhin noch besser, als mit Callum zu sprechen. Bis zu diesem Nachmittag hatte sich Schweigen zwischen ihnen nie drückend angefühlt. Wie es aussah, gab es für alles ein erstes Mal.

Kurz überlegte sie, ob sie sich zu Mary P. aufs Sofa lümmeln oder lieber direkt ins Bett gehen sollte. Option zwei gewann. Mit etwas Glück würde sich die dunkle Gewitterwolke über ihrem Gemüt bis zum nächsten Morgen verziehen.

Doch wie es mit den meisten Problemen war, so löste sich auch dieses nicht einfach über Nacht in Luft auf. Hundegebell, vermischt mit geflüsterten Worten, weckten sie am nächsten Morgen. Oder war es noch Nacht? Mit der Schlafmaske über den Augen ließ sich das schlecht sagen. Ihr Herz hüpfte in die Kehle. Da waren Schritte in ihrer Wohnung. Ein Einbrecher? Besuch würde doch klingeln, und immerhin hatte Mary Puppins angeschlagen. Sie war keine große Kläfferin, sondern bellte nur aus Freude oder Aufregung. Oder wenn sie meinte, Selma sei in Gefahr.

Mit rasendem Puls griff sie nach der Schlafmaske. Bei dem Versuch, sich das Ding vom Kopf zu ziehen, verhedderte sich das Gummiband in den Haaren. Sie zerrte daran, riss sich dabei eine Haarsträhne aus. Schmerz fuhr ihr unter die Kopfhaut. Instinktiv riss sie den Kopf herum und erreichte damit nur, dass sich irgendein Nerv in ihrem Nacken verklemmte und einen weiteren Schmerzimpuls auslöste.

Mary Puppins, die offenbar den Stress ihres Frauchens spürte, kam zur Rettung angeeilt. Sie machte einen Riesensatz auf das Bett. Selmas Gesichtsfeld war eingeschränkt, weil ihr immer noch nicht gelungen war, die blöde Augenbinde abzusetzen. Die beiden Pfoten auf ihren Schultern trafen sie unvorbereitet, die fünfundzwanzig Kilo ihrer Hündin brachten sie vollkommen aus dem Gleichgewicht. Sie kippte hintüber und stieß mit dem Hinterkopf gegen die Bettkante. Im Schwarz vor ihren Augen rotierten leuchtende Sterne.

»Himmel Herrgott, warum bringst du mich nicht gleich um?« Sie ließ offen, ob sie damit den mutmaßlichen Einbrecher meinte oder ihre Katastrophenhündin.

»Das hatte ich nicht vor.« Jetzt nahm sie auch das Aroma frisch gebrühten Kaffees wahr. Und sie erkannte die Stimme des Einbrechers.

»Du?« Sie schob die Schlafmaske auf die Stirn. Noch mehr Haare wollte sie sich nicht ausreißen. »Ich dachte, du musst deine Ma babysitten.« Mit der linken Hand massierte sie sich den schmerzenden Nacken. Das Pochen an der Stelle, wo sie mit dem Hinterkopf gegen das Bettgestell geprallt war, deutete auf eine schöne Beule hin. Großartig. Und da war sie und hatte geglaubt, schlimmer als der gestrige Abend könnte der heutige Morgen nicht werden.

»Ma geht es gut. Das schlimmste Stimmungstief hatte sie schon gestern Abend überwunden.« Was man von Selma nicht behaupten konnte.

»War ja klar«, murrte sie.

»Was soll das heißen?«

Er stellte die beiden To-go-Becher mit dem Logo von Tadghs Imbiss neben Selma auf den Nachttisch. Ihr Kopf schmerzte so sehr, dass sie nicht einmal Lust auf Koffein hatte.

Mit den Fingerspitzen drückte sie in die Kuhle zwischen Schädelknochen und Wirbelsäule. Damit erreichte sie nur, dass sich der Schmerz bündelte, weniger wurde er nicht.

»Was glaubst du? Deine Mutter manipuliert dich. Erzähl mir nicht, dass du das nicht weißt. Es war doch von Anfang an klar, dass gestern Abend nichts mit ihr passiert ist. Sie hat nur geschaut, wie weit sie gehen kann.«

»Jetzt mach mal halblang. Du warst es doch, die vorgeschlagen hat, wir sollen umkehren, damit ich zu Hause nach dem Rechten sehen kann.«

»Aber nur, weil ich wusste, dass du sowieso nicht bei der Sache gewesen wärst, wenn ich auf der Reise bestanden hätte.«

»Und seit wann bist du Gedankenleserin?«

»Ich bin keine Gedankenleserin. Ich spreche nur aus, was offensichtlich ist.« Sie schloss die Augen. Eigentlich hatte sie keine Lust zu streiten. Sie wollte einfach nur ihre Ruhe. Und eine Kopfschmerztablette.

Er öffnete den Mund, wie um zu protestieren, schloss ihn dann aber wieder. Er verteidigte sich nicht einmal. Falls sie einen Beweis gebraucht hatte, dass sie mit ihrer Anklage goldrichtig lag, war er hiermit erbracht. Erst sein Schweigen machte ihr klar, wie sehr sie sich seinen Protest gewünscht hatte. Hätte er eindeutig für sie und gegen seine Mutter Position bezogen, hätten sie gemeinsam über das Ganze lachen und einander versprechen können, dass es beim nächsten Mal anders laufen würde. Aber sein Schweigen fühlte sich an, als würde er sich damit gegen sie und für seine Mutter positionieren, und das, gemeinsam mit dem pochenden Kopfschmerz und der nagenden Müdigkeit in ihren Gliedern, machte sie zornig.

»Wie soll das eigentlich gehen, wenn die hundert Tage um sind, Callum? Glaubst du, deine Mutter wird dann handzahm und hört mit ihren Intrigen gegen deine Abnabelung auf?«

»Du tust so, als würde sie vollkommen bewusst handeln. Dabei ist sie krank, Selma. Alkoholismus ist eine Krankheit!«

Zum ersten Mal, seit sie ihn kannte, wurde er laut. Noch ein Punkt auf der Liste mit Argumenten, die ihr Recht gaben. Nur wer sich in die Ecke gedrängt fühlte, verspürte den Drang, verbal um sich zu schlagen. Die Sache war nur die: Ein schwaches Argument blieb ein schwaches Argument, egal in welcher Lautstärke man es vorbrachte.

»Nicht nur sie, Callum. Du auch! Schlag im Lexikon das Wort Co-Abhängigkeit nach. Würde mich nicht wundern, wenn du dort ein Foto von dir findest.« Noch während sie sprach, wollte sie ihre Worte zurücknehmen, doch da war es schon zu spät.

Seine Augen weiteten sich, er taumelte einen Schritt zurück. Dieser große, starke Mann mit den vielen Tattoos, dem Bart und den Muskeln taumelte unter ihrer Anklage wie unter einem Hieb. Er ballte die Hände zu Fäusten. Die Muskeln in seinen Oberarmen zuckten. Sie sah den Kampf in ihm, den aufsteigenden Zorn, aber auch die eiserne Kontrolle, die er über sich hatte.

»Ich gehe«, sagte er, schloss kurz die Augen und kniff sich mit Daumen und Mittelfinger in die Nasenwurzel. »So ergibt das keinen Sinn.«

Ohne abzuwarten, was sie von seinem Plan hielt, drehte er sich um und verließ die Wohnung.

Und hier saß sie und hatte sich bis gerade eben noch so überlegen gefühlt. Weil sie frei war und ungebunden und stets ihren Prinzipien treu blieb. Sie lebte für sich und ihre Träume und hatte es nicht nötig, Kompromisse zu schließen. Doch während sie so dasaß, in dem Bett, das Callum gehörte, in der Wohnung, die Callum ihr zur Verfügung stellte, weil er eben nicht nur für sich lebte, sondern weil ihm das Schicksal anderer naheging, und auf den Punkt starrte, wo er eben noch gestanden hatte, um ihr einen versöhnlichen Morgenkaffee zu bringen, da fragte sie sich, ob ihre Impulsivität nicht genauso ein Schutzmechanismus war wie Callums Helferkomplex. Er erstickte Konflikte, indem er alles tat, um sie zu vergraben, sie ging ihnen aus dem Weg, indem sie sich abgrenzte und vor ihnen floh. Doch am Ende des Tages wollten sie beide nichts anderes als geliebt werden.

Kapitel 12

@marypuppins_superdog Liebe Feuchtnasen-Freundinnen, -Freunde und alles dazwischen. Nach jedem Regen kommt wieder Sonnenschein. Meine Dosenöffnerin rüstet sich an regnerischen Tagen mit Gummistiefeln, wasserfester Kleidung und einem sonnigen Gemüt gegen das Wetter. Doch sosehr ich Wasser mag, noch mehr liebe ich es, wenn sich nach vielen grauen Tagen die Sonne wieder zeigt. #marypuppins #superdog #dogsofinstagram #regenwetter #sonnenschein

Nach dem Streit mit Callum schlief Selma noch einmal ein. Es war ein unruhiger Schlaf mit wirren Träumen, aus dem sie schweißverklebt und groggy erwachte. Bilder aus ihren Träumen hingen ihr nach, ohne dass sie sich bewusst an sie erinnern konnte, und über allem hing eine Frage, die sie weder im Schlaf noch im Wachzustand losließ: War sie ein schlechter Mensch?

Am Morgen hatte sie Callum absichtlich verletzt. Sie hatte sich elendig gefühlt und es nicht ausgehalten, mit ihrer schlechten Laune allein zu sein. Und statt sich ihm anzuvertrauen und sich von ihm stützen zu lassen, hatte sie um sich gebissen und ihn vertrieben. Geschah ihr recht, dass er sich nicht mehr gemeldet hatte. Geschah ihr recht, dass sie sich jetzt noch mieser fühlte als am Morgen. Was zählte das blöde Wochenende schon? Sie glaubte zwar immer noch, dass Callums Mutter ihn manipuliert hatte, aber es stand ihr nicht zu, darüber zu urteilen. Nur Callum selbst konnte die Grenzen ziehen, die er brauchte, um sich zu schützen.

Auch im Lauf des Tages verbesserte sich ihre Laune nicht. Zweimal drehte sie mit Mary Puppins eine kurze Pinkelrunde, doch nicht einmal ihre Hündin schien wirklich in der Laune für Abenteuer zu sein. Es regnete, der Himmel hing voller Wolkenschleier, die ganze Welt versank in trostlosem Grau. Mittags aß sie eine Schale Porridge und trank so viel Wasser, wie ihre Blase vertrug. Angeblich half das gegen Kopfschmerzen.

Ob es das Wasser oder die Yoga-Einheit war, die den Durchbruch brachte, konnte sie nicht sagen. Irgendwann am frühen Nachmittag war der Schmerz jedenfalls nur noch ein dumpfes Ziehen an ihrem Hinterkopf. Seit sie am Abend zuvor ins Bett gegangen war, hatte sie kein einziges Mal auf ihr Handy geschaut. Eigentlich hatte sie geplant, auf ihrem Blog eine Reportage über das Wochenende auf Molly's Farm zu posten, auf die sie mit jeder Menge Fotos auf Mary Puppins' Instagramprofil neugierig machen wollte. Jetzt würde es keine Fotos und auch keine Reportage geben, und sie musste sich etwas Neues einfallen lassen.

Ihr Hirn war leer, also checkte sie zuerst ihre Nachrichten. Mit ihrer wachsenden Popularität in den sozialen Medien wuchsen auch die Aufgaben, die sie erledigen musste, um auf dem Laufenden zu bleiben. Sie bemühte sich, auf so viele Kommentare wie möglich persönlich zu antworten, prüfte Kooperationsanfragen und löschte jede Menge dubioser Benachrichtigungen irgendwelcher Fitnessgurus oder selbst ernannter Flirtcoaches. Wie um alles in der Welt kamen die überhaupt auf ihre Seite? Zum Schluss rief sie ihren Mailaccount auf. Auch dort waren im Laufe des Tages einige Nachrichten eingegangen. Werbung vor allem. Ein Name fiel ihr direkt ins Auge:

Von: Melina Kodić
An: Selma Lambrecht
Betreff: Wie geht's?

Selma blinzelte, doch die Buchstaben auf dem Bildschirm blieben. Melina hatte ihr geschrieben. Wollte sie lesen, was ihre ehemals beste Freundin zu sagen hatte? Der brennende Stich, der ihr beim Anblick von Melinas Namen direkt ins Herz gefahren war, sprach dagegen. Wenn es schon so wehtat, ihren Namen zu lesen, wie weh würde es dann tun, mit inhaltslosen Floskeln und falscher Freundlichkeit abgespeist zu werden? Seit ihrer Ankunft in Irland hatte es nicht einen einzigen Tag gegeben, an dem sie nicht an Melina gedacht hatte. Manchmal mit Wut im Bauch, manchmal voller Sehnsucht und Traurigkeit und manchmal auch nur mit einem flüchtigen Gedanken wie »Oh, die Blumen sind aber schön, die muss ich unbedingt fotografieren und Melina zeigen«. Diese letzten Gedanken schmerzten am meisten. Weil sie ihr vor Augen führten, wie eng ihre Leben miteinander verknüpft waren. Melina musste nicht in ihrer Nähe sein, und doch war sie immer präsent.

Der Cursor schwebte über dem Icon mit dem kleinen Papierkorb. Selma musste nur die linke Maustaste betätigen, und das, was in der Mail stand, konnte sie nicht verletzen. Sie könnte die

Augen schließen und so tun, als hätte es die Mail nie gegeben. Aufstehen, Krönchen richten, weitermachen. Nur nicht stehen bleiben. Nur nicht zurückschauen. Dann konnte der Schmerz ihr nichts antun, dann würde er sie nicht finden.

Sie nahm die Hand von der Maus, übte mit den Handballen Druck auf ihre Augenhöhlen aus. Wann hatte sie gelernt, immer dann wegzulaufen, wenn es schwierig wurde? Callum hatte sie vorgeworfen, sich von seiner Mutter in ein Leben manipulieren zu lassen, das er nicht wollte. Sie hatte kein suchtkrankes Elternteil, auf das sie alles schieben konnte. Ihre Eltern hatten es immer gut mit ihr gemeint und ihr jeden Wunsch von den Augen abgelesen. Sie hatten Selma beigebracht, was es hieß, eine eigenständige, selbstbewusste Weltbürgerin zu sein. Finanzielle Sorgen hatte sie nie in ihrem Leben gekannt. Aber hatten ihre Eltern ihr auch beigebracht, dass es Dinge gab, für die es sich zu bleiben lohnte? Dass man manchmal innehalten und den Schmerz fühlen musste, damit man ihn verarbeiten konnte?

Ihre Augen brannten, sie hatte zu lange nicht mehr geblinzelt. Blind tippte sie auf die Return-Taste auf dem Rechner. Melinas Mail öffnete sich, Tränen sammelten sich hinter Selmas Lidern. Lass es zu, sagte sie sich. Fühl die Trauer. Fühl den Schmerz. Fühl, was du verloren hast. Es ist okay, auch wenn es wehtut. Es dauerte, bis ihr Blick sich klärte und das Brennen in ihrer Brust nachließ.

Sie begann zu lesen.

Liebe Selma,
ich hoffe, dir geht es gut. Wenn du das hier liest, fällt mir schon mal ein Stein vom Herzen, denn das bedeutet, dass du meine Nachricht nicht direkt gelöscht hast. Es tut

mir sehr leid, wie unsere Freundschaft zu Ende gegangen ist. Ich vermisse dich sehr und wünsche mir, dass du mir irgendwann die Gelegenheit geben wirst, mich zu erklären. Dass du dafür in München noch nicht bereit warst, verstehe ich. Du hast Abstand gebraucht und Zeit, um deine Gedanken zu sortieren. Aber jetzt habe ich Angst, dass du nicht mehr zurückschauen wirst und wir uns nie aussprechen können. Natürlich habe ich deine bisherige Reise auf dem Blog verfolgt, und ich kann gar nicht sagen, wie sehr ich mich für dich über deinen Erfolg freue.
In der Agentur geht alles seinen gewohnten Gang – aber ich schätze, davon willst du nichts wissen. Zurückzuschauen ist nicht dein Ding.
Bitte melde dich, ja? Du gehörst zu den wichtigsten Menschen in meinem Leben, und ich weiß, dass ich viele Fehler gemacht habe. Aber manchmal ist es echt schwer, das Richtige zu tun, vor allem, wenn man das Gefühl hat, keine andere Möglichkeit zu haben. Bitte verurteile mich nicht dafür, und wenn du mir nicht verzeihen kannst, dann hör mich wenigstens an.

Liebe Grüße und bis hoffentlich bald,
deine Freundin für immer

Melina

Freundin für immer? Selma schnaubte und schloss die Mail. Sie wollte Melinas Zeilen nicht mehr vor sich haben. Jedes einzelne Wort fühlte sich an wie ein Messerstich ins Herz. Doch das

Schlimmste war: Das Messer traf ins Leere, denn dort, wo ihr Herz hätte sein sollen, befand sich nur ein melinaförmiges Loch. Hatte Selma wirklich geglaubt, über den Verrat ihrer Freundin hinweg zu sein? Wie lächerlich. Auch Monate später verstand sie nicht, wie Melina sie so hatte hintergehen können. Warum hatte sie Selma nichts gesagt? Wenn es irgendwelche ominösen Gründe für ihren Verrat gab, warum wusste Selma dann nichts von denen? Waren sie nicht angeblich beste Freundinnen? Hatten sie nicht geschworen, immer alles miteinander zu teilen? Das war das Credo ihrer Freundschaft gewesen, das Fundament, auf das sie all die gemeinsamen Jahre aufgebaut hatten. Doch offensichtlich war auch das nur eine Illusion gewesen. Etwas, woran Selma geglaubt hatte, Melina aber nicht. Und ausgerechnet jetzt, wo es ihr langsam besser ging und die Trauer um die verlorene Freundschaft nicht mehr jeden Tag füllte, weil es neue Menschen in Selmas Leben gab, die sie liebte und denen sie vertrauen konnte, meldete sich Melina wieder? Wahrscheinlich hatte Lukas Hirsch sich irgendeinen Klops geleistet, und deshalb erinnerte sich Melina jetzt an sie. Genau so musste es sein! Warum kam ihr der Gedanke erst jetzt?

Von innerer Unruhe getrieben, öffnete sie Google. Sicher fand sie irgendwas zu Lukas Hirsch. Wahrscheinlich hatte er einen seiner schwulenfeindlichen Sprüche losgelassen oder einen fiesen Kommentar zu mehrgewichtigen Frauen gemacht. Jetzt hatten Melina und Brauchtraum den Salat und kamen voller Reue zu Selma zurück. Doch egal, wie tief sie in die Weiten des Internets abtauchte, sie fand nichts zu einem neuen Skandal um Lukas Hirsch. Im Gegenteil. Seit seiner Zusammenarbeit mit Brauchtraum wirkten seine öffentlichen Kommentare geradezu zahm, ohne dabei den für den Sänger typischen spitzbübischen Charme zu verlieren. Melina leistete offenbar hervorragende Arbeit. Sie hatte recht gehabt, nicht Selma, die sich damals von ihrer eigenen Abneigung gegen den Sänger hatte leiten lassen. Und trotzdem bat Melina um eine Aussprache?

Weil sie dich kennt, meldete sich Selmas schlechtes Gewissen zu Wort. Weil sie weiß, wie schwer es dir fällt, Fehler zuzugeben. Bevor du einen Fehler zugibst, läufst du weg oder beißt so lange um dich, bis der andere geht. Hatte sie nicht genau das mit Callum gemacht?

Arrgh, in ihrem Kopf herrschte das reinste Chaos! Sie konnte Melina nicht zurückschreiben. Noch nicht. Aber sie konnte Callum suchen und sich entschuldigen. Wie das ging, hatte Melina ihr vorgemacht, und was die konnte, konnte Selma schon lange.

Mit einem lauten Klack krachte der weiße Billardball in das aufgestellte Dreieck. Die Kugeln stoben auseinander. Einige trafen die Bande, die feste orangefarbene Fünf landete in der oberen linken Tasche. Doch weil Callum zu viel Wumms in den Stoß gelegt hatte, sprang der Spielball über den Tisch und blieb in einer ungünstigen Position liegen.

»Fuck.« Er fluchte selten, aber wenn er es tat, legte er seine ganze Seele hinein.

»Ist da womöglich jemand etwas aufgebracht?«

Halbherzig probierte sich Callum als Nächstes an einer Bandenkombination, um die feste Zwei in der mittleren Tasche zu versenken. Der Versuch misslang. Charlie war am Zug.

»Wenn du diesen Tonfall aufsetzt, klingst du wie der Chefarzt aus einer Achtzigerjahre-Krankenhausserie.«

Ohne sich von seinem Gebrumme irritieren zu lassen, nahm Charlie die weiße Kugel und platzierte sie in der Mitte des Tisches. Ein gezielter Stoß, und die Neun landete in der rechten oberen Ecktasche. Sein nächster Zug endete zwar nicht mit einer weiteren versenkten Kugel, dafür lag jetzt die Vierzehn in einer perfekten Position direkt vor dem Loch.

Wortlos nahm Callum den Queue entgegen. In seinem Bauch hatte sich ein Geschwür aus Frust, Wut und Enttäuschung eingenistet. Er musste es loswerden, ehe es aufbrach und ihn von innen heraus vergiftete. Deshalb hatte er Charlie angerufen und nach einem Feierabenddrink im *Compass & Rose* gefragt. Fühlte sich so Liebe an? So roh und bitter und ungewiss? Wenn ja, dann war es klug gewesen, der Liebe bisher aus dem Weg zu gehen. Trotzdem musste er die ganze Zeit an sie denken. An Selma, nicht an die Liebe. Oder war das in Wahrheit dasselbe?

Wenn er den nächsten Zug nicht völlig vermasseln wollte, musste er sich konzentrieren. Er kniff die Augen zusammen, begutachtete die Situation auf dem Tisch. Sah nicht gut für ihn aus. Dennoch bemühte er sich. Bei seinen letzten Versuchen hatte er zu fest gestoßen, er hatte zu sehr gedrängt. Also ging er es diesmal sachter an. Viel mehr als ein Stupsen gegen den Spielball kam bei seinem Stoß nicht heraus. Müde rollte die Kugel über den Samt, streifte die Drei nur leicht. Sie blieb in der Nähe der Bande liegen.

»Hast du dich mit Selma gestritten?«

Klack, klack, klack. Eine gestreifte Kugel nach der anderen versenkte Charlie. Er hatte einen Lauf.

»Wie kommst du darauf?« Schon wieder landete eine Kugel in der von Charlie auserkorenen Tasche.

»Wolltet ihr nicht das Wochenende auf dieser Museumsfarm verbringen?«

Callum gab ein unbestimmtes Geräusch von sich.

»Ich bin zwar kein Mathegenie, aber eins und eins kann ich zusammenrechnen.« Siegessicher richtete Charlie sich auf. Das Licht der Deckenlampe fiel auf sein Gesicht. Selbst so ausgeleuchtet konnte Callum keine Schadenfreude in der Miene seines Freundes erkennen. Hätte er Charlies Gesichtsausdruck beschreiben müssen, hätte er das Wort neutral verwendet. Wäre es anders gewesen, hätte Callum sicher nicht weiter gesprochen. So aber nahm er den Queue von Charlie entgegen und setzte zu seinem nächsten erfolglosen Stoß an. Im Grunde hatte er schon kapituliert. »Selma hält mich für co-abhängig.«

»Krasse Worte.«

»Sie war wütend, und ich bin einfach gegangen.«

Charlie schien immer noch komplett auf das Billardspiel konzentriert. Die letzte volle Kugel fiel in die Tasche. Jetzt fehlte nur noch die schwarze, und auch die fand nach einem kurzen Antippen von Charlies Queue das ihr zugedachte Ziel.

»Herzlichen Glückwunsch.«

»Sollte ich das nicht eher zu dir sagen?« Callum streckte die Hand aus, um Charlie zu gratulieren.

»Nein, nein, das war schon richtig so. Ich meinte nämlich dich.« Statt endlich den Handschlag zu erwidern, zog Charlie Callum in eine Umarmung. Keine dieser komplizierten Schulterklopfer-Routinen, die so oft das Nonplusultra männlicher Gefühlsbekundungen darstellten, sondern eine echte Umarmung.

Eine, in der man versinken und für ein paar Augenblicke lang vergessen konnte, wie oft man sich mutterseelenallein auf der Welt fühlte. »Wette, das war nicht einfach. Eine Grenze gegenüber einer Frau zu ziehen, die du liebst.«

Zwei Atemzüge lang genoss Callum die Umarmung, dann machte er sich frei. »Ich liebe sie wirklich.«

»Ich weiß.« Charlie machte sich daran, die Kugeln aus den Taschen zu holen und ein neues Spiel aufzubauen. Aus dem Hauptraum des Pubs drang das stete Gemurmel von Gesprächen. Eine Frauenstimme lachte, Gläser klirrten. »Und du kannst sie ja weiterlieben. Aisling und mir nimmst du es ja auch nicht übel, wenn wir die Dinge beim Namen nennen.«

»Wer sagt, dass ich es euch nicht auch übelnehme?«

»Die Erfahrung. Manchmal kommt es aber ja auch einfach mehr auf das Wann und Wie an als auf das Was. Nicht alles, was wahr ist, muss auch ganz ohne Filter ausgesprochen werden. Und vor allem nicht immer.«

»Seit wann bist du der Meinung, es sei das Beste, gewisse Dinge unter den Tisch zu kehren?« Callum rieb sich über den Bart. Er hatte keine Ahnung, ob er Lust auf eine weitere Runde Billard hatte. Er hatte keine Ahnung, ob der Streit mit Selma etwas für immer zerbrochen hatte, und er hatte keine Ahnung, ob seine Ma jemals wirklich gesund sein würde. Er war es so leid, keine Ahnung zu haben.

»Du weißt, dass ich das nicht meine. Aber es ist auch nicht fair, Worte als Waffe zu benutzen, weil es leichter ist, Dinge zu beenden, statt sie auszuhalten. Schon mal überlegt, dass die ganze Sache mit deiner Ma und wie du darauf reagiert hast auch Selma einen Spiegel vorgehalten haben könnte? Mag ja sein, dass sie gut im Grenzensetzen ist, aber darin, für jemanden da zu sein, kann dir niemand etwas vormachen.« In Charlies Stimme schwangen Stolz und Respekt mit. »Was das angeht, warst du schon immer mein absolutes Vorbild. So offen zu seiner Liebe zu stehen, wie du es tust, wenn du jemanden in dein Herz geschlossen hast, dazu muss man schon Eier in der Hose haben. Und das, obwohl es dir die Krankheit deiner Ma oft nicht leicht macht.«

Callums Kehle wurde eng. Er schluckte dagegen an, aber der Knoten blieb.

»Stell die verdammten Kugeln noch mal auf«, sagte er schließlich. Sollte Charlie ihn doch beim Billard abzocken. Sein Kumpel hatte ihm in der letzten halben Stunde einen viel größeren Freundschaftsdienst erwiesen als einen leichten Sieg.

»Hey, was für eine Überraschung.«

Bei Aislings Anblick fiel Selma ein Stein vom Herzen. Als sie sich entschlossen hatte, Callum zu suchen, hatte sie nicht damit gerechnet, wie schwierig die Suche werden würde. Zuerst war sie zu dem Haus gegangen, in dem Callum mit seiner Mutter wohnte. Ein beleuchtetes Wohnzimmerfenster hatte sie hoffen lassen, doch trotz der Schemen hinter dem Vorhang und dem Flackern des Fernsehbildschirms hatte niemand auf ihr Klopfen hin geöffnet. Einbruch kam nicht infrage, schließlich war Selma hier, um sich zu entschuldigen. Außerdem glaubte sie nicht, dass Callum der Typ Mann war, der sich vor Auseinandersetzungen versteckte und seine Anwesenheit zu Hause verleugnen würde. Bei aller Ruhe, die er ausstrahlte, hatte sie ihn niemals als feige erlebt.

Ihr nächster Weg führte zu Charlie. Dort verrieten bereits die dunklen Fenster, dass niemand zu Hause war. Aisling war ihr letzter Versuch. Die wohnte am anderen Ende von Meadowvale. Die Township hatte zwar nur ein paar Handvoll Einwohner, deren Häuser erstreckten sich jedoch über das gesamte Tal. Bis sie bei Aisling ankam, stand ihr der Schweiß im Nacken, klebte unter ihren Brüsten und in den Achseln.

Mit ein wenig Verspätung fiel nun auch Aisling Selmas desolater Zustand auf. Sie runzelte die Stirn. »Ist alles okay bei dir? Du siehst ziemlich abgehetzt aus.«

»Hab einen seltsamen Tag.«

»Okay.« Das O zog Aisling in die Länge, sodass aus dem Wort eine Frage wurde. »Und was bringt dich an meine Türschwelle?«

»Ich suche Callum.« Das hier war ihre letzte Anlaufstelle. Wenn er nicht bei Aisling war, würde sie ihn heute nicht mehr finden und mit dem schlechten Gewissen im Bauch schlafen gehen müssen.

»Der ist nicht hier.«

»Oh.« Sie schluckte. »Ich war schon bei ihm zu Hause und bei Charlie. Hast du eine Ahnung, wo ich ihn sonst noch finden kann?«

»Hast du's schon im *Compass & Rose* probiert? Da gehen die Jungs öfter mal hin, um ein paar Kugeln Pool zu stoßen.«

»Nein.« Sie kannte Callum also nicht einmal gut genug, um zu wissen, welches sein Stammlokal war. Und sie hatte sich erlaubt, über ihn zu urteilen? Was waren schon ein paar Wochen. Ihr Herz wollte schreien: »Alles!« Es hatte nur ein paar Stunden gebraucht und entschieden, dass Callum zu den Guten gehörte und er ein Mensch war, bei dem es sich sicher und aufgehoben fühlen konnte. Ihre Libido war noch schneller gewesen. Ein Blick auf Callums Tattoos, seine breiten Schultern und den verwegenen schwarzen Bart hatte genügt. Das Problem war Selmas Verstand. Den hatte Melinas Mail nämlich nicht nur daran erinnert, dass zu charakterlicher Größe auch gehörte, sich für Fehler zu entschuldigen, sondern auch, wie sehr man sich in Menschen irren konnte. Selbst in den Menschen, die man am besten zu kennen glaubte.

Sie schob all die verwirrenden Gedanken beiseite und konzentrierte sich auf das Gespräch mit Aisling. »Ist es weit bis zu dem Pub?«

»Gar nicht. Zu Fuß vielleicht eine Viertelstunde.« In knappen Worten beschrieb Aisling ihr den Weg. Im Grunde ging es immer nur geradeaus und dann zwei Mal nach links. Selma bedankte sich für Aislings Hilfe und wollte sich gerade verabschieden, als Aisling sie zurückhielt.

»Selma?«

Sie drehte sich um.

»Ich werde das nicht bereuen, oder?«

»Was meinst du?«

»Dass ich dir gesagt habe, wo du ihn findest. Du läufst ihm nicht nach, um ihm weiter wehzutun.«

»Warum gehst du davon aus, dass ich ihn suche, weil ich ihm wehgetan habe?«

Statt zu antworten, hob Aisling nur eine Augenbraue.

Selma seufzte. »Ist das jetzt der Moment, in dem du mir sehr plakativ ausmalst, was du mit mir machen wirst, wenn ich deinem Kindheitsfreund das Herz breche?«

Aisling schüttelte den Kopf. »Gebrochene Herzen sind Rudeltiere. Meiner Erfahrung nach kommen die meist immer mindesten im Zweierpack, und du, meine Liebe, siehst auch nicht gerade aus, als wäre dein Herz unversehrt davongekommen.«

Nun, Aisling war eine kluge, feinfühlige Frau, natürlich durchschaute sie Selma.

»Es geht mehr um mich. Ich mag dich, Selma. Und ich mag, wie sich Callum verändert hat, seit du hier aufgeschlagen bist. Ihr ergänzt euch gut. Aber ich weiß auch, dass die Menschen, die sich am meisten lieben, auch die größte Macht haben, einander zu verletzen. Dank seiner Ma kann Callum dir ein Lied davon singen. Seid vorsichtig miteinander, das ist alles, was ich sagen wollte. Behandelt eure Beziehung mit Samthandschuhen, denn sie ist noch jung und zerbrechlich, und ihre Gegner sind Dämonen aus einem ganzen Leben. Ich glaube, ihr seid beide geübte Verlierer. Es wäre schade, wenn ihr auch einander verliert, weil ihr zu streng mit dem Glück seid.«

Sie mochte das Bild, das Aisling zeichnete. Selmas und Callums Liebe als verletzlicher Underdog in einem Kampf von David gegen Goliath.

Im Haus fiel irgendwo etwas zu Boden, das Krachen und vieltönige Klirren von zahlreichen Teilen drang bis vor die Haustür. Aisling schnitt eine Grimasse.

»Ich muss dann mal.« Sie schnaubte. »Ich schwöre dir, ich möchte einfach mal einen friedlichen Abend haben. Einen Abend, an dem dieses Kind ruhig und brav ins Bett geht, ohne Verhandlungen, ohne Katastrophen zwischendrin, und an dem ich ab acht Uhr auf dem Sofa liegen und nur Zeit für mich haben kann.«

Selma fühlte jedes Wort. Aisling hatte nicht mit Besuch gerechnet, und das sah man ihr an. Selma war nicht die Einzige mit Ringen unter den Augen, strähnig verschwitzten Haaren und einem zusammengewürfelten Outfit. Und plötzlich wurde ihr etwas klar. Nicht nur Callum und sie steckten in diesem Kampf fest, in dem täglichen Ringen um Glück und Anerkennung und Liebe, das sich Leben nannte. Sie alle waren Menschen mit Geschichten und Wünschen und Ängsten, und sie machten Fehler. Manchmal waren es große Fehler und manchmal kleine, aber was geschehen war, war geschehen. War es nicht trotzdem in Ordnung, sich nach Liebe zu sehnen? Musste sie erst die beste Version ihrer selbst werden, um andere lieben zu dürfen? Wenn Selbstliebe und Mit-sich-im-Reinen-Sein wirklich eine Voraussetzung dafür wären, Beziehungen zu anderen zu knüpfen, wäre dann das Leben nicht schrecklich einsam? Hatte nicht jeder diese Zeiten, in denen es einem nicht gutging, in denen man mehr Fragen als Antworten fand und in denen man selbst die Person war, die man am wenigsten von allen mochte? Doch gerade in diesen Zeiten war es wichtig, andere zu haben. Menschen, die einem verziehen, auch wenn man selbst zu streng mit sich war. Seid vorsichtig miteinander, hatte Aisling ihr gesagt, doch Selma glaubte, was sie eigentlich meinte, war: Seid wohlwollend miteinander, seid nicht zu streng, denn die schlimmsten Kritiker sitzen immer in unseren eigenen Köpfen.

»Ma!« Cailans Stimme drang in Selmas Gedanken. »Ma, mir ist ein Glas runtergefallen!«

»Ich schätze, du musst jetzt wirklich.« Sie hob die Hand zum Abschied. »Danke, Aisling. Danke für alles.« Und dann, statt sich umzudrehen und Aisling ihren eigenen Problemen zu überlassen, zog sie die Freundin in den Arm. »Halt die Ohren steif«, flüsterte sie Aisling ins Ohr. »Irgendwann ist auch dieser Tag zu Ende, und gleich morgen machen wir einen Termin aus, an dem ich Cailan für eine Pyjama-Party mit Mary Puppins mal zu mir hole.«

Ein dumpfes *Plopp,* und auch diese schwarze Kugel landete in der richtigen Tasche. Callum biss die Zähne zusammen. Ja, er hatte sich vorgenommen, Charlie zuliebe ein guter Verlierer zu sein, aber drei Niederlagen hintereinander waren genug. Normalerweise war ihr Spiel ausgeglichen, doch heute war nicht sein Tag.

»Yes!« In siegreicher Pose riss Charlie die Arme in die Höhe.

»Gratuliere«, sagte Callum. Er machte sich daran, die versenkten Kugeln wieder aus ihren Taschen zu holen und in den dafür vorgesehenen Koffer zu sortieren. »Sei mir nicht böse, aber mir reicht's wirklich. Willst du noch ein Bier?«

Charlie begutachtete die blassgelbe Pfütze, die sich in seinem Pintglas befand, und schüttelte den Kopf. »Wenn ich morgen einen Brummschädel habe, meckert mein Boss.«

»Du hast keinen Boss. Nur einen Kompagnon, dessen Werkstatt du für deine Aufträge nutzen darfst.«

»Aw, du sagst die allersüßesten Dinge.« Er warf Callum einen Arm um die Schulter, zog eine Grimasse und leerte den Rest seines Ales in einem Zug. Seinem Gesicht nach zu schließen, schmeckte das Bier mittlerweile genauso schal, wie es ausgesehen hatte. Er stellte das Glas beiseite, versteckte, ohne Callum loszulassen, einen kleinen Rülpser hinter der Faust und versteifte sich. Sein Blick heftete sich auf den Durchgang zwischen dem Hauptraum des Pubs und dem Nebenzimmer mit den Billardtischen.

Sehr langsam ließ er den Arm von Callums Schulter fallen. »Ich glaube, da ist jemand für dich.«

Ehe Callum etwas erwidern konnte, verschmolz Charlie mit den Schatten hinter dem Billardtisch.

Callum schluckte. Er wusste, wen er sehen würde, wenn er sich jetzt umdrehte. War er bereit? Sie hatte ihn verletzt. Sie hatte ausgeholt und ausgerechnet auf die wundeste Stelle seiner Seele gezielt, und obwohl er die Enttäuschung verstand, die sie dazu getrieben hatte, fühlte er sich immer noch verletzt von dem Hieb. Wenn sie nur gekommen war, um sich zu rechtfertigen und ihm zu erklären, wie recht sie mit ihren Vorwürfen hatte, könnte er ihr das womöglich nicht verzeihen.

Sie musste die Vorsicht in seiner Miene erkennen, denn ein paar Schritte von ihm entfernt blieb sie stehen. Ihre Finger verknoteten sich ineinander. Selten hatte er sie so unsicher erlebt.

»Können wir reden?« Über den Hintergrundgeräuschen des Pubs hörte er sie kaum. »Draußen vielleicht? Wo es ein bisschen ruhiger ist?«

Sie macht Schluss, schoss es ihm durch den Kopf. Sie ist nicht gekommen, um eine missglückte Diskussion weiterzuführen, sie ist hier, weil sie die Nase voll von mir hat.

»Natürlich.« Er nickte, auch, um sich selbst Mut zuzusprechen. Vielleicht hätte er mehr sagen sollen, aber zum Sprechen fehlte ihm der Atem. Er hatte bezweifelt, bereit für eine Aussprache mit ihr zu sein. Der Witz ging auf seine Kosten, denn offensichtlich war er noch viel weniger dazu bereit, aus ihrem Leben zu verschwinden.

Vor der Pubtür unterhielten sich ein paar Raucher. Callum navigierte Selma an ihnen vorbei. Eine Hand legte er ihr auf den unteren Rücken. Wenn dies die letzten Minuten waren, in denen er sie berühren, in denen er ihr nahe sein durfte, dann wollte er sie auskosten.

Kaum hatten sie das Pub hinter sich gelassen, legte sich die Nacht um sie. Unweit der Straße sprang ein Bächlein zwischen großen und kleinen Steinen in Richtung Meer. Callum aktivierte die Lampenfunktion seines Handys. Im künstlichen Licht wirkte das Wasser des Bachs schwarz. Sie gingen nicht weit. Gerade weit genug, um das Gefühl zu haben, ganz allein auf der Welt zu sein. Seite an Seite setzten sie sich auf einen der größeren Steine. Zu ihren Füßen gurgelte das Wasser, ein passendes Sinnbild für den Aufruhr in Callums Innerem.

»Du wolltest mit mir reden?« Wenn sie ihn schon aus ihrem Leben verbannen wollte, sollte sie es lieber auf die knappe, schmerzlose Weise tun.

»Ich wollte mich entschuldigen.« Sie griff nach seiner Hand. »Himmel, Callum, warum sitzen wir so hier? Mit so viel Abstand zwischen uns wie zwei Fremde. Braucht es wirklich nur einen einzigen Streit, und wir verlieren einander? Ich hatte gehofft, wir wären stärker als das. Ich hatte gehofft, ich wäre stärker. Was ich gesagt habe, war gemein. Ich hätte das niemals so rücksichtslos ausdrücken dürfen. Ich hab mich schlecht gefühlt, war unausgeschlafen und gereizt, und dann habe ich blind um mich geschlagen. Ich hoffe, du weißt, dass ich in Wahrheit viel mehr von dir halte. Ich habe großen Respekt vor dir. Das musst du doch wissen!«

Seine Finger verschränkten sich mit ihren. Sie zitterte, er spürte es genau, und egal, wie weh ihre Worte ihm getan hatten, ihr Leid verschaffte ihm keine Genugtuung. Ein Ruck an ihrem

Arm, mehr brauchte es nicht, und ihr Körper schmiegte sich an seinen. Ihr Kopf landete auf seiner Schulter. Er ließ ihre Hand los, legte den Arm um ihre Taille.

»Du hättest netter sein können, das stimmt, aber das war nicht das Schlimmste an der Situation. Das Schlimmste war, dass du recht hast. Ich bin in einer Weise an meine Mutter gekettet, die ungesund ist. Aber ich versuche es doch. Ich versuche, mich zu lösen, und eigentlich finde ich, ich mache mich ganz gut, auch wenn es Rückschläge gibt.«

»Du machst dich hervorragend.« Er hätte Selma besser kennen müssen, als zu befürchten, dass sie ihre Entschuldigung in Rechtfertigungen und neue Schuldzuweisungen verpacken würde. Ja, ihre schonungslose Ehrlichkeit hatte Krallen, aber mit denen verletzte sie sich selbst mindestens ebenso oft wie andere.

Nach und nach wich die Spannung aus ihrem Körper. Sie schmiegte sich enger an ihn, ihr Atem wurde ruhiger, und auch er erlaubte sich von Sekunde zu Sekunde mehr, den Moment zu genießen, statt auf der Hut zu sein.

Eine ganze Weile saßen sie so da, lauschten auf das Plätschern des Baches und die Stille der Nacht, ehe Selma das Schweigen brach. »Melina hat mir geschrieben«, sagte sie ganz leise.

»Die Freundin, die dich so verraten hat?«

Sie nickte. »Sie hat sich bei mir entschuldigt und mich um eine Aussprache gebeten»

»Und? Wirst du es machen?«

»Ich weiß noch nicht. Ich …« Sie suchte nach Worten. »Es fällt mir sehr schwer, zuzugeben, dass sie ihre Gründe für ihr Verhalten gehabt haben könnte. Aber dann habe ich an dich gedacht und an das Gesicht, das du gemacht hast, als du am Morgen aus der Wohnung gestürmt bist, und ich war mir auf einmal nicht mehr so sicher. Irgendwie sind wir doch alle immer ein bisschen Täter und ein bisschen Opfer. Ich wollte dir auch nicht wehtun und hab es trotzdem getan. Meine vorgeschobenen Gründe waren Ehrlichkeit und Kopfweh, aber das macht es ja nicht weniger schlimm.«

Er hob die freie Hand, streichelte ihre Haare. Bei ihrem Kennenlernen war sie ihm so frei vorgekommen, so ungebunden und in sich ruhend. Er hatte sich getäuscht. Selma war nicht perfekt, sie kämpfte mit ihren Dämonen, ebenso wie er mit seinen. »Klingt für mich, als hättest du deine Entscheidung getroffen.«

In der Dunkelheit sah er es nicht, aber er fühlte ihr Lächeln, spürte es an der Wärme, die von seinem Inneren Besitz ergriff.

»Deinetwegen«, antwortete sie. »Du machst mich zu einem besseren Menschen.«

»Genau wie du mich. Aber, Selma …«

»Hm?«

»Ich hab auch nachgedacht.«

»Willst du Schluss machen?« Sie riss sich aus seiner Umarmung, im fahlen Licht des Mondes wirkte das Weiße in ihren Augen übergroß.

»Nein! Gott, Selma, genau dasselbe habe ich geglaubt, als du sagtest, wir müssen reden. Glaub mir, Schlussmachen ist das Letzte, was ich will, aber diese Angst, die wir beide teilen, die zeigt doch, wie fragil das zwischen uns noch alles ist. Dein Plan, das gemeinsame Abenteuer …«

»Mit der *Saorsa* um die Welt zu segeln?«

Er nickte. »Es ist auch mein Traum. Aber ich glaube, wir sollten es ein bisschen langsamer angehen. Erst eine Basis schaffen, verstehst du. Das zwischen dir und mir, das steckt noch in den Kinderschuhen, und vielleicht sollten wir erst lernen, gemeinsam zu gehen, bevor wir das Rennen in Angriff nehmen. Es muss doch nicht gleich eine Weltumseglung sein. Warum fangen wir nicht erst mal mit dem Fjord von Killary an?«

»Du bittest mich um kleine Schritte?«

»Um Babyschritte. Und um Besonnenheit. Meinst du, du schaffst das?«

»Ich kann es versuchen.« Das *auch wenn es mir nicht gefällt* ließ sie unausgesprochen.

Er küsste ihren Schmollmund. »Und den ersten Schritt weiß ich auch schon.«

»Ja?«

»Wenn ich darf, würde ich sehr gerne heute bei dir übernachten. In der Nähe, wo ich noch erreichbar bin. Aber ich möchte mit dir im Arm einschlafen und am nächsten Morgen der Erste sein, der dein süßes Lächeln sieht. Klingt das nach einem guten ersten Schritt für dich?«

»Absolut.« Sie besiegelten ihren neuen Plan mit einem Kuss.

Kapitel 13

@marypuppins_superdog Liebe Feuchtnasen-Freundinnen, -Freunde und alles dazwischen. Gute Freunde kennen deine verrücktesten Geschichten – sie haben sie mit dir zusammen erlebt.
Welche verrückten Abenteuer habt ihr schon gemeinsam erlebt? Lasst es mich in den Kommentaren wissen.
#marypuppins #superdog #dogsofinstagram #bestfriendsforever #Freundschaft

Die Dinge langsam anzugehen, lag Selma nicht. Das galt nicht nur für Abenteuer und Liebesdinge, auch die Aussprache mit Melina hätte sie am liebsten noch in derselben Nacht hinter sich gebracht. Bis zum nächsten Morgen war sie so nervös, dass sie um sechs Uhr beinah nach dem Smartphone gegriffen und all die Gedanken, die ihr in den letzten vierundzwanzig Stunden durch den Kopf gegangen waren, in eine ellenlange, halb anklagende, halb verzweifelte Nachricht gepackt hätte.

Zum Glück war Callum bei ihr. Er hatte sein Versprechen gehalten und war die ganze Nacht geblieben. Mary Puppins hatte ihren Platz neben Selma im Bett nur grummelnd aufgegeben, am Ende hatten sie sich dann aber zu dritt arrangiert. Selma lag in Callums Armen und Mary Puppins quer über ihren Beinen. Mit Callums Atem in ihrem Ohr und eingehüllt in seine Körperwärme, fiel es ihr ein bisschen leichter als sonst, loszulassen. Den Moment genießen, aber die Zukunft im Auge behalten, sollte von nun an ihr Motto lauten. Schneller, besser, weiter? Niemand zwang sie, weiterhin so zu leben. Sie könnte auch innehalten und verweilen, sich an dem erfreuen, was sie hatte, statt den Dingen hinterherzuweinen, die sie verloren oder niemals erreicht hatte.

»Noch einen Kaffee, bevor ich gehe?«

Sie räkelte sich auf der Matratze. Callum war schon eine ganze Weile wach. Gerade saß er am Küchentisch und zog sich die Schuhe an. In einer knappen halben Stunde erwartete er einen Kunden in der Werkstatt. Der Mann namens Daniel hatte Callums Pick-up vor dem Haus gesehen und zu einer Zeit, zu der sonst nur Fischer und Bäcker wach waren, einen Hilferuf bei Callum abgesetzt.

Sie seufzte tief. »Ne, lass mal. Das kann ich übernehmen, du musst doch los. Oder ich springe schnell zu Tadgh rüber, wenn du meinen Kaffee-Braukünsten nicht traust. Der rechnet ohnehin jeden Tag mit mir.«

»Ooooder …« Langsam stand er auf und pirschte sich zu ihr herüber. »Du überlässt den Kaffeegang zur Abwechslung heute mir und bleibst noch eine Weile liegen.« Er beugte sich zu ihr herunter und drückte ihr einen Kuss auf die Stirn. »Das hast du dir nämlich verdient.«

»Aww!« Selma griff sich an die Brust und machte ein Gesicht, das sie sich als Jugendliche mal bei Scarlett O'Hara in *Vom Winde verweht* abgeschaut hatte. »Von allen Männern habe ich den allerbesten zum Freund. Was bin ich für ein Glückspilz!«

Er stupste mit dem Zeigefinger auf ihre Nase. »Spinnerin.« Ein Streicheln über ihren Kopf. »Bis später.«

»Bis später.« Und weil sie ihn nicht gehen lassen wollte, griff sie in den Stoff seines Pullovers, zog ihn zu sich herunter und küsste ihn so lange auf den Mund, bis sie beide keinen Atem mehr bekamen.

Mit einem Seufzen löste er sich schließlich von ihr. »Ich muss. Aber, Selma?«

»Hm?«

»Wenn ich dir einen Rat geben darf: Lass es wirklich langsam angehen. Nicht nur mit dem Aufstehen. Auch, was die Aussprache mit deiner Freundin angeht.«

»Du meinst, ich soll nicht gleich aufspringen, sobald du aus der Tür bist, und ihr eine ellenlange Mail mit allen Fragen schreiben, die mir in den vergangenen vierundzwanzig Stunden durch den Kopf gegangen sind?«

»Genau das. Macht lieber einen Gesprächstermin aus. Dann könnt ihr euch beide darauf vorbereiten.«

»Ich sag's ja: bester Freund von allen.« Mit einem Luftkuss entließ sie ihn in seinen Tag. Was sie als Witz verpackt hatte, meinte sie von ganzem Herzen. Callum war der Beste.

Sie schickte Melina eine Nachricht und fragte, ob sie um zwanzig Uhr an diesem Abend telefonieren könnte. Melina schickte ein Daumen-hoch-Emoji als Bestätigung. Das war also geklärt. Nun musste es ihr nur noch gelingen, bis dahin nicht ständig über das bevorstehende Gespräch nachzugrübeln. Easy oder nicht? Waren ja nur noch zehneinhalb Stunden. Sie legte den Unterarm über die Augen und ächzte. Besser, sie verbrachte möglichst viele dieser zehneinhalb Stunden mit Schlafen.

Mary Puppins sah das anders. Ein kleines Nickerchen erlaubte sie Selma, dann erinnerte sie ihre Besitzerin mit allem Nachdruck daran, dass es mindestens Viertel nach Frühstück war.

Selma fütterte die Hündin. Auf dem anschließenden Gassigang lernten sie eine Touristin mit einer Golden-Retriever-Hündin namens Luna kennen. Mary Puppins und Luna waren sofort ein Herz und eine Seele. Wie ausgelassene Welpen rasten sie über die Wiesen, purzelten im Spiel übereinander und bellten. Besonders toll wurde das Spiel, als die beiden eine Möwenfeder fanden, um die es sich streiten ließ. Selma fragte, ob sie die beiden für Mary Puppins' Profil filmen dürfe, und die Besitzerin bejahte. Heraus kam eine ganze Reihe niedlicher Filmchen. Mal hatte Mary Puppins die Überhand, mal Luna. Selbst in den Augenblicken, wenn es im Spiel grob wurde, versicherten sich die beiden Hündinnen körpersprachlich immer wieder, dass die andere noch Spaß am gemeinsamen Kräftemessen hatte. Von der Feder war längst nichts mehr übrig, als sie ihr Spiel aufgaben und sich Seite an Seite zu den Füßen ihrer Besitzerinnen hinlegten, nah genug, dass ihre Köpfe sich berührten und ihre Ruten ein zweifarbiges Herz auf dem Boden zeichneten. Ganz ohne Frage würde dieses Foto Tausende Herzchen bekommen.

Zurück in der Wohnung machte sich Selma daran, das Bild- und Videomaterial zu bearbeiten und einen passenden Text zu verfassen. Noch viel mehr als zuvor achtete sie auf die Mimik der Hunde im Spiel. Beide Hündinnen hielten den Fang meist ein wenig geöffnet, die Augenpartie entspannt, und sie zogen immer wieder die Ohren leicht zurück. Statt im gestreckten Galopp hoppelten sie eher über die Wiese. Dennoch wurde Selma das Gefühl nicht los, dass es bei dem Gerangel der Hündinnen noch um etwas anderes ging. Sie testeten einander aus, fanden heraus, wie weit sie bei der anderen gehen konnten. Das Thema interessierte sie. Im Internet fand sie jede Menge Artikel dazu. Strategisches Spiel nannten Verhaltensforscher die Art von Hundebegegnungen, die nach Freundschaft aussahen, aber unterschiedlichen Zwecken dienten. Unter dem Deckmantel des Spiels sammelten Kontrahenten Informationen übereinander, konnten Rivalen in die Schranken gewiesen oder mögliche Sexualpartner umgarnt werden.

Je mehr Selma las, desto mehr festigte sich eine Idee für ihren nächsten Blogartikel. Die Überschrift könnte lauten: Wie viel Echtheit verträgt die Freundschaft?

Sie begann ihre Gedanken zu sortieren und schrieb die ersten Absätze. Nur ein Mal machte sie Pause, um etwas zu essen. Mary Puppins döste auf dem Sofa und hob nur dann eine Augenbraue, wenn aus der Werkstatt unter ihnen ein Geräusch zu hören war.

Bevor Callum Feierabend machte und die Werkstatt abschloss, kam er noch einmal zu ihnen, um sich zu verabschieden. Nachdem er die ganze Nacht und den Tag über nicht zu Hause gewesen war, drängte es ihn, nach seiner Mutter zu sehen. Babyschritte, erinnerte sie sich, und tatsächlich gelang es ihr, sein Bedürfnis anzunehmen, ohne es an ihren eigenen Maßstäben zu bemessen.

Ehe sie sich versah, war es zwanzig Uhr, und ihr Handyalarm klingelte. Mit zitternden Fingern stellte sie ihn aus. Jetzt, wo sie das Gerät schon mal in der Hand hatte, musste sie nur Melinas Kontakt aufrufen und auf Wählen drücken. Sie hatten nicht ausgemacht, wer von beiden sich melden sollte. Sie war noch ganz in Gedanken, da klingelte ihr Handy. *Melina* stand in leuchtenden Buchstaben auf dem Display.

Sie atmete einmal durch, dann nahm sie das Gespräch an.

»Hey.« Ein Wort genügte, um zu hören, dass ihre Stimme anders klang als sonst. Viel dünner und mit einem deutlichen Beben.

»Hey.« Auch Melina klang verändert. »Du bist rangegangen. Ich schätze, das ist ein gutes Zeichen.«

»Hast du das bezweifelt? Ich habe das Gespräch vorgeschlagen.«

»Schon. Aber es wäre ja nicht das erste Mal, dass du kurzfristig deine Meinung änderst.«

»Wow, du hältst echt nicht hinter dem Berg. Wir fangen also direkt an.«

Erschrocken sog Melina die Luft ein. »Nein, Selma, das tut mir leid, so war das nicht gemeint. Das sollte kein Vorwurf sein.« Wieder dieses Lachen. Ein Wort, auf das sie im Laufe des Tages bei ihren Recherchen immer wieder gestoßen war, sprang ihr in den Kopf: Beschwichtigungsverhalten.

Melina fuhr fort: »Wirklich, ich bin so erleichtert, dass du mir zurückgeschrieben hast. Am liebsten würde ich so tun, als …« Sie suchte nach Worten. »… als gäbe es diesen unsichtbaren Elefanten zwischen uns gar nicht. Ich hatte gerade überlegt, ob ich es Streit nennen kann, aber ich schätze, das trifft es nicht. Wir haben ja nicht einmal wirklich gestritten.«

»Weil ich gegangen bin.«

»Ja.«

Diesmal glaubte Selma ihr sogar, dass dies nur eine Aussage war, kein Vorwurf.

»Du warst auf einmal verschwunden, und ich konnte dir nie erklären, warum ich Justus den Vorschlag gemacht habe, Lukas

Hirsch als Markenbotschafter für Brauchtraum ins Rennen zu schicken.«

»Du meinst, warum du meine Idee als deine verkauft hast. Du hast mich hintergangen, Melina. Warum hast du mich nicht wenigstens vorgewarnt? Du wusstest doch, was ich von diesem Hirsch halte und warum ich mit dieser Idee nicht zu Justus gegangen bin. Du wusstest, wie wichtig mir meine Integrität ist und dass ich ohnehin in letzter Zeit immer mehr mit der Sinnhaftigkeit von dem, was wir in der Agentur gemacht haben, gehadert habe.«

»Weil ich Angst hatte, dass du es nicht begreifen würdest.«

Waren das Tränen in Melinas Stimme? Selma wusste nicht, ob sie erleichtert oder erschüttert sein sollte, dass sie sich gegen einen Videocall entschieden hatten. Ihr Herz trommelte so heftig gegen die Rippen, dass sie befürchtete, es würde sie brechen.

»Du sprichst von Sinnhaftigkeit und Moral und Rechtschaffenheit.«

»Dinge, von denen ich dachte, dass sie dir auch wichtig sind«, unterbrach Selma sie.

»Weil ich wollte, dass du das denkst. Ist dir echt nicht klar, wie sehr ich dich immer beeindrucken wollte? Seit unserem Kennenlernen habe ich jeden Tag darum gerungen, dass du mich toll findest und ich deiner Freundschaft würdig bin.«

»Das ist doch lächerlich!« Was redete Melina da? Selma war es doch gewesen, die Melina gebraucht hatte. Ohne Melina wäre sie nichts gewesen. »Du hattest doch die ganzen coolen Freunde und jede Menge Erfahrung.«

»Wenn du mir das geglaubt hast, dann war ich schon damals eine bessere Lügnerin als gedacht. Die Urlaubsflirts und Beziehungen, von denen ich dir am Anfang so großspurig erzählt habe, hatte ich erfunden, um bei dir Eindruck zu schinden. Ich komme nicht aus einer Familie wie du. In meinem ganzen Leben habe ich nie Urlaub mit meinen Eltern gemacht. Das einzige Abenteuer, das ich je mit meiner Familie erlebt habe, war eine Fahrradtour rund um den Bodensee, wo wir in Heuschobern und auf Campingplätzen geschlafen haben. Wenn du mir nicht deine Couch zur Verfügung gestellt hättest, wäre mein Studium gescheitert, ehe es begonnen hatte. All die Jahre, die wir befreundet waren, hatte ich immer Angst, dass du bemerkst, was für eine Mogelpackung ich bin. *Fake it till you make it?*« Sie lachte bitter. »Darin bin ich Spezialistin. Über die Dinge, die mir all die Jahre den Schlaf geraubt haben, musstest du dir nie Gedanken machen. Du hast dich nie gefragt, wie du das Geld für Lehrbücher auftreiben oder wie du dir Outfits für den ersten Monat in der Agentur leisten sollst, ehe du den ersten Gehaltsscheck bekommen hast. Du hast dir Gedanken über die Folgen des Postkolonialismus und die Allgegenwärtigkeit des Patriarchats gemacht, und ich fand das so cool und toll und wollte das auch. Aber der einzige Schauplatz, wo ich das erreichen konnte, waren meine Lügengeschichten.«

Beichtete Melina gerade, dass sie nicht nur eine Betrügerin und Ideendiebin, sondern auch eine Lügnerin war? Waren die letzten sieben Jahre in Selmas Lebens eine einzige Truggestalt gewesen? Sie wischte sich Schweiß von der Stirn.

»Ich verstehe das nicht, Melina. Echt nicht. Du hättest mir das doch sagen können. Warum hast du nie mit mir darüber gesprochen? Und wenn du wirklich so große finanzielle Sorgen hattest, warum hast du mich nicht um Hilfe gebeten? Ich hätte dir gern geholfen.«

»Siehst du?« Melina schniefte, und jetzt war Selma sich sicher, dass sie weinte. »Du machst es schon wieder. Und du merkst es nicht einmal. Versteh mich nicht falsch: Deine Prinzipien, deine Tatkraft und Hilfsbereitschaft – das alles sind Eigenschaften, die ich von ganzem Herzen an dir liebe. Aber sie sind auch ein Ausdruck von absolutem Privileg. Um sich Prinzipien, Tatkraft und Hilfsbereitschaft leisten zu können, muss man erst mal daran glauben, dass man die Macht hat, Einfluss zu nehmen. Man muss daran glauben, dass es möglich ist, Dinge zu machen, statt immer wieder zu erleben, dass sie mit einem gemacht werden. Für dich ist die Rechnung so einfach: Gibt es was Gutes, so tu es. Du hast Vertrauen in die Welt und kommst gar nicht auf die Idee, dass es tausend Dinge gibt, die einen davon abhalten können, dieses Gute zu tun. Dinge, die man nicht kontrollieren kann, weil sie entweder außerhalb des eigenen Einflussbereichs liegen oder weil man selbst nicht stark oder resilient genug dafür ist.«

»Ich weiß nicht …« Selma rieb sich die Stirn. »Ich versuche gerade sehr stark, das alles nicht als Vorwurf aufzunehmen. Aber in meinen Ohren klingt es danach, als ob du mir die Schuld geben möchtest, dass du meine Idee gestohlen und als deine eigene ausgegeben hast. Und dann ziehst du auch noch meine Art zu leben und zu lieben ins Lächerliche.«

»Ich habe deine Idee nicht als meine ausgegeben.« Melinas Seufzen klang so müde, als hätte sie drei Wochen lang nicht geschlafen. »Ich habe Justus von Anfang an gesagt, dass du Lukas Hirsch zum ersten Mal erwähnt hast. Ich habe ihm auch von deinen Bedenken berichtet, aber er meinte, das spiele keine Rolle.«

»Warum überrascht mich das nicht?« Sie schnaubte. »Justus ist ein geldgeiler Aasgeier. Aber warum hast du dich auf seine Seite gestellt und nicht auf meine?«

»Vielleicht weil ich auch ein geldgeiler Aasgeier bin, schon mal daran gedacht?«

Melinas Stimme überschlug sich. Sie brüllte ins Telefon, und obwohl Selma es noch nicht begreifen konnte, fühlte sie tief in ihrem Herzen, dass Melina eher sich selbst als sie anbrüllte. »Vielleicht ist mein eigenes Leben mir einfach wichtiger als ein größeres, abstrakteres Gut. Das Gehalt, das ich bei Justus bekomme, ist für mich wirklich wichtig, Selma. Zum ersten Mal in meinem Leben habe ich genug, um nicht jeden Pfennig umdrehen zu müssen. Und Justus hat mir einen Erfolgsbonus in Aussicht gestellt, wenn ich Lukas Hirsch gewinne und die Kooperation mit Brauchtraum ein Jahr lang erfolgreich betreue. Nur dank dieses Bonus konnte ich die Kaution für die neue Wohnung bezahlen. Ohne unser Zerwürfnis wärst du vielleicht nicht zu diesem Zeitpunkt auf deine Reise gegangen, aber du weißt genauso gut wie ich, dass du so oder so nicht mehr lange in München geblieben wärst. Von diesem Reiseblog hast du schon ewig geträumt, und immer wieder hast du betont, dass deine unruhigen Füße wieder kribbeln und du reif für einen Neuanfang bist. München war nie dein Ziel, und ich konnte nicht für immer von dir abhängig sein.«

Melinas Tirade verklang. In der Stille, die folgte, schwirrten einzelne Worte durch Selmas Kopf. Privileg, Resilienz, Wahrhaftigkeit und Moral – alles hing irgendwie zusammen. Hatten ihr die Möglichkeiten, die ihre Eltern ihr gegeben hatten, womöglich wirklich den Blick auf das wahre Leben verstellt? Callum hatte einmal etwas Ähnliches zu ihr gesagt. Sie atmete schaudernd aus, schloss kurz die Augen.

»Ich weiß nicht, was ich dazu sagen soll.«

»Du musst nichts sagen. Ich will dir auch wirklich keine Vorwürfe machen. Eigentlich wollte ich dir nur sagen, wie stolz ich auf dich bin. Mary Puppins' Profil und dein Blog sind der Wahnsinn. Ich freue mich aufrichtig über deinen Erfolg. Und ich hoffe, dass wir wieder Freundinnen werden können. Wenn dein Herz ein bisschen geheilt ist, vielleicht. Meine Tür steht immer offen für dich, Selma. Ich weiß, dass ich dich verletzt habe, aber ich hab dich wirklich sehr lieb. Ich hab dir nicht alles von mir gezeigt, aber das bedeutet nicht, dass ich dich belogen habe. Es bedeutet nur, dass mir die Melina, die du in mir gesehen hast, viel besser gefallen hat als die Melina, die ich im Spiegel sehe.«

»Ich denke darüber nach, ja?« So gerne hätte Selma Melina versichert, dass sie ihr verziehen hatte, aber das wäre eine Lüge, und für noch mehr Lügen war das, was von ihrer Freundschaft übrig geblieben war, nicht stark genug.

»Auf mehr habe ich gar nicht gehofft. Babyschritte sind alles, worauf ich setze.«

Babyschritte – da waren sie wieder. Immer wieder lief es darauf hinaus.

»Ich hab dich auch sehr lieb, Melina. Es stimmt, du hast mir wehgetan, aber das ändert nichts daran, wie wahnsinnig wichtig du mir warst. Du hast mir den schlimmsten Liebeskummer meines Lebens beschert. Ich kann mir nicht vorstellen, dass der Verlust eines romantischen Partners jemals mehr wehtun würde. Das ist echte, allumfassende Trauer, mit der ich fertig werden muss. Ich brauche einfach noch ein wenig Zeit, um meine Wunden zu lecken.«

»Das verstehe ich.«

Stille legte sich zwischen sie. Es war der perfekte Moment, um das Telefonat zu beenden. Sie hatten alles gesagt, was es zu sagen gab, und doch machte keine von ihnen Anstalten, aufzulegen. Zusammen schweigen, das ging schon wieder ganz gut.

»Ich habe jemanden kennengelernt.« Diesmal war es Selma, die das Schweigen brach. Ein Friedensangebot, ein erster Babyschritt. Sie horchte in sich hinein, lauschte auf den Schmerz, der jeden Gedanken an Melina in den letzten Monaten begleitet hatte. In diesem Moment war er nur ein leises Echo.

»Ja?« In Melinas Stimme hörte sie ein Lächeln. »Erzähl mir alles von ihm.«

Und das tat sie. Sie erzählte, wie Callum und sie einander kennengelernt hatten, von Callums Rettungsaktion unter der Dusche und seinem Lächeln, das jedes Mal so hart erkämpft wirkte. Sie erzählte von seinen starken Armen und davon, wie unglaublich attraktiv sie ihn fand, aber dass das Allerschönste an ihm seine sanfte Seele war und die Art, wie er sich um Menschen kümmerte. Sie erzählte von ihren Plänen für ihren Blog, von der *Saorsa* und den Schmetterlingen in ihrem Bauch. Sie erzählte, bis der Akku ihres Handys leer war, und Melina hörte zu, stellte Fragen, und an den richtigen Stellen neckte sie sie sacht genug, dass es nicht wehtat. Es war zwar nicht wie früher, und vielleicht würde es das auch nie wieder sein, aber es war gut, und das war alles, was zählte.

Kapitel 14

@marypuppins_superdog Egal ob Regen oder Sonnenschein, mit euch ist jeder Tag so wunderbar und fein. Die Welt wird bunter, die Lasten leicht, mit den richtigen Menschen wird das schönste Leben erreicht. Liebe Feuchtnasen-Freundinnen, -Freunde und alles dazwischen! Meine Dosenöffner und ich wünschen euch, dass ihr immer die richtigen Menschen in eurem Leben und den richtigen Wind in euren Segeln habt. #marypuppins #superdog #dogsofinstagram #Festtage #festefeiern

Der Bug der *Saorsa* hob sich auf einen Wellenkamm. Für die Dauer eines halben Atemzugs schien die Zeit stillzustehen. Selma klammerte sich an die Reling, dann ging ein Ruck durch den Schiffsrumpf, und der Segler krachte ins Wellental. Gischt spritzte ihr ins Gesicht, perlte von der Ölhaut, in die sie sich gehüllt hatte. Ein Freudenjuchzen stürzte aus ihrer Kehle. Das hier war Abenteuer pur! Hatte sie je geglaubt, den Wild Atlantic Way mit einem Van abzufahren wäre das Aufregendste, was das Leben zu bieten hatte? Das hier war besser! Die *Saorsa* war besser!

Trotz aller Bemühungen hatte auch Callum dem Van nicht in einem vernünftigen Kostenrahmen zu neuem Leben verhelfen können. Das zu akzeptieren und die Schrottkarre für ihre Einzelteile zu zerlegen, war einer der Babyschritte gewesen, die Callum und sie in den vergangenen Monaten miteinander gegangen waren.

Die hundert Tage, die sie sich anfangs als Limit gesetzt hatten, waren lange vorbei, und Callums Mam war nach wie vor trocken. Immer öfter verbrachte Callum die Nächte bei Selma. Nach und nach war ein Großteil seiner Kleidungsstücke in die Wohnung über der Werkstatt gewandert. Manchmal stritten sie. Wenn Selma vergaß, am Morgen die Milch zurück in den Kühlschrank zu stellen, oder wenn Callum versprach, jeden Moment zum Abendessen zu kommen, und sie dann mit dem gekochten Essen dastand und er immer noch nicht kam, weil er sich in der Werkstatt verzettelt hatte. Doch auch wenn sie stritten, gingen sie niemals mit Wut auf den anderen ins Bett. Sie versöhnten sich mit Küssen und liebten sich in der Stille der Nacht, und jeden Tag, den sie miteinander verbrachten, jede Klippe, die sie gemeinsam umschifften, brachte sie näher zueinander.

Wann sie mit der *Saorsa* zu einem größeren Törn aufbrechen würden, war kaum noch Thema zwischen ihnen. Wenn sie darüber sprachen, dann nicht mit konkreten Plänen im Kopf, sondern auf eine Weise, wie Kinder darüber sprachen, was sie einmal sein wollten, wenn sie groß waren. Das Leben mit all seinen Hochs und Tiefs war Abenteuer genug. Trotzdem stahlen sie sich ab und zu zur *Saorsa*, hielten sie sauber und bereit. Das Boot würde nicht weglaufen, ebenso wenig wie ihre Träume. Wann immer Callum und Selma bereit wären, in See zu stechen, wäre sie da.

Mit dem Herbst brachen Stürme über Irland herein. Sie schmetterten meterhohe Brecher gegen die Hafenmauer und überzogen das Land mit feuchtkaltem Grau. Wochenlang regnete es, das Heulen des Windes und das Klappern der Fenster in den Fugen wurden zu der Hintergrundmusik, zu der sie jeden Morgen aufwachten und jeden Abend wieder einschliefen. In solchen Zeiten kuschelte es sich besonders gut unter einer dicken Decke aus Schafwolle, mit einer Tasse Tee in der Hand und einem Buch auf dem Schoß.

In der Werkstatt war wenig zu tun, so hatten Selma und Callum viel Zeit füreinander. Selbst die hartgesottensten Seebären ließen ihre Kutter in diesen Wochen im Hafen, so oft es ging. Zwar beauftragten einige Callum, ihre Kähne für das kommende Frühjahr und eine neue Saison fit zu machen, aber das waren Arbeiten, die sich gut einteilen ließen.

Im November waren die hundert Tage Abstinenz seiner Mutter um. Zur Feier des Tages führte Callum sie in ein schickes Lokal in Galway. Sie gönnten sich ein Tasting-Menü mit dreiundzwanzig Probierhappen. Dazu gab es die passende Saftbegleitung mit den außergewöhnlichsten Mischungen wie Apfel-Seetang-Kiefer, Holunderblüte-Hopfen oder Rote-Bete-Rose mit geräucherter Fuchsiablüte. Callum schwärmte tagelang von den Getränken und rang Selma das Versprechen ab, das Restaurant für ihren Blog zu testen.

Weihnachten kam, und Selma lernte Callums Ma kennen. Elisabeth Burke war eine Frau um die fünfzig, mit grau gesträhnten Haaren und schlechten Zähnen. Sah man von den tiefen Falten um ihren Mund und den Augen ab, schimmerte eine Schönheit auf ihrem Gesicht, mit der Elisabeth zu besseren Zeiten sicherlich jede Menge Köpfe verdreht hatte. Selma gegenüber verhielt sie sich nicht unfreundlich, aber auch nicht herzlich. Zwischen den Bissen ihres Festbratens warf sie ihr prüfende Blicke zu. Du bist es also, die mir meinen Sohn wegnimmt, meinte Selma in diesen Blicken zu lesen, doch zumindest oberflächlich hielt Elisabeth sich zurück, und mehr verlangte Selma nicht von ihr.

So steif und unsicher der fünfundzwanzigste Dezember gewesen war, so fröhlich ging es am zweiten Weihnachtsfeiertag zu. Sie feierten zusammen mit Aisling, Cailan und Charlie in Aislings Haus. Im Garten entzündeten die Jungs in einer Feuerwanne ein Lagerfeuer. Sie rösteten Marshmallows über den offenen Flammen, tranken heißen Früchtepunsch und sangen alberne Weihnachtslieder. Videos von einer als Weihnachtselfe verkleideten Mary Puppins mit Charlie, Callums und Aislings schiefem Gesang im Hintergrund gingen viral und sorgten für einen neuerlichen Hype von Mary Puppins' Profil. Anfragen von Werbepartnern waren längst keine Seltenheit mehr. Ihre Seite und das Profil hatten sich nicht nur zu einem Vollzeitjob gemausert, sie sorgten auch für ein regelmäßiges Einkommen. Doch mit dem Frühling war auch Selmas Fernweh aus dem Winterschlaf erwacht. Immer öfter ertappte Callum sie dabei, wie sie sehnsuchtsvoll aus dem Fenster starrte oder auf dem Handy nach den besten Segelrevieren in Irland suchte.

»Wie sollen wir irgendwann unseren Törn angehen, wenn wir gar nicht wissen, ob Mary Puppins und ich seefest sind?«, hatte sie Anfang März beim Abendessen gefragt, und Callum hatte nur gelächelt und geantwortet: »Dann müssen wir es wohl einfach ausprobieren.«

So waren sie also hier gelandet. Auf dem Atlantik, auf halber Strecke zwischen Rossaveal und Inis Mór, und in ihrem ganzen

Leben hatte Selma sich selten so lebendig gefühlt. Mary Puppins hatten sie kleinschrittig an die *Saorsa* gewöhnt, zuerst am Hangar, dann während das Schiff noch im Hafen lag. Heute, bei ihrer ersten Ausfahrt, verunsicherte nicht einmal die raue See die Hündin. Mary Puppins schaute mit ihrer knallorangefarbenen Hundeschwimmweste aus der Sicherheit der Kabine in die Kamera.

Callum stand hinter dem Steuerrad und navigierte das Schiff gekonnt über Wellenkämme in Wellentäler. Er trug einen dicken graugrünen Pullover aus Aranwolle und eine dazu passende Schiebermütze. Seine Finger steckten in wollenen Armstulpen. Er hielt die Schultern gerade, sein Blick war aufmerksam über den Bug gerichtet. Wie er so dastand, wirkte er wie aus Meerschaum geboren, Selbstsicherheit und Kompetenz umstrahlten ihn. Wenn er das Segel versetzte, wenn er Leinen einholte und von einem Ende der *Saorsa* zum anderen hechtete, dann saßen jeder Schritt und jeder Handschlag. Zuvor hatte Selma es geahnt, jetzt wusste sie, warum er sein Boot *Freiheit* genannt hatte. Nicht, weil sie ihn aus einem kalten Leben voller Abhängigkeit und Einsamkeit wegtragen sollte, sondern weil sie ihm die Macht gab, für eine Weile genau der zu sein, der er sein sollte.

Nach gut drei Stunden auf See legten sie wieder an. Selmas Beine schwankten auch noch, als sie wieder festen Boden unter den Füßen hatte.

Callum legte einen Arm um sie, stützte und hielt sie. »Und? Hattest du Spaß?«

»Riesigen Spaß.« Von unten herauf grinste sie ihn an. »Ich kann gar nicht abwarten, es wieder zu tun. Was meinst du? Wohin soll der nächste Ausflug gehen?«

»Einmal rund um Irland?«

Vor Überraschung verschluckte sie sich an ihrer eigenen Spucke. »Wie bitte?«

Er knuffte sie in die Seite. »Du hast mich gehört.«

»Aber …« Sie brach ab, setzte wieder an. »Aber das dauert doch sicher ewig.«

»Ewig nicht.« Er wiegte den Kopf hin und her. »Ein paar Wochen. Je nachdem, wie viel Zeit wir uns zwischendurch für Erkundungen nehmen. Du könntest über Begegnungen mit Delfinen, Walen und Seevögeln schreiben. Wir könnten den Norden der Insel erkunden, alte Schlösser, Kirchen, Leuchttürme …«

Mit einem spielerischen Stupser in die Seite unterbrach sie ihn. »Du weißt auf jeden Fall, wie du mir den Mund wässrig machen kannst.« Sie stellte sich auf die Zehenspitzen, drückte ihm einen kurzen Kuss in den Bart, wurde dann aber wieder ernst. »Meinst du wirklich, das geht? Ist Elisabeth bereit, so lange allein zu bleiben? Bist du bereit, sie so lange allein zu lassen?«

Er zögerte nicht, beeilte sich aber auch nicht mit der Antwort, sondern gab sich gerade so viel Zeit, dass es nicht überstürzt wirkte, dann nickte er. »Ich bin bereit, Selma. Diesmal bin ich wirklich bereit.«

Sie glaubte ihm. Statt sich von ihr mitreißen zu lassen, hatte diesmal er selbst sich losgerissen. Auch in Babyschritten waren sie ans Ziel gelangt.

»Wo sollen die Kuchen hin?«

Hazel von dem Krämerladen in Meadowvale lehnte das Tablett gegen ihre Hüfte.

»Sag lieber schnell, sonst lasse ich das ganze Zeug fallen. Himmel, ist das schwer! Ich hab drei Nächte lang durchgebacken für eure Bestellung. Wie viele Leute um alles in der Welt wollt ihr verköstigen?«

Selma stieß ein verzweifeltes Lachen aus. »Ganz Rossaveal mit allen Townships offensichtlich.«

Über genau die Frage hatten Callum und sie lange diskutiert. Kaum hatte sich herumgesprochen, dass Callum sich zum ersten Mal im Leben Urlaub nehmen würde, war der Rückhalt aus dem Dorf überwältigend gewesen. Die Neuigkeit hatte sich wie ein Lauffeuer verbreitet, und jeden Tag waren neue Leute in die Werkstatt gekommen, um Callum und Selma viel Glück für ihre Reise zu wünschen. Ihm selbst war es nicht bewusst gewesen, aber die Menschen hatten seit Jahren Anteil an seinem Schicksal genommen. Was er für Tratschsucht gehalten hatte, war in Wirklichkeit Mitgefühl gewesen, und so hatte sich die Gästeliste für ihre Abschiedsparty von Tag zu Tag verlängert.

Hazel machte ein ungeduldiges Klickgeräusch mit der Zunge. Richtig! Selma war ihr ja immer noch eine Antwort schuldig.

»Dort drüben.« Sie deutete auf eine Reihe von Tischen, die sie rechts der Theke zusammengerückt hatten. Später würden sie als Buffet fungieren.

»Alles klar. Wer bringt denn noch alles was mit?« Mit einem unterdrückten Uff hievte Hazel das Tablett auf einen der Tische. Skeptisch betrachtete sie ihre Gaben. Einige der Kuchenstücke hatten bei dem Transport gelitten. Augenblicklich machte sie sich daran, die Schäden zu reparieren.

»Tadgh bringt Fisch aus dem heutigen Fang und seinen Kaffeevollautomaten.« Selma grinste. Das war einer ihrer Wünsche gewesen. Auch wenn die Feier im *Compass & Rose* stattfand, blieb es eine unumstrittene Tatsache, dass Tadgh den einzig trinkbaren Kaffee in einem Umkreis von mindestens zehn Kilometern ausschenkte. Dass der alte Seebär bereit gewesen war, Selmas Koffeinsucht zu unterstützen und seinen Kaffeevollautomaten für die Feier zur Verfügung zu stellen, rechnete sie ihm hoch an.

»Paddy kocht einen riesigen Topf Muscheln und schenkt die Getränke aus.« Irgendwas sollte auch für den Pubbesitzer drin sein, wenn er seinen Laden für einen Abend schloss, damit sie hier feiern konnten. »Aisling macht einen Gemüseauflauf für alle, die kein Fleisch wollen, und Charlie hat gesagt, er bereitet ein paar Sandwiches mit verschiedenen Belägen vor. Hungrig wird auf jeden Fall niemand diese Party verlassen.«

»Das glaube ich auch nicht.« Hazel rückte ein letztes Kuchenstückchen auf ihrem Tablett zurecht. »Da habe ich eher Bedenken, dass eure Gäste direkt nach dem Essen in ein Kalorienkoma fallen.«

»Ach was!« Selma winkte ab. »Die kriegen wir dann schon wieder auf die Beine. Es wird Livemusik geben, die weckt alle auf.«

»Ich kann es kaum abwarten!« Hazel verdrehte die Augen.

Ein Knall aus einer anderen Ecke des Pubs ließ Selma aufhorchen. Aisling, die mit einem riesigen Transparent hantierte, auf dem in großen Lettern »Gute Reise« stand und das mit zahlreichen Strichmännchen, seltsamen Meerestieren und ungelenken Darstellungen von Segelbooten verziert war, stieß einen Fluch aus.

»Hilfe!« Bei dem Versuch, das Transparent an der Decke zu befestigen, musste etwas schiefgegangen sein. Jetzt hüllte der Stoff sie komplett ein, sodass sie aussah wie ein Geist. Nur ihre Arme ragten unter der weißen Stoffmasse hervor, und mit denen ruderte sie wie verrückt.

»Ich komme.«

Selma warf Hazel einen entschuldigenden Blick über die Schulter zu. Gleichzeitig mit Charlie erreichte sie die Freundin. Charlie griff nach einem Stoffzipfel und riss daran.

»Au! Verdammt, du hast meine Haare erwischt!« Aisling taumelte einen Schritt zurück. Dabei stieß sie die Stange um, mit der sie das Transparent an der Decke hatte befestigen wollen. Reflexartig griff Selma nach Aislings Arm. Charlie war nicht so schnell. Er versuchte, den Fall der Stange aufzuhalten, doch erwischte sie nicht mehr. Sie krachte gegen die Theke, warf dort zwei Gläser um. Mit großem Geklirr gingen sie zu Boden. Die Flüssigkeit spritzte in alle Richtungen. Aisling und Selma zerrten an dem Transparent. Endlich gab das Stück Stoff Aisling frei, schwebte zu Boden und landete mitten in der Pfütze.

Ein paar Sekunden lang erstarrte die gesamte Szenerie. Selma hielt die Luft an. Wie um alles in der Welt hatte das alles in so kurzer Zeit derart schiefgehen können?

Ein Lachen ertönte aus einer anderen Ecke des Pubs, und der Bann brach. Selmas Kopf ruckte in Richtung des Geräuschs. Es war Callum, der damit beschäftigt gewesen war, gemeinsam mit Paddy die Anschlüsse der Musikanlage zu prüfen. In der Schreckensstille im Pub klang sein Lachen überlaut, doch offensichtlich konnte er gar nicht mehr aufhören. Er krümmte sich, und sie konnte nicht anders, als in sein Lachen mit einzusteigen. Nach und nach fielen auch alle anderen mit ein. Alle, die an diesem sonnigen Tag ins Lokal gekommen waren, um ihren Beitrag zur Verabschiedung von Selma und Callum zu leisten, hielten sich bald die Bäuche vor Lachen. Etwas in Selma öffnete sich. Plötzlich tat es beinah weh, sich vorzustellen, diese Menschen schon am nächsten Tag hinter sich zu lassen. Doch es war ein schöner Schmerz, der aus Glück geboren war und einen daran erinnerte, dass man etwas zu verlieren hatte.

Sie würden zurückkommen, sagte sie sich. Callum und sie blieben nicht für ewig auf See. Und einer Sache war sie sich absolut sicher: Charlie und Aisling, Tadgh, Hazel und wie sie alle hießen, würden auf sie warten. Sie wären auch dann noch da, wenn Callum und sie zurückkamen. Selma hatte viel Übung darin, Menschen hinter sich zu lassen, doch Zurückkommen war ihr fremd. Dennoch ahnte sie, dass genau das den Unterschied machte. Zu gehen war kein Fehler. Die Reise würde Callum und sie zusammenschweißen. Sie würden neue Erfahrungen machen, Prüfungen zusammen bestehen und Abenteuer erleben, aber am Ende wartete wieder ein Hafen auf sie, zu dem zurückzukommen es sich lohnte.

»Bewegt euch nicht.« Immer noch lachend presste Callum die Aufforderung hervor. »Ich hole einen Besen.«

Sie taten, was er gesagt hatte. Selma schloss die Augen. Jetzt, in diesem Moment, konnte sie einfach nur existieren, geborgen in der Gruppe ihrer Freunde, und genießen. Gab es ein größeres Glück auf dieser Welt?

Callum sah sich im Pub um. Sie waren wirklich alle gekommen. Musik perlte aus den Lautsprechern, der ganze Raum war mit Folienballons und Lamettafäden geschmückt. Nach einer kurzen Pause am Nachmittag war es Aisling und Charlie sogar gelungen, das Transparent mit Cailans Kindermalereien aufzuhängen. Nicht nur das umgestaltete Bettlaken, auch ein quer über der Theke angebrachter Schriftzug aus Luftballonbuchstaben verkündete »Gute Reise«.

Einige der Gäste hatten kleine Geschenke mitgebracht. Zwar konnten Selma und er die nicht auf die *Saorsa* mitnehmen, doch was zählte, war die Geste.

Er wischte sich ein paar Tränen aus den Augenwinkeln. Wie oft hatte er sich in seiner Heimat gefangen gefühlt? Hatte es wirklich erst Pläne zum Aufbruch gebraucht, um zu verstehen, dass er in Wirklichkeit nicht gefangen, sondern geborgen gewesen war? Er würde zurückkommen. Wenn ihn dieser Abend, dieses unglaubliche Fest, eines lehrte, dann, dass sein Zuhause ein Ort war, den er trotz allen Kummers, den er hier erlebt hatte, niemals ganz aufgeben könnte. Hier war er nicht allein und war es wahrscheinlich auch nie gewesen.

»Selma, Callum, kommt mal hier rüber, ich brauche unbedingt ein Vorher-Foto!« Aislings Stimme erhob sich über das laute Durcheinander im Pub. »Wer weiß, wie ihr ausseht, nachdem ihr euch wochenlang nicht richtig waschen konntet. Callum, meinst du, dein Bart reicht dann bis zur Brust?«

Er verdrehte die Augen und bahnte sich durch die Menge einen Weg zu Aisling. Sie stand vor der Theke, direkt unter dem Glitzerschriftzug. Augenblicklich schloss sich die Menge um ihn, doch für einen Sekundenbruchteil nahm er in der Nähe der Theke eine Gestalt in hautengem silberfarbenem Paillettenkleid und mit einem Schnapsglas in der Hand wahr.

Nein!, schoss es ihm durch den Kopf. Nein, er musste sich versehen haben. Nach anfänglicher Skepsis gegenüber seinem

Vorhaben mit Selma hatte Elisabeth sich mehr und mehr mit der Idee angefreundet, das Haus für ein paar Wochen für sich zu haben. Sie wollte ihm und sich beweisen, dass sie es diesmal wahrhaftig geschafft hatte, dem Alkohol abzuschwören. Ganz sicher würde sie so nah am Ziel nicht umkippen.

Er verrenkte sich halb den Hals, um genauer hinzusehen, doch wo er seine Mutter zuvor vermutet hatte, stand niemand mehr.

Gleichzeitig mit ihm erreichte Selma die Theke. Sie posierten zusammen, Charlie zauberte von irgendwoher eine Kapitänsmütze und eine Popeye-Pfeife hervor. Für Selma hatten sie eine schwarze Perücke und einen weißen Ansteckkragen aufgetrieben.

»Und das soll ein aussagekräftiges Vorher-Bild abgeben? Man erkennt mich ja gar nicht.« Lachend zog sich Selma die Perücke über.

»Ein echter Seemann braucht eine Seemannsbraut.« Tadgh gesellte sich zu den Schaulustigen. Er nuckelte an einer Pfeife, die der in Callums Mundwinkel nicht unähnlich war. Daher hatte Charlie also die Requisite.

»Und wer bin ich?« In ihrem Nacken fummelte Selma mit dem Ansteckkragen herum.

»Lass mich dir helfen.« Aisling legte die Kamera auf die Theke und drängte sich zwischen ihn und Selma.

»Na, Olivia natürlich.« Mit etwas Verspätung beantwortete Charlie ihre Frage. »Noch nie von Popeye, dem Seemann, und seiner Olivia gehört?«

Selma zuckte die Schultern. »Nö. Sind das irgendwelche Influencer oder so? Dann können wir keins von den Fotos online stellen. Ich will echt keinen Ärger mit Kollegen.«

Alle, die ihre kleine Unterhaltung mitbekommen hatten, brachen in schallendes Gelächter aus.

»Was?« Selma machte große Augen. »Warum lacht ihr?«

»Popeye und Olivia sind ein bisschen zu alt, um Influencer zu sein.« Charlie zwinkerte ihr zu. »Die beiden wurden Anfang des zwanzigsten Jahrhunderts von dem Comiczeichner E. C. Segar erfunden. Die sind absoluter Kult. Ich kann nicht glauben, dass du die nicht kennst.«

Nonchalant zuckte Selma mit den Schultern. »Man muss nicht alles und jeden kennen.«

»Ganz richtig.« Callum zog sie an sich und drückte ihr einen Kuss auf die Schläfe. Auch das hatte er von Selma gelernt: dass man sich für die Dinge, die man nicht wusste oder konnte, nicht schämen musste. Offen für Neues zu sein, dazuzulernen und immer wieder neue Erfahrungen zu machen, war großartig. Wie langweilig wäre es da, allwissend zu sein?

Aisling nahm die Kamera zur Hand, der Auslöser klickte. Das Blitzlicht blendete ihn. Am Rande seines Gesichtsfelds fing sich der Lichtblitz in silberfarbenen Pailletten und reflektierte in einem Stumpen Glas. Als seine Sicht sich wieder klärte und Aisling zufrieden mit ihrer fotografischen Ausbeute war, konnte Callum seine Ma nirgends entdecken.

Die Party ging weiter. Alle lobten das Essen, Hazel bekam mindestens fünf neue Aufträge für Kuchen, und Paddy machte das Geschäft seines Lebens. Im Garten des Pubs spielte Cailan mit Mary Puppins. Nur ab und zu kamen die beiden nach drinnen, holten sich einen Snack und verschwanden wieder. Nur bei Callum wollte sich die Partystimmung nicht mehr richtig einstellen. Wo war seine Ma?

»Hey, Callum, bist du sicher, dass Charlie dich nicht vollkommen ersetzt, während du weg bist? Wäre doch eine Schande, wenn du zurückkommst und merkst, dass der Junge alles richtig gemacht hat.«

Kumpelhaft schlug ihm einer seiner Kunden auf die Schulter. Malcom hatte scheinbar schon das ein oder andere Bier zu viel intus.

Irritiert machte Callum einen Schritt zur Seite. »Jetzt nicht«, zischte er. Das ungute Gefühl in seiner Magengegend verstärkte sich. Hätte er seiner Mutter verbieten sollen, auf die Party zu kommen? Sie hatten doch darüber geredet. Callum war klar gewesen, dass einige der Gäste trinken würden, und das hatte er Ma sehr deutlich gemacht. Doch sie hatte versichert, damit kein Problem zu haben. Schließlich war sie während ihrer Rekonvaleszenz schon öfter mit Hazel und den anderen Frauen aus Meadowvale im *Compass & Rose* gewesen. Auch da war es ihr nie schwergefallen, trocken zu bleiben. Ihm war es falsch vorgekommen, ihr zu widersprechen. Er wollte ihre Erfolge nicht kleinreden, und – ganz ehrlich – nach all den Vorbehalten, die Elisabeth Selma gegenüber gezeigt hatte, hatte er sich gefreut, dass sie die Idee von ihnen beiden endlich akzeptiert zu haben schien.

Er bahnte sich einen Weg durch die Menge. Mal glaubte er, sie im Gespräch mit Hazel zu sehen, dann wiederum stand sie nahe bei Tadgh. Nie hatte sie etwas anderes in der Hand als ein Glas Wasser. Aber immer wenn er sie beinah erreicht hatte, schien sie sich in Luft aufzulösen.

»Hast du Ma gesehen?«, fragte er Tadgh. Der grinste und winkte ab.

»Gerade war sie noch hier. Tolle Frau. Gar nicht so, wie immer alle gesagt haben.« Der alte Seebär wackelte mit den Augenbrauen. »Sie hat mich zum Abendessen eingeladen, sobald ihr weg seid. Ich glaube, ich werde die Einladung annehmen.«

Alarmglocken schrillten in Callums Kopf. Ma war immer dann auf der Suche nach einem Mann, wenn es ihr nicht gut ging.

»Hat sie getrunken, Tadgh?«

»Was?« Die Augen des Imbissbesitzers wurden groß. »Natürlich nicht! Glaubst du etwa, ich würde sie zum Trinken animieren? Um Himmels willen! Jeder hier weiß von ihrem Kampf. So was würde ich nie …«

Callum ließ ihn stehen. Nein, er glaubte nicht, dass Tadgh sie absichtlich verführen wollte, rückfällig zu werden. Doch Callum kannte seine Mutter. Elisabeth war lang genug süchtig, um zu wissen, wie sie ihre Abhängigkeit verstecken konnte.

Ihr geht es gut, versuchte er sich selbst zu beruhigen. Seit weit über hundert Tagen hat sie keinen Tropfen Alkohol angerührt. Hab Vertrauen in sie! Hat sie nicht auch ein Recht auf Gesellschaft? Du bist mit Selma glücklich, aber deiner Ma gönnst du nicht mal einen kleinen Flirt?

Mit jedem Wort nahm die Stimme in seinem Kopf mehr und mehr den Klang der Cailleach Bhéara an. Er kniff die Augen zu, rieb sich den Bart. Das Wort Co-Abhängigkeit kreiste durch seine Gedanken. Auch seine Heilung war nicht zu Ende. Auch er hatte noch viel zu lernen.

Selma tauchte an seiner Seite auf, legte eine Hand auf seine Schulter. »Alles gut bei dir?«

Er schob die Unruhe in seinem Inneren beiseite, zwang sich zu einem Lächeln. »Klar. Alles bestens.«

Er griff nach ihrer Hand, verschränkte ihre Finger miteinander und führte sie zum Mund, drückte einen Kuss auf ihre Fingerknöchel. Heute war kein Tag zum Grübeln, heute war ein Tag zum Feiern. Morgen würden Selma und er eine Reise beginnen, die mehr als alles andere für den Aufbruch in ein neues Leben stand. Sicher machte er sich zu viele Sorgen. Das Leben zu zerdenken gehörte zu seinen Kernkompetenzen. Er musste damit aufhören. Hatte Selma ihn nicht genau das gelehrt?

Nach dem Essen war es Zeit für Musik. Selma brachte Mary Puppins in die Wohnung. Mit Paddys Hilfe rollte Callum einen Verstärker und einen große Lautsprecher in die Mitte des Pubs. Außerdem stellten sie einen Mikrofonständer bereit. Um sicherzugehen, dass alles richtig funktionierte, tippte er dreimal mit dem Finger gegen den Mikrofonkopf. Das dumpfe Klopfen hallte im ganzen Pub wider. Die Gespräche verstummten, alle Augen richteten sich auf ihn.

Auf einmal waren seine Wangen sehr heiß. »Hey, Leute … also …« Er räusperte sich. »Die Party ist in vollem Gange, da ist es wohl ein bisschen spät für Grußworte. Deshalb nur so viel: Es ist irre, dass ihr alle gekommen seid! Selma und ich freuen uns riesig auf unseren Trip.«

»Und wie!« Neben ihm erklang Selmas Stimme. Sie hob ihr Glas in die Höhe und prostete den Gästen zu. Der Blick, den sie ihm schenkte, machte prompt seine Knie weich.

»Und damit der Abend noch lange weitergeht, ist es jetzt Zeit für Musik. Charlie? Willst du?«

Aus der dunklen Masse ihrer Gäste schälte sich Charlie heraus. Er hatte seine Gitarre unter dem Arm und grinste von einem Ohr zum anderen.

»Danke, Kumpel«, sagte er, klopfte Callum auf die Schulter und setzte sich auf den bereitgestellten Stuhl. Mit geübten Griffen rutschte er die Gitarre auf seinem Schoß zurecht, stellte die Mikrofonhöhe richtig ein und wandte sich ans Publikum.

»Also Leute, mein Freund Callum und seine Liebste stechen morgen in See. Und wie könnten wir sie besser verabschieden als mit einem waschechten Shanty? Ich bin sicher, die meisten von euch kennen den Text. Lasst euch nicht aufhalten und singt mit.«

Seine Finger zupften die ersten Akkorde des Songs, dann fiel seine Stimme mit ein. Natürlich hatte er recht, beinah jeder kannte den Text zu *Wellermann*, und schon bald grölte das ganze Pub mit. Dem ersten Lied folgte ein zweites. Mit der Sicherheit eines geborenen Entertainers navigierte sich Charlie durch ein Set aus heißgeliebten Pub-Evergreens und Seemannsliedern.

Irgendwann wurde seine Stimme rau. Selma holte ihm ein Glas Wasser von der Theke, reichte es ihm am Ende von *What shall we do with a drunken Sailor?*. Dankbar nahm Charlie das Glas an, leerte die Hälfte in einem einzigen Zug und stellte es neben den Hocker auf den Boden. Gerade beugte er sich wieder zum Mikrofon und wollte das nächste Lied ansetzen, als jemand sich aus der Gruppe der Zuschauenden drängte und auf Callum und Charlie zustolperte.

Die Zeit gefror zu Grauen. Callums Herz setzte für zwei Schläge aus, dann begann es zu rasen. Alles Blut stürzte aus seinem Kopf. Mit grausamer Klarheit drängten sich Details in sein Bewusstsein. Der schwankende Gang, die hängenden Schultern, die Fahrigkeit, mit der sie nach dem Mikrofon griff.

Charlie warf ihm einen hilfesuchenden Blick zu. Callum konnte nicht reagieren. Er war in seinem schlimmsten Albtraum gefangen. Cailleach Bhéara hatte ihn gefunden. Hier auf seiner und Selmas Party.

In exakt diesem Moment wurden ihm zwei Dinge klar.

Erstens: Er würde am nächsten Morgen nicht mit Selma in See stechen. Und zweitens: Alles Glück der vergangenen Monate, jedes bisschen Vertrauen in die Zukunft war eine Lüge gewesen.

Das Schicksal nahm seinen Lauf.

Seine Mutter entriss Charlie das Mikrofon, führte es an den Mund. In der freien Hand hielt sie ein Glas mit etwas, das aussah wie Limonade. Nichts war so trügerisch wie der sichere Schein.

»Auf meinen Sohn!«

Sie hob das Glas, schrie so laut, dass es eine Rückkopplung gab. Sie taumelte einen Schritt zurück, ihr Drink schwappte über den Rand, Flüssigkeit ergoss sich über ihre Finger. Ihr verzerrtes Lachen ging in dem Kreischen der Lautsprecher unter. »Ups, na so was.« Die Hand mit dem Glas führte sie zum Mund, leckte sich die Flüssigkeit von der Haut. Dabei verschüttete sie noch mehr. Weder Callum noch irgendjemandem sonst im Pub war zum Lachen zumute, doch das hatte die Cailleach Bhéara noch nie gestört.

Sie fuhr fort: »Trinkt mit mir, Freunde, auf meinen *einzigen* Sohn, der sich morgen aus meinem Leben verpissen wird.«

Callums Magen drehte sich um. In seinem Gaumen schmeckte er Galle. Die Wände des Pubs rückten auf ihn zu. Wände aus Scham, sein ewiges Gefängnis.

Wie aus dem Nichts, hinter dem Nebel aus Scham und Übelkeit, tauchte Selma neben ihm auf.

»Callum«, zischte sie. »Callum! Wir müssen was tun!«

Wir. Ein Lachen stieg ihm aus der Kehle, genauso falsch und

dissonant wie das der Cailleach Bhéara. Es gab kein Wir. Nicht mehr. Nicht nach diesem neuesten Auftritt seiner Mutter.

Die wetterte weiter. »Da opfert man sich auf, und was machen die Kerle? Sie verpissen sich. Einer wie der andere. Aber hey, Hauptsache, er hat Spaß, oder nicht? Zieht in die Welt und verwirklicht seine Träume. Auf Callum«, lallte sie wieder. »Auf diesen egoistischen Bastard, den ich mir aus dem Leib gequetscht habe. Freuen wir uns für ihn. Denn er hat ja jetzt die Lieeeeebe gefunden.«

Genug! Das musste aufhören. In Callums Ohren klingelte es. Er presste sich die Hände an die Schläfen. Das musste aufhören!

»Jetzt, Callum!«, drängte Selma, dann nahm sie die Dinge selbst in die Hand, machte sich von ihm frei und stürmte auf Elisabeth zu.

Nicht das auch noch. Selma war stärker als er, gefestigter und so viel mutiger, aber er durfte nicht zulassen, dass sie seine dreckige Wäsche waschen musste. Er riss sich aus seiner Trance, rannte an Selma vorbei auf seine Mutter zu, packte sie am Arm, gröber, als es der Anstand geboten hätte.

»Wir gehen.« Seine Stimme klang fremd in seinen Ohren. Viel zu leise, um es mit dem Kreischen der Cailleach Bhéara aufzunehmen.

»Was, gefällt dir meine kleine Abschiedsrede nicht?« Sie keckerte.

Er antwortete nicht. Charlie kam ihm zu Hilfe. Guter alter Charlie. Er verstand auch ohne Worte, was Callum in diesem Moment von ihm brauchte. Er rangelte Elisabeth das Mikrofon aus der Hand. Wo vorher Gesang und Freude den Raum mit Liebe und Zuneigung gefüllt hatten, war jetzt nur Hässlichkeit.

Elisabeth zeterte und schimpfte. Callum sah auf den Boden, als er sie zur Tür hinausführte. Charlie verscheuchte er mit einem geblafften Bellen. Er wollte niemanden ansehen, mit niemandem reden. Wollte weder Mitleid noch Ekel in den Mienen seiner Freunde sehen. Sie waren für eine Party gekommen und hatten ein Spektakel erhalten.

Kapitel 15

@marypuppins_superdog Liebe Feuchtnasen-Freundinnen, -Freunde und alles dazwischen. Nur wer loslässt, hat beide Hände frei, um nach dem Glück zu greifen. #marypuppins #superdog #dogsofinstagram #loslassen #neuanfang

»Callum, warte! Jetzt warte doch, ich helfe dir.«

Selma hastete hinter Callum und Elisabeth her. Dafür, dass die beiden locker die doppelte Strecke laufen mussten, um Elisabeths Schwanken auszugleichen, waren sie verdammt schnell. Callum schien ganz auf sich konzentriert zu sein. Egal, wie oft sie ihn rief, er wandte sich nicht zu ihr um. Es war, als wäre er in einer Trance, als hätte ihm Elisabeth mit ihren schneidenden Worten alles Leben aus dem Körper gesaugt.

Sie schlang die Arme um die Mitte, rannte schneller. Warum hatte sie sich beim Fertigmachen für die idiotischen High Heels entschieden? Sie trug nie High Heels. Sie hasste die Dinger. Selbst unter besseren Umständen war sie nicht geübt darin, in ihnen zu laufen. Kamen dann auch noch ein rissiger Straßenasphalt und Dunkelheit dazu, war sie absolut aufgeschmissen. Das hatte sie jetzt von ihrer blöden Eitelkeit. Als ob sie den Menschen von

Rossaveal irgendwas hätte beweisen müssen. Ihre neuen Freundinnen und Bekannten hatten sie immer so genommen, wie sie war. Im Grunde war es mehr sie selbst, der sie mit dem schicken Seidenwickelkleid und den hohen Schuhen einen Gefallen hatte tun wollen. Bevor es auf See ging, wollte sie sich noch einmal elegant und luxuriös fühlen. Das war nichts Schlimmes, und es machte sie auch nicht eitel oder oberflächlich. Jetzt war es in der scheiß Seide aber viel zu kalt, und die Schuhe hinderten sie daran, zu Callum und Elisabeth aufzuschließen.

Mit einer ordentlichen Portion Wut schleuderte sie die Pumps von den Füßen. Sie brauchte sie nicht! Denn egal, was sich Callums Mutter einbildete, Callum und sie würden morgen in See stechen. Sicher, irgendwie tat Elisabeth Selma auch leid. Sicher *wollte* sie nicht die erbärmliche Kreatur sein, die Callums Leben ein ums andere Mal schwerer machte. Es war der Alkohol, der sie zu diesem Verhalten trieb, aber das änderte nun mal nichts an dem Ergebnis.

Rund hundert Meter später holte Selma Mutter und Sohn ein. Elisabeth hing schwer in Callums Umarmung. Sie hatte aufgehört zu kreischen, stattdessen drückte sie jetzt das Gesicht an seine Brust. Zwischen unverständlichem Gebrabbel stieß sie immer wieder Schluchzer aus. Ohne auf eine Anweisung von Callum zu warten, drehte Selma Elisabeth so, dass sie der Älteren einen Arm unter die freie Schulter schieben konnte.

»So geht es besser.«

»Du!« Elisabeth wollte sich ihrem Griff entreißen, doch weder Callum noch Selma ließen sie los. Also änderte sie ihre Strategie. Mit ausgestrecktem Zeigefinger stach sie Selma beinah ein Auge aus. »Du hast mir gar nichts zu sagen. Ich wusste, dass du Böses im Sinn hast, da kannte ich dich noch nicht einmal!«

»Ma!« Endlich erwachte Callum aus seiner Starre. »Lass Selma aus dem Spiel.«

»Pfft.« Im Sternenlicht glänzten die Speichelbläschen vor Elisabeths Lippen wie Seifenblasen. Kurz trafen sich Callums und Selmas Blicke über Elisabeths zerzaustem Haarschopf hinweg, und es war, als ob nichts zwischen ihnen stand, schon gar keine Mutter, die bereit war, die eigene Gesundheit zu opfern, um den Sohn an sich zu ketten. Der Moment endete viel zu schnell, dann fuhren Callums Schutzwälle wieder hoch. Er wandte den Kopf ab, schloss Selma aus. Seine Scham war stärker als seine Liebe. Selma und Callum trennten nicht einmal zwei Meter, und noch nie in ihrem Leben hatte sie sich so allein gefühlt. Kälte ergriff von ihr Besitz, stieg von ihren nackten Fußsohlen auf, rann durch ihren ganzen Körper. Als sie endlich Callums Elternhaus erreichten, schlotterte sie am ganzen Körper.

Während er den Hausschlüssel aus der Hosentasche fummelte, stützte sie Elisabeth. Die Tür schwang auf. Gemeinsam bugsierten sie die Betrunkene in Richtung ihres Schlafzimmers. Im Vorbeigehen schlug Callum mit dem Ellenbogen an den Lichtschalter im Flur.

Selbst im erbarmungslosen Licht der Deckenlampe wirkte es gemütlich im Haus. Nicht einsam. Nicht hässlich. Nicht so, wie Selma sich das Haus einer Trinkerin vorgestellt hatte, und schon gar nicht wie das Gefängnis, als das Elisabeth es offensichtlich empfand. Allein seit ihrem letzten Besuch hier hatte sich einiges getan. Eine neue Fußmatte mit der Aufschrift »Be our Guest« lag innen vor der Haustür, alle Oberflächen waren staubfrei und glänzten. Im Vorbeigehen erkannte sie neue Vorhänge im Wohnzimmer. Auch das Sofa hatte einen neuen Bezug. Die Schuhe an der Garderobe standen in ordentlichen Paaren in den Fächern eines Schuhregals. Ein Strauß frischer Schnittblumen verbreitete angenehmen Duft, und abgespültes Geschirr trocknete neben dem Spülbecken aufgestapelt auf dem dafür vorgesehenen Gestell.

»Pass auf, dass sie nicht aufs Gesicht fällt.« Gemeinsam ließen sie Elisabeth auf das Bett gleiten. Noch immer in gebeugter Haltung streifte Callum seiner Mutter die Schuhe von den Füßen, dann rollte er sie so, dass er an den Reißverschluss des Kleides kam.

Selma biss sich auf die Unterlippe. »Soll ich vielleicht …«, bot sie an. Die ungewollte Intimität der Situation zerquetschte ihr den Brustkorb. Es fühlte sich falsch an, Elisabeth so würdelos zu erleben. Immer wieder zuckte sie zusammen, brabbelte unverständliche Worte. In ihrem Magen rumorte es laut, sie furzte und rülpste ohne Scham.

Callum schüttelte den Kopf. Mit Handgriffen, die seine Routine verrieten, streifte er Elisabeth Kleid und Strumpfhose ab, half ihr in ein Nachthemd. Ruppig schüttelte er ihre Schulter. »Musst du pinkeln? Ma! Ma, hörst du mich? Willst du nicht lieber jetzt aufs Klo, ehe es zu spät ist?«

Elisabeth regte sich. Sie rollte sich enger zusammen, einen Arm legte sie schützend um ihr Gesicht. »Fahr zur Hölle«, war ihre Antwort. »Fahr endlich zur Hölle, wo du immer schon hinwolltest.« Die letzten Silben verwässerten, dann schnarchte Elisabeth, und Callum und Selma verließen das Schlafzimmer.

Wohin jetzt? Sie sah zu der zweiten geschlossenen Tür im Flur: Callums Zimmer. Wie oft hatte er schon hinter dieser Tür gelegen und durch die Wand auf den Atem seiner Mutter gelauscht? Wie oft hatte er um ihr Leben gefürchtet? Wie oft so viel von sich gegeben, nur um sich immer wieder anhören zu müssen, was für ein selbstsüchtiger, grauenvoller Mensch er sei?

Callum hatte ihr von Elisabeth erzählt. Er hatte ihr von seinem inneren Kampf erzählt und gebeichtet, wie schwer es ihm fiel, sich abzunabeln. Sie hatte es nicht begriffen. Bis heute, als sie zum ersten Mal erlebt hatte, wie Elisabeth in diesem Zustand zwischen wütender Ablehnung und absoluter Bedürftigkeit war.

Hier ging es nicht um die normale Abnabelung eines erwachsenen Kindes von der Mutter. Es ging auch nicht um die Frage, wen Callum mehr liebte: Elisabeth oder sie.

Das Netz aus Abhängigkeit, Liebe, Verachtung und Verantwortung, in dem Callum und seine Mutter gefangen waren, war so eng, dass es kein Entrinnen gab. Nicht hier in Rossaveal, aber wahrscheinlich auch nirgendwo sonst auf der Welt. Denn das Gift, das Elisabeths Krankheit seit Jahrzehnten in Callums Körper verbreitete, würde sich nicht auflösen, nur weil er sich plötzlich an einem anderen Ort befand.

Sie streckte die Hand nach ihm aus, brachte die Berührung aber nicht zu Ende. Sie konnte nicht an ihm zerren und ziehen. Das hatte Elisabeth schon viel zu oft gemacht, und da wurde ihr eines klar: Sie konnte nicht mit Callum in See stechen. Nicht morgen und auch nicht übermorgen, denn wenn sie ihn wirklich liebte, gab es nur eines, was sie für ihn tun konnte: Sie musste ihn freigeben.

»Morgen bleibt die *Saorsa* im Hafen.« Sie betonte es nicht als Frage, dennoch nickte er.

»Es tut mir leid, Selma, aber …«

»Psst«, machte sie. Sie streckte den Zeigefinger aus, legte ihn auf Callums Lippen. »Erklär dich nicht. Du musst tun, was du tun musst.«

Kaum merklich lehnte er sich in die Berührung. »Und du?«

Ihre Augen brannten. Sie wagte nicht zu blinzeln, wollte sich jedes noch so kleine Detail seines Gesichts einprägen. »Ich muss auch tun, was ich tun muss.«

»Du willst weiterreisen?«

»Ich bin nie gekommen, um für immer zu bleiben.«

»Aber dein Bus …«

»Ich finde einen Weg.«

Er nickte, legte die Stirn an ihre. Sein Atem roch süß und warm. Sie schloss die Augen, konnte sich nicht trennen.

»Ich wünsche dir das Beste, Callum. Wirklich. Ich …« Ihr ging der Schwung aus. Für den Schmerz, der ihr Herz zerfetzte, gab es keine Worte.

Sag was, flehte sie im Stillen. Sag, dass du nicht willst, dass ich gehe. Sag, dass wir den Trip einfach noch mal verschieben. Sag, dass dir die Zukunft mit mir wichtiger ist als diese alte Wunde, die immer wieder aufreißt und schmerzt, weil Elisabeth zu krank und stur ist, um dich freizugeben.

Doch er sagte nichts. Mit grausamer Zärtlichkeit strich er ihr die Haare hinters Ohr. Seine Lippen tupften einen Kuss auf ihre Stirn, dann gab er sie frei. Von jetzt an gab es niemanden mehr, auf den sie Rücksicht nehmen musste. Sie konnte tun und lassen, was sie wollte. Genau das hatte sie sich gewünscht, als sie sich vor Monaten in ihren Van gesetzt hatte und nach Irland aufgebrochen war. Warum nur tat es dann so weh?

Sie wandte sich ab, verließ Callums Elternhaus. Sie rannte

zurück nach Rossaveal. Zurück zu Mary Puppins. Kaum hatte Selma die Tür zu dem Appartement aufgeschlossen, begrüßte die Hündin sie mit vollem Enthusiasmus. Noch in der Tür ließ sich Selma zu Boden fallen, umarmte ihre tierische Freundin, vergrub die Nase in ihrem weichen Fell.

»Nur du und ich«, flüsterte sie in Mary Puppins' Fell. Die Tränen kamen jetzt in ganzen Bächen. »Jetzt sind es wieder nur du und ich.«

Mary Puppins schnaufte. Sie machte Platz und robbte so nah an Selma heran, als wollte sie in sie hineinkriechen. Unablässig leckte sie Tränen von Selmas Wangen. Die liebe, gute Mary P. Sie wusste immer, wie sie Selma trösten konnte. Obwohl auch ihre Hündin die Situation nicht verbessern konnte, fühlte sich Selma zumindest nicht mehr so allein.

Mit dem Unterarm wischte sie sich Tränen und Hundesabber vom Gesicht. »Ich hab es diesmal wirklich probiert, weißt du? Ich hab mir Melinas Rat zu Herzen genommen und wirklich probiert, keine Erwartungen an Callum zu haben. Ich war geduldig und verständnisvoll und habe ihn kein bisschen unter Druck gesetzt. Aber ich kann nicht bleiben. Nicht, wenn er nicht auch ein bisschen um mich kämpft.«

Sie rappelte sich auf. Es laut auszusprechen, hatte geholfen. Sie wollte nicht gehen, aber diese Wohnung gehörte Callum. Ihre neuen Freunde in Rossaveal waren in Wahrheit Callums Freunde. Das ganze neue Leben, auf das sie stolz gewesen war, war an ihn gebunden.

Wenn sie Callum die Freiheit geben wollte, ganz für sich allein entscheiden zu können, wie er seine Zukunft gestalten würde, gab es nur einen Weg für sie, und der führte weg von Rossaveal.

Bei offenem Fenster lauschte Callum in die Stille. Noch vor wenigen Monaten hätte er seine ganze Aufmerksamkeit auf die Atemgeräusche auf der anderen Seite der Zimmerwand gerichtet. Das Handy stets in der Hand, um im Notfall den Rettungsdienst anrufen zu können. Heute konzentrierte er sich auf das entfernte Rauschen der Wellen am Strand unter den Klippen. Wenn er genau hinhörte, drang das stetige Auf und Ab bis zu ihm. Jede Welle trieb die Flut näher heran. Um kurz nach vier Uhr am Morgen hätte sie ihren Höchststand erreicht. Dann wäre der Moment zur Flucht gekommen, der Augenblick, an dem er allein auf die *Saorsa* steigen und dem ganzen Mist hier den Rücken kehren könnte.

Mit einem Knopfdruck aktivierte er das Handydisplay. Kurz nach ein Uhr am Morgen. Vor fast zwei Stunden hatte er Selma aus seinem Leben vertrieben. Noch hatte er Zeit. Drei Stunden blieben ihm. Drei Stunden, um eine Entscheidung zu treffen. Um die Initiative zu ergreifen und endlich einmal zu agieren, statt immer nur zu reagieren.

Das Display erlosch. Die Zeit verstrich. Nur noch zwei Stunden.

Natürlich hatten Selma und er nicht vorgehabt, mitten in der Nacht auf ihren Törn zu gehen. Sie hatten geplant, Paddy am Abend beim Aufräumen im Pub zu helfen und sich dann ordentlich auszuschlafen, ehe sie mit dem auflaufenden Wasser irgendwann gegen Mittag den Hafen verlassen hätten.

Selma. Allein ihren Namen zu denken, tat im Herzen weh. Sie hatte es nicht aussprechen müssen, damit er wusste, dass ihr letztes Lebwohl eines für immer gewesen war. Kein Mensch war bereit, die eigenen Pläne wieder und wieder aufs Abstellgleis zu stellen. Kein Mensch außer ihm.

Er schluckte gegen den Knoten in seiner Kehle an, fuhr sich mit der Hand über die Augen. Diesmal hatte er wirklich geglaubt, Ma habe es geschafft. Er hatte die Freiheit bereits gerochen und sich Träume erlaubt, die so viel größer und wundervoller waren als alles, was er jemals zuvor geträumt hatte.

Nur ein Mal zuvor hatte er sich ähnlich ohnmächtig vor Wut und Trauer über einen ihrer Rückschläge gefühlt wie heute. Damals mit achtzehn Jahren, als er den Studienplatz in Kiel hatte verfallen lassen, weil Ma nur Tage vor seiner Abreise einen Rückfall gehabt hatte. Auch damals hatte sie seine Abschiedsparty für einen großen Auftritt genutzt.

Ein Ächzen fuhr ihm aus der Kehle. Warum fiel ihm das erst jetzt ein? Hatte er vor lauter Scham vergessen, wie das damals passiert war? Wenn er glaubte, ihr heutiger Auftritt sei das Peinlichste gewesen, was er jemals erlebt hatte, dann täuschte er sich nämlich. Bei seiner Abschiedsparty vor dem Studienbeginn war es noch viel schlimmer gewesen. Damals hatte sie nicht nur ihn angepöbelt, sondern auch alle anderen Anwesenden. Seine Freundinnen hatte sie beiseitegenommen und ihnen so laut, dass es alle hören konnten, prophezeit, dass auch sie nur als die verlassenen Schlampen von irgendwelchen Arschlöchern enden würden. Kein Wunder, dass er danach nicht mehr viele Freunde gehabt hatte. Kein Wunder, dass man in der gesamten Gemeinde Rossaveal viel lieber über ihn sprach als mit ihm.

Und trotzdem war er geblieben. Weil er kein Arschloch sein wollte, das seine Ma im Stich ließ, wenn sie ihn am dringendsten brauchte. Weil er anders sein wollte als sein Da und ihr beweisen wollte, dass es sich lohnte, gesund zu werden. Für ihn, für ihren Sohn. Damals hatte er sich geschworen, nie wieder zu hoffen. Er hatte die Werkstatt seines Großvaters wiedereröffnet und sich nach und nach einen Kundenstamm aufgebaut. Über die Jahre hinweg wurde das Getuschel leiser. Man sprach jetzt mehr darüber, was Callum mit einem Bootsmotor anstellen konnte, als darüber, wer seine Ma war. Zumindest in seiner Gegenwart. Er hatte sich eingeredet, zufrieden zu sein. Das Leben in Rossaveal war einfach, aber sicher. Keine Abenteuer für ihn. Keine Hoffnungen, die zerstört werden konnten. Keine Angst vor neuer Schande. Doch dann war Selma in sein Leben getreten, und er hatte begriffen, dass er nie aufgehört hatte zu hoffen. Seine Träume hatten nur geschlafen. Viel mehr als einen Anstupser hatte es nicht gebraucht, und sie waren größer und bunter und wundervoller zu neuem Leben erwacht als jemals zuvor. Er hatte nicht vergessen, zu welchen Gemeinheiten seine Mutter fähig war, er hatte es verdrängt. Und wie ein naives kleines Kind war er in die Falle der Cailleach Bhéara getappt. Hatte sich wirklich rein gar nichts geändert, seit er ein achtzehnjähriger Junge gewesen war? War er überhaupt nicht erwachsener geworden? War er wirklich noch immer der kleine Junge, für den das Einzige, was zählte, die Liebe einer Mutter war, die er nie bekommen würde?

Selma liebte ihn. Obwohl sie ihn verlassen hatte, bezweifelte er ihre Liebe nicht. Der Unterschied zwischen ihm und Selma war, dass sie wusste, wann es wichtiger war, für sich selbst zu kämpfen, statt für einen anderen. Das war nichts, was er ihr übelnehmen konnte. Im Gegenteil. Er bewunderte diese Stärke und wollte etwas von ihr lernen.

Die Zeit verstrich. Das Meer rauschte weiter, und Callum traf einen Entschluss. Noch hatte er die halbe Nacht Zeit.

Er rappelte sich auf, dehnte seinen Rücken und rieb sich die Hände. Es gab viel zu tun. Besser, er verschwendete nicht eine weitere Sekunde.

Hin und her, hin und her. Nach Monaten in Rossaveal hatte Selma geglaubt, sich an die Entfernungen gewöhnt zu haben. Doch als sie in den frühen Morgenstunden mit gepacktem Rucksack, einer riesigen Reisetasche und Mary Puppins an ihrer Seite vor Aislings Haustür stand, war es endgültig zu viel. Ihre Knie fühlten sich an wie Wackelpudding, ihr Atem ging schnell, und sie zitterte. Vor einer halben Stunde oder so hatte es angefangen zu nieseln. Kein echter Regen, aber genug, um die Haut mit einem eisigen Feuchtigkeitsfilm zu überziehen. Im Licht der Sterne gruselten die windschiefen Strommasten am Wegesrand sie. Sie sahen aus wie Finger, die auf sie zeigten: *Seht her, da geht sie. Wieder einmal bleibt ihr nur die Flucht. Hat sie wirklich geglaubt, endlich angekommen zu sein? Nicht Selma. Selma ist nirgendwo zu Hause. Niemand will sie behalten.*

Blanke Sturheit hielt sie auf den Beinen. In Callums Wohnung hatte sie nicht bleiben können. Zu viele Erinnerungen raubten ihr dort den Atem. Schöne Erinnerungen. Wundervolle Erinnerungen an gemeinsam verbrachte Stunden, in denen alles möglich geschienen hatte.

»Ich tue es für dich.«

Wie ein Mantra sagte sie sich den Satz immer wieder vor, während sie weinend ihre Sachen zusammenpackte und so verstaute, dass sie sie allein tragen konnte. Den Bus gab es nicht mehr, die *Saorsa* gehörte Callum, und zu Fuß würde sie nicht weit kommen. Trotzdem musste sie weg hier. So schnell wie möglich. Ehe sie es sich überlegen und auf Callums Türschwelle auftauchen konnte, um ihm zu schwören, jederzeit an seiner Seite zu bleiben. Seien die Zeiten nun gut oder schlecht. Könnte sie nur einen Augenblick lang glauben, ihm damit einen Gefallen zu tun, würde sie es machen. Ihr Stolz stand ihr nicht im Weg. Doch tief in ihrem Inneren wusste sie, dass es nicht fair wäre, Callum mit Liebesbekundungen und falschen Träumen an sich zu ketten. Ihre Liebe ersetzte nur ein Gefängnis durch ein anderes. Von seiner eigenen Mutter hatte Callum oft genug erfahren, wie einengend falsche Zuneigung sein konnte. Selma liebte Callum. Doch noch mehr als Liebe wünschte sie ihm Freiheit. Freiheit, eigene Entscheidungen treffen zu können. Freiheit, um auch einmal rücksichtslos und egoistisch zu sein. Freiheit für eigene Fehler. Und sogar die Freiheit von ihr.

Also packte sie ihre Sachen und achtete dabei nicht auf die Tränen, die ihr währenddessen über die Wangen liefen. Ein letztes Mal sah sie sich um und sagte dem Ort Lebwohl, den Callum für sie zu dem Refugium gemacht hatte, an dem sie von Melinas Betrug heilen und wieder zu sich selbst finden konnte. Im Laufe ihres Lebens hatte Selma schon viele Abschiede erlebt, doch dieser tat am meisten weh. Sie hatte geplant, mit Callum zu gehen, und musste es jetzt doch wieder allein tun. Was nur eine Trennung auf Zeit hätte sein sollen, wurde zu einem Abschied für immer.

Sie hatte keine Ahnung, wohin sie sich wenden sollte. Ihre Trips für den Blog hatten sie gelehrt, dass man in dieser Gegend einen fahrbaren Untersatz brauchte, um von A nach B zu kommen, und den besaß sie nicht mehr. Trotzdem setzte sie den ersten Schritt vor die Tür und dann den zweiten und dann immer noch einen, bis sie irgendwann vor Aislings Haustür stand.

Sie wollte nicht klingeln, um Cailan nicht zu wecken. Wahrscheinlich wollte Aisling sie auch gar nicht bei sich haben, denn immerhin war sie Callums Freundin, und den hatte Selma gerade verletzt. Was zählte es da schon, dass sie nur das Beste für ihn wollte? Unentschlossen blieb sie stehen, verlagerte das Gewicht von einem Bein auf das andere. Was tun? Was jetzt? Sie sehnte sich nach einer menschlichen Umarmung. Sie sehnte sich nach Trost und Ruhe und jemandem, der ihr versicherte, kein schlechter Mensch zu sein, weil sie Callum freigab. Konnte sie das von Aisling erwarten? Konnte sie es von irgendjemandem erwarten, oder stand es einzig in ihrer eigenen Macht, sich selbst zu verzeihen?

Minuten verstrichen, dann löste Mary Puppins die Situation auf, indem sie ein kurzes Bellen von sich gab. Selma war zu schwach, um zu protestieren. Sie konnte sich ja kaum noch auf den Beinen halten. Das Bellen hallte in ihren Ohren wider, und sie musste sich am Türsturz abstützen, um nicht zusammenzubrechen. Nur kurz, sagte sie sich, als sie die Augen schloss. Wie lang es im Endeffekt gewesen war, konnte sie nicht sagen. Offenbar war sie im Stehen eingeschlafen, denn als die Tür aufschwang, wachte sie schlagartig auf und wusste eine Sekunde lang nicht, wo sie war.

»Selma!«, rief Aisling im gleichen Moment, als Selma »Aisling!« rief. Dann sagten sie einen Herzschlag lang beide nichts, bis wieder Mary Puppins die Dinge in die Hand nahm. Sie schlängelte sich zwischen Aislings und Selmas Beinen hindurch ins Haus, steuerte zielstrebig auf das Sofa zu und ließ sich mit einem hörbaren Aufatmen darauf fallen. Selbst ihr war das nächtliche Hin und Her offenbar zu viel gewesen. Kaum berührte ihre Schnauze das Sofakissen, da erfüllte bereits ein sachtes Schnarchen den Raum.

»Tut mir leid«, sagte Selma, aber Mary Puppins' Initiative brachte auch Aisling zum Handeln.

»Nicht dafür.« Sie griff nach dem Kofferhenkel. Mit einer ruckhaften Bewegung zerrte sie das Teil über die Schwelle. Gleichzeitig zog sie mit der anderen Hand Selma ins Haus. »Du siehst fürchterlich aus. Warst du noch gar nicht im Bett?«

Selma schüttelte den Kopf. Nass geweinte Haarsträhnen klebten an ihren Wangen und dem Hals. Schon wieder kämpfte sie mit den Tränen. Nur gut, dass es Aisling gab.

Mit sachter Gewalt schob die Freundin sie zum Sofa, half ihr, den Rucksack von den Schultern zu nehmen, und drückte sie schließlich in die Kissen. Als hätte sie geahnt, dass auch ihr Frauchen Platz benötigte, hatte Mary Puppins sich so klein zusammengekugelt, dass gut und gerne noch drei weitere Personen auf der Couch Platz gefunden hätten.

Selma stützte die Ellenbogen auf die Knie, barg den Kopf in den Händen. Sie schuldete Aisling eine Erklärung, aber die Worte wollten ihr einfach nicht aus der Kehle kommen. Sie war zu müde. Zu erschöpft. Von innen wie von außen. Trotzdem zuckte sie zusammen, als sie eine tröstende Hand auf ihrem Hinterkopf spürte.

Sie zog die Nase hoch, schniefte, das Schniefen verwandelte sich erst zu einem Schluckauf, dann zu einem Schluchzen.

»Ich hab es für ihn gemacht.« Zwischen zwei Schluchzern presste sie das Mantra hervor, das ihr in dieser fürchterlichen Nacht bis zu Aislings Haus geholfen hatte. »Ich hab es für ihn gemacht.«

»Psst«, antwortete Aisling. Sie musste ahnen, um wen es ging, und wahrscheinlich sprachen auch der Koffer und der Rucksack eine deutliche Sprache. Tröstend streichelte sie Selmas Haare, murmelte unverständliche Worte und war einfach da. Sie stellte keine Fragen, verlangte keine Rechtfertigung, öffnete einfach nur ihr Haus und Herz für Selma.

»Ich kann nicht bleiben.« Von dem Augenblick an, als ihr bewusst geworden war, wie starr die Fesseln waren, mit denen Elisabeth Callum an sich band, hatte sie diese Gewissheit begleitet. »Du verstehst mich doch, oder? Du weißt, dass ich es ihm zuliebe mache? Ich will nicht wie sie sein. Meine Liebe soll ihn nicht einsperren, Aisling. Ich liebe ihn so sehr. Er braucht nicht noch einen Menschen in seinem Leben, von dem er festgehalten und beeinflusst wird.«

»Ich weiß. Und weil du so denkst, könntest du niemals sein wie sie.«

Aisling verstand. Sie gab ihr recht, oder nicht? In Selmas Ohren rauschte es, sie hatte solche Kopfschmerzen, und auch das verstand Aisling, ohne dass sie es erklären musste.

»Schlaf«, sagte sie. »Morgen ist ein neuer Tag.«

Selma fielen die Augen zu. Das Letzte, was sie dachte, ehe der Schlaf sie übermannte, war: Aisling hat recht. Morgen ist ein neuer Tag. Der erste Tag vom Rest meines Lebens. Der erste Tag ohne die Menschen, mit denen ich glücklich war.

Kapitel 16

@marypuppins_superdog Liebe Feuchtnasen-Freundinnen, -Freunde und alles dazwischen. Echte Freunde öffnen dir mitten in der Nacht das Haus und ihr Herz. Sie spüren, wenn es dir nicht gut geht, und sind für dich da. Falsche Freunde brauchen dich, wenn du ihnen nutzt. #marypuppins #superdog #dogsofinstagram #echtefreunde #Freundschaft

Callum war bereit. Seit Stunden, so fühlte es sich zumindest an, saß er in der Mitte des Wohnzimmersofas und blickte starr auf die Türschwelle zum Flur. Hinter ihm, an den Rücken der Couch gelehnt, standen drei Umzugskartons. Daneben zwei Koffer. So wenig Platz für ein ganzes Leben.

Es war erstaunlich einfach gewesen, Elisabeths persönliche Dinge zusammenzupacken. Nicht einmal, als er ihren Kleiderschrank geleert hatte, hatte sie sich gerührt. Sie schlief ihren Rausch aus, und vielleicht zum ersten Mal in seinem Leben kam Callum das gelegen. Als Letztes hatte er das Schreiben aufgesetzt und ausgedruckt. Das Rattern des alten Tintenstrahldruckers hatte Elisabeth auch nicht gestört. Früher, wenn er sich diesen Moment in Gedanken ausgemalt hatte, hatte er sich immer vorgestellt, nervös zu sein. Vor seinem inneren Auge hatte er zitternde Finger und einen hektisch hüpfenden Adamsapfel gesehen. Nun, als es so weit war, war er ganz ruhig.

Vor dem Fenster verabschiedete sich die Nacht. Tiefes Schwarz verwandelte sich erst in Anthrazit, dann in Grau, ehe die Sonne die Gipfel der Berge in sandiges Ocker tauchte. Vom Atlantik her stieg Nebel auf, Wolkenschlieren warfen Schatten auf das Meer, das glatt und dunkel in die Ferne wies. Weiter kletterte die Sonne über den Horizont, schälte Umrisse und Silhouetten aus der Nacht. Vor dem Fenster entblätterte sich eine neue Welt. Einzig für ihn, und er war bereit.

Die digitale Anzeige am Fernseher zeigte acht Uhr. Dann neun.

Endlich regte sich etwas in Elisabeths Zimmer. Die Schlafzimmertür kratzte über den Dielenboden, schlurfende Schritte waren zu hören, das schmatzende Geräusch von jemandem, der die Nase hochzog, ein Räuspern. Callum setzte sich gerade hin, ballte die Hände zu Fäusten, ließ sie wieder locker. Das hier war kein Kampf, er musste sich nicht rüsten.

Die Klospülung ging, dann rauschte die Wasserleitung. Er stellte sich vor, wie Elisabeth den Alkoholfilm von den Zähnen schrubbte, wie sie gurgelte und spuckte, um den Geschmack eines versauten Abends loszuwerden. Nein. Er schloss kurz die Augen, stoppte die Gedanken. In dieser Nacht hatte er sich ein Versprechen gegeben: Nie wieder würde er versuchen, Elisabeths Gedankenstränge zu entwirren, um sie anschließend zu Entschuldigungen, zu Erklärungen und Rechtfertigungen zu verweben. Elisabeths Sucht und die gedanklichen Auswüchse, die ihre Krankheit ihr bescherten, waren ihre Sache, nicht seine. Er wollte seinen Schwur nicht bereits am ersten Morgen brechen.

Wieder klappte die Badezimmertür. Ein Schatten huschte gebeugt an der offenen Wohnzimmertür vorbei zur Küche. Oberschranktüren wurden geöffnet und geschlossen, der Wasserkocher rauschte. Sie fragte nicht, ob er auch einen Tee wollte.

Weitere Minuten vergingen. Er wartete auf den richtigen Moment. Nicht ihretwegen, sondern seinetwegen. Jede Sekunde, in der sie keinen Gedanken an ihn verschwendete, nahm er in sich auf, achtete auf jedes noch so kleine Detail. Er wollte es nie wieder vergessen. Sie hatte alles darangesetzt, seine Träume in Alkohol zu ertränken, jetzt tat sie, als gäbe es ihn nicht. Als wäre er ein Gefäß für ihre Wut und Einsamkeit, mehr nicht. Etwas, das man zerstören konnte, nicht jemand, der es wert war, geliebt und gefördert zu werden.

Als sie das nächste Mal am Wohnzimmer vorbeiging, rief er ihren Namen. Er rief nicht »Mam« oder »Ma«, wie er es sonst immer tat, sondern »Elisabeth«. Auf seinen Lippen fühlten sich die Silben fremd an.

Falls sie sich über seine Ansprache wunderte, ließ sie es sich nicht anmerken. Sie trottete ins Wohnzimmer, ganz kurz streifte ihr Blick die Umzugskartons und den Koffer, dann drehte sie ihren Kopf, sah durch ihn hindurch, die Augen verschleiert, die Lider auf Halbmast.

»Du hier?«

Meinte sie das Wohnzimmer oder das Haus? Hatte sie wirklich damit gerechnet, dass ihr Auftritt auf der Party umsonst gewesen war? Hatte sie ihn einfach nur zum Spaß beleidigt und verhöhnt? Das leichte Opfer, das immer noch die andere Wange hinhielt, wenn sie ihn schlug? Weil sie immer noch seine Mutter war und er sie liebte, ganz egal, wie zerstörerisch diese Liebe war.

»Ja. Ich hier.«

Sie ließ sich neben ihm auf die Couch fallen. Etwas Tee schwappte über den Becherrand. Sie zischte, stellte den Becher auf den Couchtisch. Callum versuchte noch, das Schreiben zu retten, war aber zu langsam. Dort, wo Tee auf dem Brief landete, wellte sich das Papier, wurde durchscheinend und dünn. Genauso wie seine Geduld.

»Kannst du nicht aufpassen?« Er zog das Schreiben unter dem Becher hervor.

»Was?« Elisabeth kräuselte die Oberlippe. »Ist das etwas Wichtiges? Ist das nur ein neuer Weg, wie du mir unter die Nase reiben willst, wie nutzlos ich bin? Was für ein Stück Scheiße?« Offenbar war der Alkohol in ihrem Blut noch nicht abgebaut. Oder sie hatte Kopfschmerzen vom beginnenden Entzug. Irgendwas war immer.

Er faltete das Papier auf, hielt es ihr hin. »Ob es wichtig ist, musst du entscheiden. Es ist für dich.«

Sie griff nicht nach dem Brief. Im Gegenteil, instinktiv wich sie vor ihm zurück. Wie bei einem verletzten Tier war das, was von einem Menschen blieb, am Schluss purer Instinkt.

Ihre Augen weiteten sich, auf ihrer Oberlippe bildete sich ein feiner Schweißfilm. »Was soll der Scheiß? Ich kriege keine Post.«

»Du kriegst Post. Normalerweise öffne nur ich sie für dich. Das Schreiben ist aber von mir.«

Sie gab einen Laut von sich, der halb aus Lachen, halb aus höhnischem Schnauben bestand. »Warum solltest du mir schreiben? Du bist doch da.«

»Es ist deine Kündigung, Ma. Das Haus gehört mir, Grandpa hat es mir gemeinsam mit der Werkstatt vererbt, das weißt du. Ich möchte nicht mehr, dass du weiter in diesem Haus wohnst.«

Sie öffnete den Mund, schloss ihn wieder, öffnete ihn erneut. Wieder weiteten sich ihre Augen. Alles geschah wie in Zeitlupe. Fassungslosigkeit, Schock, Wut – das Wechselspiel der Emotionen auf ihrer Miene war überdeutlich.

Callum straffte die Schultern, richtete sich auf. Nun galt es, schnell zu sein. Wenn er vollenden wollte, was er in der Nacht begonnen hatte, musste er der Cailleach Bhéara zuvorkommen.

»Deine persönlichen Sachen habe ich bereits zusammengepackt.«

Er nickte zu den Kartons und dem Koffer hinter der Sofalehne und verbiss es sich, zu erwähnen, dass streng genommen alles in diesem Haus ihm gehörte. Seitdem er alt genug dafür war, hatte stets er für ihren Lebensunterhalt gesorgt.

»Du hast jetzt zwei Möglichkeiten, die erste lautet: Du lässt dich von mir in eine Klinik fahren. Ich habe eine Einrichtung in der Nähe von Limerick gefunden, die bereit wäre, dich kurzfristig für ein stationäres Rehabilitationsprogramm aufzunehmen. Du musst es nur selbst wollen. Wenn du versprichst, dich auf die Therapie einzulassen, musst du nur ein Wort sagen, und ich fahre dich sofort dorthin.« Er holte Luft. Dass sie die kurze Pause nicht nutzte, um auf ihn loszugehen, wertete er als positives Zeichen. »Die zweite Möglichkeit ist, du nimmst deine Sachen und verschwindest. Mir ist egal, wohin, zu wem oder für wie lange. Mir ist egal, ob du auf der Straße landest, in einem Obdachlosenheim oder im Knast. Gestern war nur die letzte Situation von vielen, in der du bewiesen hast, dass es dir egal ist, wie es mir geht. Ab heute folge ich deinem Beispiel. Du hast es immer herbeigeredet, jetzt kannst du zuschauen, wie deine Prophezeiung wahr wird:

Wenn du nicht in die Entzugsklinik gehst, bist du ab heute auf dich allein gestellt. Zur Not hole ich mir einen gerichtlichen Beschluss, damit die Polizei die Räumung des Hauses durchsetzen kann. Triff deine Wahl.«

Ein paarmal noch blinzelte sie. Langsam und mit beiden Augen wie eine Eule. Ihr Kiefer zuckte, als müsse sie auf seinen Worten herumkauen, ehe sie sie verdauen konnte. Erst als ihr Blick zum wiederholten Mal auf die Kartons und Koffer fiel, schien sie zu begreifen.

»Du … du wirfst mich raus?«

Er nickte.

»Wegen … wegen dieses Flittchens? Du wirfst deine eigene Mutter aus ihrem Zuhause wegen einer dahergelaufenen Nutte, die …«

Warnend hob er die Hand. »Ich rate dir, nicht weiterzusprechen, Mutter.« Seine Stimme blieb ruhig, aber die Worte klangen hart wie Stahl. Es wirkte. Tatsächlich verstummte Elisabeth.

»Du hast eine Wahl«, wiederholte er. »Ich habe dir deine Optionen genannt.« Er stand auf. »Ich gehe jetzt duschen und ziehe mich um. Wenn ich zurück ins Wohnzimmer komme, erwarte ich deine Entscheidung.«

Er erhob sich. Das Kündigungsschreiben legte er ihr in den Schoß. Ohne sich noch einmal nach ihr umzudrehen, verließ er das Zimmer und tat, was er angekündigt hatte.

Er fühlte nichts. Keine Erleichterung, kein schlechtes Gewissen. Im Bad drehte er die Dusche an, stieg in die Keramikwanne, wusch seinen Körper mit routinierten Bewegungen. Er trocknete sich ab, putzte sich die Zähne, rubbelte sein Haar trocken. In seinem Zimmer zog er sich Klamotten an, die zu beinah jeder

Gelegenheit passend waren. Dunkle Jeans, ein auberginefarbenes Button-Down-Hemd und dunkle Socken. Er horchte in sich hinein, lauschte auf eine Stimme, die ihm sagte, auf welche Entscheidung er hoffte, aber in ihm herrschte absolute Stille. Ihm war tatsächlich egal, für was für ein Leben sie sich entschied. In wenigen Minuten würde er das Haus verlassen, in dem er mit seiner Mutter gelebt hatte, in dem zuvor sein Großvater gelebt hatte und dessen Vater davor. Er würde das Haus verlassen und nicht mehr zurückkommen. Es gab ein Leben außerhalb dieser Mauern für ihn, und er war nicht mehr bereit, darauf zu verzichten.

Auf der Schwelle zum Wohnzimmer stockten seine Schritte. Zeit war ein seltsames Phänomen. Er hätte schwören können, nur Minuten weg gewesen zu sein, doch im Wohnzimmer schienen ganze Jahre vergangen zu sein. Elisabeth war gealtert. Sie war in sich zusammengesunken, Tränen liefen über ihre Wangen, und sie zitterte. Ihr ganzer Körper wirkte zerbrechlich wie der eines zerzausten Nestlings. Langsam hob sie den Kopf, und die Resignation in ihren Augen war das Erste an diesem Tag, was ihm eine Emotion entlocken konnte. Zu schwach noch, um sie zu deuten oder zu benennen, aber mehr als Gleichgültigkeit und Leere, und das war ein Anfang. Es genügte, um nicht ungeduldig die Arme vor der Brust zu verschränken und nach ihrer Entscheidung zu fragen, sondern so lange abzuwarten, bis sie bereit war.

Als sie endlich antwortete, klang ihre Stimme dünn, doch ihre Worte waren klar und deutlich. »Bring mich in die Klinik, Callum. Bitte.«

Selma fühlte Blicke auf sich. Sie bewegte sich nicht, atmete flach. Normalerweise wurde so ein Gefühl von Beobachtet-Werden am Morgen von Hundeatem im Gesicht begleitet, und so lieb sie Mary Puppins hatte, es gab definitiv bessere Gerüche, um damit aufzuwachen. Um dem potenziellen Hundeatem komplett zu entgehen, drehte sie sich auf die andere Seite. Die dünne Wolldecke, die ihr Aisling letzte Nacht gegeben hatte, kam nicht mit. Irgendetwas blockierte sie an Selmas Fußende. Sie zog fester. Mary Puppins grunzte, verlagerte ihr Gewicht und legte sich schließlich so auf Selmas Beine, dass sie sich gar nicht mehr bewegen konnte. Aber Moment mal, wenn Mary Puppins an ihren Beinen lag, wer starrte sie dann an?

Vorsichtig, als müsste sie fürchten, gleich ins Antlitz eines Monsters zu blicken, öffnete sie die Augen. Das Gesicht auf ihrer Augenhöhe könnte nicht weiter von einem Monster entfernt sein. Nur ein bisschen verzerrt war es, weil es so nah war.

So weit es die Couch zuließ, rutschte sie nach hinten.

»Hey, Kleiner.«

Ihre Stimme klang so, wie man es erwarten konnte, nachdem man die halbe Nacht geheult hatte.

»Schon wach?«

Was für eine bescheuerte Frage! Wäre er nicht wach, würde Cailan sicher nicht neben dem Sofa stehen und sie aus runden Kinderaugen mustern.

»Warum schlafen du und Mary Puppins auf unserer Couch?«

Das war die Frage aller Fragen. Leider hatte Selma keine Antwort darauf. Sicher, sie könnte die Ereigniskette, die zu ihr auf Aislings Sofa geführt hatte, Punkt für Punkt wiedergeben, aber das erklärte bei Weitem nicht das ganze Dilemma. Es erklärte nicht, wie sie von verliebt über beide Ohren, glücklich und voller Zuversicht für die Zukunft zu diesem Nullpunkt gekommen war. Es erklärte nicht, warum man das Richtige tun und dennoch das Gefühl haben konnte, in Kummer zu ertrinken. Es erklärte nicht die Sehnsucht in ihrem Herzen, die nun, kaum, dass sie die Augen geöffnet hatte, schon wieder nach Callum verlangte.

Sie musste zu lange mit einer Antwort gewartet haben, denn Cailan zuckte mit den Schultern. »Bleibt ihr lange? Ich muss jetzt in den Kindergarten, aber kann ich mit Mary Puppins spielen, wenn ich zurück bin?«

Sie streckte die Hand aus, streichelte über Cailans Haar. »Ich weiß nicht, Schatz. Ich muss Rossaveal verlassen.«

»Weil Callum und du auf euren Segeltörn gehen?«

»Nicht ganz.« Der Knoten in ihrer Kehle schwoll an, Tränen sammelten sich in ihren Augen. Hektisch wischte sie sie weg. »Wie auch immer.«

Sie gab sich einen Ruck und setzte sich auf.

»Ich muss ins Bad, und du musst in den Kindergarten. Deine Kumpel warten. Mit denen hast du so viel Spaß, bald wirst du gar nicht mehr an mich und Mary Puppins denken.« An ihm vorbei wollte sie sich von der Couch schieben und ihren Worten Taten folgen lassen, aber Cailan hielt sie auf. Seine kleine Kinderhand schnellte hervor, packte sie am Ärmel.

»Niemals!« Seine Stimme klang ernst. Ernster, als sie es so einem Knirps zugetraut hätte. »Freunde vergisst man nicht. Und man lässt sie auch nicht allein. Vielleicht geht man mal weg. Und vielleicht sieht man sich eine Weile nicht. Aber hier drin …« Mit der freien Hand klopfte er sich auf die Brust, »… nimmt man echte Freunde immer mit. Weil echte Freunde gehören zusammen. Immer und für alle Zeit!«

»Du hast recht.« Sie lächelte. Viel lieber wollte sie lachen. Über seinen übertriebenen Ernst, seine kindliche Naivität und die Einfachheit, mit der er Schlüsse zog. Das Problem war nur: Alles, was er sagte, entsprach der Wahrheit. Im Gegensatz zu ihr besaß er nur den Mut, auszusprechen, was er fühlte. Selma konnte es weder ins Lächerliche ziehen noch vergessen.

Sie verabschiedete sich von Cailan und grübelte über seine Worte nach, während Aisling ihren Sohn zum Kindergarten brachte. Auch danach, als sie mit Aisling ein schweigsames Frühstück teilte, begleiteten sie sie noch. Sie dachte darüber nach, während sie Aisling in aller Ruhe erklärte, warum sie Callum freigeben musste und dass sie ihrer neuen Freundin unglaublich dankbar wäre, wenn sie sie wenigstens bis Galway fahren könnte.

Natürlich versicherte Aisling ihr, dass es absolut kein Problem wäre, einmal mehr für Selma Taxi zu spielen.

Im Auto umklammerte Selma die Türklinke so fest, dass ihre Fingerknöchel weiß hervortraten. Raus, schrie alles in ihr, ich muss hier raus, zurück nach Hause. Zurück nach Rossaveal und zu Callum. Zurück an den einzigen Ort, an dem ich je wirklich glücklich war. Dabei war auch in Rossaveal nicht alles perfekt gewesen. Im Gegenteil. Auch dort gab es Missverständnisse und Eifersucht, erfolglose Tage und schlechte Laune. Aber zum ersten Mal in ihrem Leben hatte sie einen Ort und Menschen gefunden, mit denen sie die schönen Momente im Leben mehr genossen hatte, als die schweren Momente sie angestrengt hatten.

In den Außenbezirken von Galway war der Drang zum Umkehren so groß, dass sie mit dem Bein wippen musste, um der überschüssigen Energie Herr zu werden. Das Reiben des Jeansstoffs an der Kante des Beifahrersitzes klang überlaut in ihren Ohren. Auch Aisling schien es auf die Nerven zu gehen. Sie wartete die nächste rote Ampel ab, dann warf sie Selma einen vernichtenden Blick zu.

»Wenn es sich so falsch anfühlt, Callum zu verlassen, ist es vielleicht einfach nicht die richtige Entscheidung. Schon mal daran gedacht?«

Mehr ihr Tonfall als der Inhalt ihrer Worte ließ Selma zusammenzucken. So genervt hatte sie Aisling noch nie gehört. Hatte Selma ihre Freundschaft überstrapaziert? Hatte sie sich einmal mehr in einem Menschen geirrt, und in Wahrheit waren sie und Aisling gar keine echten Freundinnen geworden? Immerhin war sie Callums beste Freundin und …

»Nein, oder?« Aislings bitteres Lachen unterbrach Selmas Gedankenstrom. »Du hast dich so sehr in diese Idee verrannt, Callum freigeben zu müssen, dass du gar nicht in Betracht ziehst, dass das, was du als Freiheit verstehst, gar nicht das ist, was du oder er wollen.«

»Aber …« Sie kam nicht weit. Nun, wo Aisling einmal angefangen hatte, ihr die Leviten zu lesen, schien sie nicht gewillt zu sein, so schnell damit aufzuhören.

»Du redest die ganze Zeit, als wären Freiheit und Liebe Gegenteile. Dabei ist das doch Bullshit! Klar, bis zu einem gewissen Grad kann Liebe abhängig machen, weil man den anderen nicht verletzen will und so. Aber Freiheit bedeutet doch nicht, alles tun zu können, was man will. Freiheit bedeutet, die Wahl zu haben. Freiheit bedeutet Selbstverwirklichung und Selbsterkenntnis, und dafür stehst du Callum nicht im Weg! Im Gegenteil. Du hast ihm endlich die Kraft gegeben, sich selbst besser zu verstehen. Ich wollte ja echt meinen Mund halten, weil ich dachte, das alles ist deine Entscheidung und ich darf dir da nicht reinreden, aber wenn du mich fragst, ist das, was du hier machst, totaler Blödsinn!« Aisling warf die Hände in die Luft. »So. Und wenn du mir jetzt die Freundschaft kündigst, habe ich das womöglich verdient, aber irgendwer musste schließlich den Mund aufmachen, und außer mir ist niemand hier.«

Die Ampel sprang auf Grün. Mit mehr Wucht als angebracht, legte Aisling den Gang ein und gab Gas. Der Motor heulte auf. Ihre Wut durchtränkte die Fahrgastkabine, aber statt sich davon einschüchtern zu lassen, war Selma auf einmal zum Lachen zumute. Zuerst steckte das Lachen noch in ihrer Kehle fest, doch jedes Mal, wenn Aisling ruppig in den nächsten Gang schaltete und das Ruckeln des Autos Selmas ganzen Körper zum Vibrieren brachte, löste es sich mehr, bis es schließlich aus ihr herausbrach. Erst abgehakt und durchtränkt von verzweifelter Traurigkeit, dann immer freier und freier, bis sie so laut und froh lachte, dass ihr Bauch davon wehtat und ihre Wangen zu krampfen begannen.

»Bist du jetzt ganz verrückt geworden?« Die Frage mochte harsch formuliert sein, Aislings Tonfall verriet jedoch, dass auch ihre Wut verraucht war. »Was soll das Lachen jetzt?«

»Du hast recht.«

»Und deshalb lachst du?«

Sie nickte. Zu mehr als kurzen Sätzen und Gesten war sie immer noch nicht fähig. »Und weil ich froh bin.«

»Froh, uns bald los zu sein?«

Vehement schüttelte sie den Kopf. »Froh, jemanden zu haben, der mir den Kopf wäscht, wenn es mal nötig ist. Ich bin so geübt im Neuanfangen, dass mir nie in den Sinn gekommen ist, dass man auch Zurückkommen kann. Du hast vollkommen recht: Einen Fehler einzugestehen ist etwas anderes, als zu scheitern. Ich war immer gut darin, auf mich zu hören, aber Cailan und du mussten mir erst den Kopf waschen, damit ich begreife, dass nicht jeder Rat eine Einmischung ist.«

»Dann bist du zur Vernunft gekommen? Heißt das, ich darf beim nächsten Kreisverkehr umdrehen und diesem Blödsinn hier endlich ein Ende setzen?«

Selma grinste sie an und sagte mit voller Überzeugung: »Von Herzen gerne!«

Es gab keine herzzerreißende Abschiedsszene im Krankenhaus. Elisabeth drehte sich nicht in den Armen einer Krankenschwester nach ihm um, um unter Tränen lautstark zu bereuen, dass ihre Sucht dem Sohn die Mutter geraubt hatte. Sie schlug auch nicht um sich und überlegte es sich laut zeternd im letzten Moment anders. Alles, was es gab, waren ein grauer Tresen und eine Scheibe aus Glas mit einem Loch in der Mitte. Durch dieses Loch sagte seine Mutter ihren Namen.

»Elisabeth Burke.«

Die Krankenschwester hinter dem Glas tippte etwas auf ihrem Computer. Zwei Gorillas in Wachmannuniform beobachteten den Austausch.

Elisabeth verstärkte den Griff um den Koffer. Sie hatte nicht einmal überprüft, ob sie mit dem zufrieden war, was Callum ihr eingepackt hatte.

»Station 13 b«, sagte die Krankenschwester. »Durch die Glastür dort hinten. Vor der zweiten Tür klingeln Sie bitte. Jemand holt Sie dann ab. Von Ihrem Angehörigen verabschieden Sie sich bitte hier.«

Elisabeth nickte. Zuerst in Richtung der Krankenschwester, dann zu Callum.

Er rang sich ein Lächeln ab. Es schmeckte nach Traurigkeit und Freiheit.

»Mach's gut, Ma«, sagte er, und: »Viel Erfolg.« Dann drehte er sich als Erster um. Das war ihm wichtig. Dieses Mal musste er es sein, der sich von ihr abwandte.

Die Sohlen seiner Sneaker quietschten auf dem Linoleum, Elisabeth verschwand wie ein Geist. Er hörte ihre Schritte nicht, sah sich nicht nach ihr um, fühlte sich frei.

Zurück im Auto kurbelte er das Fenster hinunter, ließ den Fahrtwind herein, atmete tief durch. Er fuhr schneller als sonst, fast ein wenig waghalsig. Vor dem Fenster trieben die Frühlingsblüher Knospen, überall grünte, gedieh und wuchs etwas. Vögel balzten, die Menschen auf den Straßen zogen ihre Jacken aus, Schulmädchen zeigten ihre nackten Knie, und der Wind roch nach Freiheit. Er wollte nicht zurück in das Haus seiner Kindheit. Er wollte raus in die Welt, wo am Ende des Horizonts unendliche Möglichkeiten auf ihn warteten. Und vielleicht auch die Frau, die er liebte.

Dass er Selma suchen würde, war ihm noch in der Nacht klar geworden. So einfach ließ er sie nicht aus seinem Leben verschwinden. Offenbar dachte sie, sie tue ihm einen Gefallen, indem sie ihn losließ, aber das war nicht der Fall. Alles, was er allein erleben konnte, konnten sie auch zusammen erleben. Sich von Elisabeth zu befreien, hatte ihm eines bewiesen: Er brauchte Selma nicht, um Mut und Tatkraft aufzubringen. Das war gut zu wissen, es verlieh ihm neues Selbstbewusstsein und einen inneren Frieden, der ihn stärkte und sein Rückgrat aufrichtete. Dass er sie nicht brauchte, hieß aber nicht, dass er sie nicht wollte. Mit ihr gemeinsam war es schöner, zu wachsen und sich weiterzuentwickeln. Ihr Lachen war ein Ansporn für seinen Erfolg, ihre Liebe war wie eine warme Decke um die Schultern an einem kalten Tag.

Wohin es sie nach dem Eklat auf der Party auch verschlagen haben mochte, weit konnte sie nicht gekommen sein. Irgendwer hatte sie bestimmt gesehen, die Welt war groß und klein zugleich. Spätestens ihr Blog würde ihren Aufenthaltsort verraten. Er würde sie finden und ihr versichern, dass ihre Liebe kein bisschen so war wie die zerstörerische Kraft, die Elisabeth Liebe genannt hatte. Selmas Liebe machte ihn frei, die von Elisabeth hatte ihn eingesperrt.

So leicht war es ihm ums Herz, so voller Zuversicht sein ganzes Sein, dass es ihn kaum wunderte, als er an der Marina in Rossaveal ankam und sah, dass die Persenning der *Saorsa* zurückgefaltet war. Eine Frau stand an Deck und rollte den schützenden Stoff zurück, damit er später in die dafür vorgesehene Truhe passte. Auf dem Steg, den Kopf auf den Pfoten abgelegt, lag ein schwarzer Hund und beobachtete das Treiben der Frau mit gelangweilter Miene. Als würde sie sein Näherkommen spüren, hob sie in ebendiesem Moment den Kopf.

Ihr Lächeln war genauso schön wie beim ersten Mal, als er es gesehen hatte. Wie damals legte sie eine Hand schützend über die Augen und sah ihm erwartungsvoll entgegen. Da bist du ja, schien ihr Blick zu sagen.

Er lächelte zurück, zwinkerte ihr zu. Da bin ich, sollte das heißen, und er wusste, sie verstand. Mehr brauchten sie nicht. Keine Erklärungen und Entschuldigungen, keine Versuche, zu relativieren, warum sie einander am Abend zuvor wehgetan hatten. Weil sie einander liebten, gab es ein Zurück und ein Nach-vorn. Die Liebe selbst wies ihnen den Weg. Alles, was sie jetzt noch tun mussten, war, die Segel zu setzen und in ihre gemeinsame Zukunft zu segeln.

Der Wind blies aus der richtigen Richtung. Am Horizont wartete eine Welt voller Abenteuer.